珍藏江南

江南文

胡晓明 —— 主编

沈喜阳　胡晓明 —— 编著

上海科学技术文献出版社
Shanghai Scientific and Technological Literature Press

图书在版编目（CIP）数据

江南文/沈喜阳，胡晓明编著.—上海：上海科学技术文献出版社，2019
（江南文化丛书）
ISBN 978-7-5439-7950-5

Ⅰ.①江… Ⅱ.①沈…②胡… Ⅲ.①古典散文—散文集—中国 Ⅳ.①I262

中国版本图书馆CIP数据核字（2019）第155870号

组稿编辑：张　树
责任编辑：王　珺　罗毅峰
封面设计：樱　桃

江　南　文
JIANGNAN WEN
胡晓明　主编　沈喜阳　胡晓明　编著
出版发行：上海科学技术文献出版社
地　　址：上海市长乐路746号
邮政编码：200040
经　　销：全国新华书店
印　　刷：常熟市人民印刷有限公司
开　　本：650×900　1/16
印　　张：13.75
插　　页：8
字　　数：170 000
版　　次：2019年8月第1版　2019年8月第1次印刷
书　　号：ISBN 978-7-5439-7950-5
定　　价：58.00元

http://www.sstlp.com

"江南文化"丛书编委会

策　划：陈　超
主　编：胡晓明
编　委：陈　超　陈引驰　胡晓明　彭国忠

本册编写人员：李博衡　赵亚男　冯坚培
　　　　　　　　　王　晶

总　序

胡晓明

八十岁的老母亲在电话里问我最近在忙什么。我说在编"珍藏江南"。"江南,听着就好舒服。"母亲说。是呀,一提到"江南"这个词,立即会有一种温婉灵秀的感觉,有一种齿颊生香的美妙。"你都快要变成江南人了。"母亲说。"春水碧于天,画船听雨眠。垆边人似月,皓腕凝霜雪。未老莫还乡,还乡须断肠。"我也像韦庄那样,过久留恋于江南,而久久回不到母亲的身旁。外乡人被"江南"俘虏的,有船子和尚,蜀人,在外漂泊四十载,后来在松江的朱泾住下就不走了。在那里写了透明的禅诗"满船空载月明归"。有苏东坡,也是蜀人,自认前身是江南人,"一岁率常四五梦至西湖上,此殆世俗所谓前缘者",常常在西湖边,进一陌生的寺院,就知道转进去背后的石头上,刻的是什么诗句。在姑苏当太守的白居易、刘禹锡,都是北方人,却写了那么多美妙的作品,讴歌苏州,抒发对江南不舍的深情。金主完颜亮的投鞭南下,乾隆皇帝下江南的执着纠缠,以及曹雪芹《红楼梦》中贾宝玉一见江南来的林妹妹,就说这个妹妹我曾见过,这都是被江南深深俘获的人。江南是机括、是磁铁、是一个不能唤醒的梦、是一坛永远饮不尽的美酒,擒住了东西南北的人,成为中国人心头回荡的歌。

那么,江南究竟"珍藏"了什么?"江南",究竟有什么值得我们好好珍藏呢?

中国的历史,以东汉为界,分成两大阶段。东汉以前,主要的战争是东西之间的战争,以函谷关太行山为界,从先秦的猃狁、西汉的匈奴、东汉的西羌,一直到黄巾、董卓等,东西之间,打了差不多上千年。正如傅斯年说的:(中国的)形势只有东西之分,并无南北之限。可是,东汉以后的中国,常常讲南北之分。从崇尚武力讨伐、你死我活的"东西对峙",转为崇尚文明建设和平发展的"南北之异",不仅是中国历史的大转变,而且是极富历史教训的大启示!此中机缘,自有解人。首先要珍藏的,就是这个大转变、大启示。

江南,依水而起,傍水而兴,四周有大运河、钱塘江、东海、长江,中有太湖,具有江河湖塘、山林水乡的独特生态,这里土地肥沃、气候宜居、漕运发达、物流畅通、物产丰富;同时,又因它是除了中原地区之外,历代建都最多的地域,成为历史上第二个政治中心。天然的自然环境优势与多年积累的政治地缘优势,使这里集中了大量的人才与资源,不仅是无可争议的华夏文明积累极为丰厚的地区,而且在这个过程中,还产生了"上有天堂、下有苏杭"这样远播海内外的江南文化认同。

其实有许多江南的风物,并非江南独有,甚至是外来的,但最终却成为江南的标志。如杏花,"杏花春雨江南""牧童遥指杏花村""杏花消息雨声中""沾衣欲湿杏花雨""深巷明朝卖杏花""杏花疏影里,吹笛到天明"等;还有荷花、梅花、菊花、竹、兰等,也渐渐成为江南的文化标识。这里有一个很重要的原因,即江南自古以来有一种美学机制,"让美好事物加倍美好",这当中,文学艺术起到了重要的作用。从《楚辞》中的"魂兮归来兮哀江南"、汉乐府中的"江南可采莲",以及六朝骈文与诗歌中的江南风景、人物,唐诗宋词里的风景、人物、意象、题材、美典,一直到明清小品笔记与话本中有关江南的传统与故事,"江南"通过绘画、诗歌、美文、名言、意象群、故事传奇、美食、美器、美人,叠加、放大、传播,化艺术为生活,化生活为美学,化实为虚,将学问融于美,达到一种美美与共的效果。"暮春三月,江南草长,杂花生树,群莺乱飞",以及"三秋桂子、十里荷花"的辞章,是永远的抒情美典。"江南"传承有自,积累深厚,成为一个重要的中华文化形象符号。我们今天宣传"江南",不仅是珍藏这样一份厚重的文艺积淀,更是珍视其中的传统美学智慧与文明传播经验。

"江南"不仅是古老的,还是年轻的。"江南"促成了现代文明与传统文化相结合的可能性,譬如江南既有水乡的柔美,又有海洋的刚强,譬如它的深厚、温馨、灵秀,转化而为爱国进步、开拓向上、敬重文脉,崇尚自由精神等,"江南"是一种对美的理想。说不完的"江南"背后,有着取之不尽的中华智慧与文明基因。珍藏"江南",不仅是珍藏历史,还是珍藏我们的文化根基。

我给母亲讲了一个江南的小故事。有一年我在杭州,一个出租车司机告诉我雷峰塔为什么会倒掉。

原来,民间盛传雷峰塔的砖,有神力,可以镇妖辟邪。于是杭州人都去拿雷峰塔的砖,拿的人多了,雷峰塔就倒塌了。

妈妈说,这跟鲁迅讲的不一样,这是民间的讲法,雷峰塔进到家里了。

古典的江南并没有消失,而是化为一草一木、一砖一石,珍藏在家家户户,保护生灵,抚慰了我们的乡愁。

于是,我把这个吉祥而美丽的故事,作为本篇小序的结束。

目录

勾践灭吴　左丘明 / 1
朱买臣传　班　固 / 5
干将莫邪　干　宝 / 8
兰亭集序　王羲之 / 10
与支遁书　谢　安 / 12
过江诸人　刘义庆 / 13
顾和始为扬州从事　刘义庆 / 14
张季鹰辟齐王东曹掾　刘义庆 / 15
王子猷居山阴　刘义庆 / 16
爪步山楬文　鲍　照 / 17
北山移文　孔稚珪 / 18
答谢中书书　陶弘景 / 21
茅山曲林馆铭　陶弘景 / 22
东阳金华山栖志　刘　峻 / 23
与陈伯之书　丘　迟 / 26
与朱元思书　吴　均 / 29
与施从事书　吴　均 / 31
与顾章书　吴　均 / 31
(问)[开]善寺碑　王　筠 / 32

与萧临川书　萧　纲　/ 34

与广信侯书　萧　纲　/ 35

答张种书　沈　炯　/ 36

与沈炯书　张　种　/ 36

钟山飞流寺碑　萧　绎　/ 38

虎丘山序　顾野王　/ 39

摄山栖霞寺碑　江　总　/ 40

越州秋日宴山亭序　王　勃　/ 45

江宁吴少府宅饯宴序　王　勃　/ 46

慧山寺新泉记　独孤及　/ 47

游慧山寺记　陆　羽　/ 49

游妙喜寺记　李　逊　/ 52

冷泉亭记　白居易　/ 53

桐庐郡严先生祠堂记　范仲淹　/ 54

有美堂记　欧阳修　/ 56

沧浪亭记　苏舜钦　/ 59

伍子胥庙铭　王安石　/ 61

雁荡山　沈　括　/ 63

六一泉铭（并序）　苏　轼　/ 65

龙井题名记　秦　观　/ 67

净名斋记　米　芾　/ 69

思白堂记　陈师道　/ 73

观潮记　吴　儆　/ 75

阅古泉记　陆　游　/ 76

目 录

记西湖登览　周必大 / 78

莫能名斋记　杨　简 / 80

登西台恸哭记　谢　翱 / 82

游钟山记　宋　濂 / 86

阅江楼记　宋　濂 / 93

《吴山图》记　归有光 / 96

思子亭记　归有光 / 98

游张公洞记　王世贞 / 100

苏堤看桃花　高　濂 / 103

灵岩　袁宏道 / 104

虎丘　袁宏道 / 107

徐义长传　袁宏道 / 110

西湖二　袁宏道 / 114

剡溪　王思任 / 115

游焦山小记　李流芳 / 117

宿包山寺记　姚希孟 / 119

金山夜戏　张　岱 / 121

湖心亭看雪　张　岱 / 122

秦淮河房　张　岱 / 123

虎邱中秋夜　张　岱 / 124

扬州清明　张　岱 / 126

金山竞渡　张　岱 / 128

西湖七月半　张　岱 / 129

五人墓碑记　张　溥 / 131

柳敬亭传　黄宗羲 / 134

虎丘二姜先生祠记　钱澄之　/ 137
太湖泛月图记　钱陆灿　/ 140
洞庭山看梅花记　归　庄　/ 142
李姬传　侯方域　/ 145
六桥泣柳记　尤　侗　/ 148
传是楼记　汪　琬　/ 151
赠冒辟疆征君序　徐　倬　/ 153
登燕子矶记　王士禛　/ 156
游姑苏台记　宋　荦　/ 158
红桥修禊序　孔尚任　/ 161
琼花观看月序　孔尚任　/ 162
见山楼记　王步青　/ 163
梅花岭记　全祖望　/ 165
随园记　袁　枚　/ 169
游西天目暨洞霄宫记　贾朝琮　/ 171
哀盐船文　汪　中　/ 175
小玲珑山馆　梁章钜　/ 179
金山寺藏鼎记　梅曾亮　/ 182
上海县黄婆祠记　毛岳生　/ 184
己亥六月重过扬州记　龚自珍　/ 187
病梅馆记　龚自珍　/ 190
定庵文录叙　魏　源　/ 191
十三间楼校书记　张文虎　/ 193
游九溪十八涧记　俞　樾　/ 195
游虞山记　张裕钊　/ 197

北山独游记　张裕钊　/　198

灵隐　李慈铭　/　200

游栖霞紫云洞记　林　纾　/　201

游西溪记　林　纾　/　203

勾践灭吴

左丘明

越王勾践栖于会稽之上,乃号令于三军曰:"凡我父兄、昆弟及国子姓①,有能助寡人谋而退吴者,吾与之共知越国之政。"大夫种进对曰:"臣闻之,贾人夏则资皮,冬则资絺,旱则资舟,水则资车,以待乏也。夫虽无四方之忧,然谋臣与爪牙之士,不可不养而择也。譬如蓑笠,时雨既至,必求之。今君王既栖于会稽之上,然后乃求谋臣,无乃后乎?"勾践曰:"苟得闻子大夫之言,何后之有?"执其手而与之谋。

遂使之行成②于吴,曰:"寡君勾践乏无所使,使其下臣种,不敢彻声闻于天王③,私于下执事曰:'寡君之师徒不足以辱君矣;愿以金玉、子女赂君之辱,请勾践女女于王,大夫女女于大夫,士女女于士;越国之宝器毕从。寡君帅越国之众以从君之师徒,唯君左右之。'若以越国之罪为不可赦也,将焚宗庙,系妻孥,沉金玉于江;有带甲五千人,将以致死,乃必有偶,是以带甲万人事君也。无乃即伤君王之所爱乎?与其杀是人也,宁其得此国也,其孰利乎?"

夫差将欲听与之成,子胥谏曰:"不可!夫吴之与越也,仇雠敌战之国也;三江④环之,民无所移。有吴则无越,有越则无吴。将不可改于是矣!员闻之:陆人居陆,水人居水。夫上党之国⑤,我攻而胜之,吾不能居其地,不能乘其车;夫越国,吾攻而胜之,吾能居其地,吾能乘其舟。此其利也,不可失也已。君必灭之!失此利也,虽悔之亦无及已。"

越人饰美女八人,纳之大宰嚭,曰:"子苟赦越国之罪,又有美于此者将进之。"太宰嚭谏曰:"嚭闻古之伐国者,服之而已;今已服矣,又何求焉?"夫差与之成而去之。

江南文

　　勾践说于国人曰:"寡人不知其力之不足也,而又与大国执雠,以暴露百姓之骨于中原,此则寡人之罪也。寡人请更!"于是葬死者,问伤者,养生者,吊有忧,贺有喜,送往者,迎来者,去民之所恶,补民之不足。然后卑事夫差,宦士三百人于吴,其身亲为夫差前马⑥。

　　勾践之地,南至于句无⑦,北至于御儿⑧,东至于鄞⑨,西至于姑蔑⑩,广运⑪百里,乃致其父母昆弟而誓之曰:"寡人闻古之贤君,四方之民归之,若水之归下也。今寡人不能,将帅二三子夫妇以蕃。"令壮者无取老妇,令老者无取壮妻;女子十七不嫁,其父母有罪;丈夫二十不取,其父母有罪。将免⑫者以告,公令医守之。生丈夫,二壶酒,一犬;生女子,二壶酒,一豚;生三人,公与之母⑬;生二人,公与之饩。当室者死,三年释其政;支子死,三月释其政⑭。必哭泣葬埋之如其子。令孤子、寡妇、疾疹、贫病者,纳官其子。其达士,洁其居,美其服,饱其食,而摩厉之于义。四方之士来者,必庙礼之。勾践载稻⑮与脂于舟以行。国之孺子之游者,无不哺也,无不歠也:必问其名。非其身之所种则不食,非其夫人之所织则不衣。十年不收于国,民俱有三年之食。

　　国之父兄请曰:"昔者夫差耻吾君于诸侯之国,今越国亦节⑯矣,请报之。"勾践辞曰:"昔者之战也,非二三子之罪也,寡人之罪也。如寡人者,安与知耻?请姑无庸战。"父兄又请曰:"越四封之内,亲吾君也,犹父母也。子而思报父母之仇,臣而思报君之雠,其有敢不尽力者乎?请复战!"勾践既许之,乃致其众而誓之曰:"寡人闻古之贤君,不患其众之不足也,而患其志行之少耻也。今夫差衣水犀之甲者亿有三千,不患其志行之少耻也,而患其众之不足也。今寡人将助天灭之。吾不欲匹夫之勇也,欲其旅⑰进旅退。进则思赏,退则思刑,如此则有常赏。进不用命,退则无耻,如此,则有常刑。"

果行,国人皆劝。父勉其子,兄勉其弟,妇勉其夫,曰:"孰是君也,而可无死乎?"是故败吴于囿⑱,又败之于没⑲,又郊败之。

夫差行成,曰:"寡人之师徒,不足以辱君矣!请以金玉、子女,赂君之辱!"勾践对曰:"昔天以越予吴,而吴不受命;今天以吴予越,越可以无听天之命,而听君之令乎?吾请达⑳王甬、句东㉑,吾与君为二君乎!"夫差对曰:"寡人礼先壹饭㉒矣。君若不忘周室,而为弊邑宸宇㉓,亦寡人之愿也。君若曰:'吾将残汝社稷,灭汝宗庙。'寡人请死!余何面目以视于天下乎?越君其次㉔也!"遂灭吴。

* 选自《国语集解》,第567—573页,徐元诰撰,王树民、沈长云点校,北京:中华书局,2002年。

① 国子姓:国中同姓子孙,即越国公族。
② 行成:讲和。
③ 天王:应该是"大王"之误。
④ 三江:长江、吴淞江、钱塘江。
⑤ 上党之国:指中原诸国。党,所。
⑥ 前马:在马前引导或护卫。
⑦ 句无:今属浙江诸暨。
⑧ 御儿:今属浙江嘉兴。
⑨ 鄞:今属浙江宁波。
⑩ 姑蔑:今属浙江衢州。
⑪ 运:同"圆"。
⑫ 免:同"娩"。
⑬ 公与之母:公家给其乳母。
⑭ 政:同"征",赋税徭役。
⑮ 饩:粥。
⑯ 节:有节度。

⑰ 旅:俱。
⑱ 囿:又名笠泽,今吴淞江一带。
⑲ 没:大约在今苏州南。
⑳ 达:安置。
㉑ 甬:甬江。句,句章,在今宁波一带。
㉒ 礼先壹饭:徐元诰《国语集解》引汪中"礼先一饭,言昔尝有恩于越,谓会稽之事也"句。
㉓ 宸宇:屋檐。韦昭注:"言越君若以周室之故,以屋宇之余庇覆吴。"
㉔ 次:进驻。

作者简介

相传《国语》的作者是左丘明,但历代有争议。左丘明(约前502—约前422),春秋末期史学家,著有《春秋左传》。

题 解

《勾践灭吴》记述的是春秋末期吴越争战的著名历史事件。越王勾践被吴王夫差打败后,以屈辱的条件向吴国求和。夫差听信太宰嚭的谗言接受了勾践的求和,因而使勾践赢得喘息之机。为报仇雪恨,勾践卧薪尝胆,实施了一系列富国强兵的政策,与全体国民励精图治奋发图强,经过长期而周全的准备后,最终打败并消灭吴国。从文中可见,越王勾践之所以能打败吴王夫差,就在于勾践真正把国仇变成全体国民每一家之仇,把国君一人之辱变成全体国民每个人之辱,越国上下,君民一心,同仇敌忾,此之谓哀兵必胜!

·江南相关知识·

苏州博物馆藏有"吴王夫差剑",系出土文物,通长58.3厘米,宽5厘米,格宽5.5厘米,茎长9.4厘米。剑身铸有两行十字铭文:"攻敔(吴)王夫差自乍(作)其元用"。

湖北省博物馆藏有"吴王夫差剑",系出土文物,通长55.7厘米,宽4.6厘米。剑身铸有两行八字铭文:"越王鸠浅自作用剑"。"鸠浅",即勾践。

朱买臣传

班　固

朱买臣,字翁子,吴人也。家贫,好读书,不治产业。常艾①薪樵,卖以给食。担束薪,行且诵书。其妻亦负戴相随,数止买臣毋歌呕②道中。买臣愈益疾歌,妻羞之,求去。买臣笑曰:"我年五十当富贵,今已四十余矣。女苦日久,待我富贵报女功。"妻恚怒曰:"如公等,终饿死沟中耳,何能富贵?"买臣不能留,即听去。其后,买臣独行歌道中,负薪墓间。故妻与夫家俱上冢,见买臣饥寒,呼饭饮之。

后数岁,买臣随上计吏为卒,将重车至长安,诣阙上书,书久不报。待诏公车,粮用乏,上计吏卒更乞丐③之。会邑子严助贵幸,荐买臣,召见,说《春秋》,言《楚词》,帝甚说之,拜买臣为中大夫,与严助俱侍中。是时,方筑朔方,公孙弘谏,以为罢④敝中国。上使买臣难诎弘,语在《弘传》。后买臣坐事免,久之,召待诏。

是时,东越数反复,买臣因言:"故东越王居保⑤泉山,一人守险,千人不得上。今闻东越王更徙处南行,去泉山五百里,居大泽中。今发兵浮海,直指泉山,陈舟列兵,席卷南行,可破灭也。"上拜买臣会稽太守。上谓买臣曰:"富贵不归故乡,如衣绣夜行,今子何如?"买臣顿首辞谢。诏买臣到郡,治楼船,备粮食、水战具,须⑥诏书到，军与俱进。

初，买臣免，待诏，常从会稽守邸者寄居饭食。拜为太守，买臣衣故衣，怀其印绶，步归郡邸。直上计时，会稽吏方相与群饮，不视买臣。买臣入室中，守邸与共食，食且饱，少见其绶，守邸怪之，前引其绶，视其印，会稽太守章也。守邸惊，出语上计掾吏。皆醉，大呼曰："妄诞耳！"守邸曰："试来视之。"其故人素轻买臣者入内视之，还走，疾呼曰："实然！"坐中惊骇，白守丞，相推排陈列中庭拜谒。买臣徐出户。有顷，长安厩吏乘驷马车来迎，买臣遂乘传⑦去。会稽闻太守且至，发民除道，县长吏并送迎，车百余乘。入吴界，见其故妻、妻夫治道。买臣驻车，呼令后车载其夫妻，到太守舍，置园中，给食之。居一月，妻自经死，买臣乞其夫钱，令葬。悉召见故人与饮食诸尝有恩者，皆报复焉。

居岁余，买臣受诏将兵，与横海将军韩说等俱击破东越，有功。征入为主爵都尉，列于九卿。

数年，坐法免官，复为丞相长史。张汤为御史大夫。始，买臣与严助俱侍中，贵用事，汤尚为小吏，趋走买臣等前。后汤以廷尉治淮南狱，排陷严助，买臣怨汤。及买臣为长史，汤数行丞相事，知买臣素贵，故陵折之。买臣见汤，坐床上弗为礼。买臣深怨，常欲死⑧之。后遂告汤阴事，汤自杀，上亦诛买臣。

买臣子山拊，官至郡守、右扶风。

* 选自《汉书》，第2791—2794页，汉班固撰，北京：中华书局，1962年。
① 艾：通"刈"，割。
② 讴：通"讴"，歌唱。
③ 乞丐：施与。下文"买臣乞其夫钱"之"乞"同此。
④ 罢：通"疲"。
⑤ 保：保守以自固。

⑥ 须:等待。
⑦ 传:传车。
⑧ 死:拼命。

> 作者简介

班固(32—92),字孟坚,扶风安陵(今陕西咸阳东北)人,东汉著名史学家、文学家。班固在其父班彪《史记后传》的基础上撰写《汉书》,历时二十余年,完成《汉书》主体部分。《汉书》是继《史记》之后的重要史书,被列入"前四史";班固是"汉赋四大家"之一,创作了《两都赋》;其编撰的《白虎通义》,集当时经学之大成。

> 题 解

班固笔下的朱买臣是个有血有肉的人,本文最大特点是描写人物只写言语行动而不写心理活动。朱买臣年轻时虽然贫贱,但志向远大,最终凭借文韬武略位列公卿。这反映了西汉时期举贤不避侧陋的特点。但朱买臣禁不起屈辱,最终落得被诛杀的下场。《史记·酷吏列传》记叙他与张汤作对的情节:"汤坐床上,丞史遇买臣弗为礼。买臣楚士,深怨,常欲死之。"与《汉书》相比,强调了他作为"楚士"的身份。不甘受辱,长于怨恨,这是荆楚吴越之人的性格。清代袁枚有诗咏朱买臣:"采薪歌罢雪花飘,五十登朝气转豪。杀得张汤刀笔吏,一行功已敌萧曹。"称赞了他不畏权威,敢于与酷吏作斗争的精神。

> ·江南相关知识·

朱买臣坟墓相传在浙江省嘉兴市。根据朱买臣与其妻的故事改编的戏剧传唱至今,如元杂剧《朱太守风雪渔樵记》、明末清初传奇《烂柯山》以及清代的《马前泼水》等,都是朱买臣与其妻的故事。只是在戏曲中,朱买臣当上太守后就不再顾念其前妻,拒绝了前妻复合的请求,与史书记载有所不同。

干将莫邪

干 宝

楚干将莫邪①为楚王作剑,三年乃成,王怒,欲杀之。剑有雌雄,其妻重身②当产③,夫语妻曰:"吾为王作剑,三年乃成;王怒,往必杀我。汝若生子,是男,大,告之曰:'出户,望南山,松生石上,剑在其背。'"于是即将④雌剑往见楚王。王大怒,使相之:"剑有二,一雄一雌,雌来,雄不来。"王怒,即杀之。

莫邪子名赤,比后壮,乃问其母曰:"吾父所在?"母曰:"汝父为楚王作剑,三年乃成,王怒,杀之。去时嘱我,'语汝子,出户,望南山,松生石上,剑在其背。'"于是子出户南望,不见有山,但睹堂前松柱下石砥之上,即以斧破其背,得剑。日夜思欲报楚王。

王梦见一儿,眉间广尺⑤,言欲报仇。王即购⑥之千金。儿闻之,亡去⑦,入山行歌⑧。客有逢者,谓:"子年少。何哭之甚悲耶?"曰:"吾干将莫邪子也。楚王杀吾父,吾欲报之。"客曰:"闻王购子头千金,将子头与剑来,为子报之。"儿曰:"幸甚。"即自刎,两手捧头及剑奉之,立僵。客曰:"不负子也。"于是尸乃仆⑨。

客持头往见楚王,王大喜。客曰:"此乃勇士头也,当于汤镬⑩煮之。"王如其言,煮头三日三夕不烂。头踔⑪出汤中,瞋目大怒。客曰:"此儿头不烂,愿王自往临视之,是必烂也。"王即临之。客以剑拟王,王头随堕汤中。客亦自拟己头,头复堕汤中。三首俱烂,不可识别。乃分其汤肉葬之,故通名三王墓。今在汝南北宜春县界。

* 选自《搜神记》卷十一,第77页,晋干宝著,胡怀深标点,北京:商务印书馆,1957年。

① 干将莫邪为王铸剑的故事并非《搜神记》首创。早在东汉时,《吴越春秋》就记载了剑匠干将、莫邪为吴王铸剑的故事。
② 重身:怀有身孕。
③ 当产:即将生产。
④ 将:携带。
⑤ 眉间广尺:眉毛之间的距离宽达一尺。
⑥ 购:悬赏。
⑦ 亡去:逃跑。
⑧ 行歌:边走边唱。
⑨ 仆:倒下。
⑩ 镬(huò):烹煮牲畜肉用的大型烹饪铜器,也指无足的鼎。
⑪ 踔(chuō):跳,跳跃。

作者简介

干宝(约284—351),字令升,新蔡(今河南省新蔡)人,东晋文学家、史学家。著有志怪小说《搜神记》,被认为是"中国志怪小说的鼻祖"。另著有《周易注》《晋纪》等。

题 解

"干将莫邪"作为锋利宝剑的代称,亦用来比喻一个人杰出之才能。吴越之地盛产铜锡等金属,宝剑遂成为吴越地区的特产。史料载吴越之人"人人皆能作是器,不须国工""吴粤(越)之君皆好勇,故其民至今好用剑,轻死易发"。干宝所写,虽侧重于故事的神异性,有浓烈的浪漫主义色彩,然而复仇的主题却十分明显。鲁迅曾改写此故事为小说《铸剑》,更加

突出了报仇的主题。

江南相关知识

苏州古城区内的干将路,旧称干将坊,传说为干将居住的地方,此路东通一门,又称干将门或将门,门外有干将墓。《吴郡志》记载此处曾挖出过半截干将宝剑,而另半截仍在墓中。

苏州虎丘山上有"试剑石"。传说干将铸好"莫邪"剑之后,将它献给阖闾。阖闾为了试探宝剑是否锋利,就对着这块石头手起剑落,将这块石头一劈为二。

兰亭集序

王羲之

永和九年,岁在癸丑,暮春之初,会于会稽山阴之兰亭,修禊①事也。群贤毕至,少长咸集。此地有崇山峻岭,茂林修竹;又有清流激湍,映带左右,引以为流觞曲水,列坐其次。虽无丝竹管弦之盛,一觞一咏,亦足以畅叙幽情。

是日也,天朗气清,惠风和畅,仰观宇宙之大,俯察品类之盛,所以游目骋怀②,足以极视听之娱,信可乐也。

夫人之相与,俯仰一世,或取诸怀抱,悟言一室之内;或因寄所托,放浪形骸之外。虽趣舍③万殊,静躁不同,当其欣于所遇,暂得于己,快然自足,不知老之将至。及其所之既倦,情随事迁,感慨系之矣。向之所欣,俯仰之间,已为陈迹,犹不能不以之兴怀。况修短随化,终期于尽。古人云,死生亦大矣。岂不痛哉!

每览昔人兴感之由,若合一契,未尝不临文嗟悼,不能喻之于怀。固知一死生为虚诞，齐彭殇为妄作。后之视今，亦犹今之视昔，悲夫！故列叙时人，录其所述，虽世殊事异，所以兴怀，其致一也。后之览者，亦将有感于斯文。

* 选自《晋书·列传第十五》，第1397页，唐房玄龄等撰，北京：中华书局，2000年。

① 修禊：古代一种濯除不洁的节日。在阴历三月上巳日，临水洗濯，借以祓除不祥。

② 骋怀：舒畅胸怀。

③ 趣舍：即"取舍"。

作者简介

王羲之（303？—361？），字逸少，东晋书法家。琅琊临沂（今山东临沂）人，后迁会稽山阴（今浙江绍兴）。官至会稽内史，领右将军，世称"王右军"。其书法兼善隶、草、楷、行，自成一家，有"书圣"之称。代表作《兰亭序》被誉为"天下第一行书"。他与其子王献之合称"二王"。

题 解

永和是晋穆帝司马聃的年号，永和九年是公元353年。永和九年三月上巳日，王羲之与谢安、孙绰等友人在兰亭雅集，举行禊礼，饮酒赋诗，事后结集，王羲之以序其事。文章先说"信可乐也"，次说"岂不痛哉"，遂感叹"后之视今，亦犹今之视昔"。在欢乐之际有悲戚之虞、在死生之间有旷达之怀，此所以王逸少千古独步者也。

集 评

此文一意反复生死之事甚疾，现前好景可念，更不许顺口说有妙理妙

语,真古今第一情种也。(明金圣叹《天下才子必读书》)

　　通篇着眼在死生二字。只为当时士大夫务清谈,鲜实效。一死生而齐彭殇,无经济大略,故触景兴怀,俯仰若有余病。但逸少旷达人,故虽苍凉感叹之中,自有无穷逸趣。(清吴楚材、吴调侯《古文观止》)

　　非止序禊事也,序诗意也。修短死生,皆一时诗意所感,故其言如此。笔情绝俗,高出选体。(清浦起龙《古文眉诠》)

江南相关知识

　　古人有在三月上巳日临水洗濯、祓除不祥的习俗。古代以干支纪年,三月上旬第一个巳日即上巳,后来确定为三月初三。在上巳日,除了洗濯、踏春、饮酒之外,民间也有采荠菜、播种等活动。江南俗谚:三月三,是种子都上山。

与支遁书

谢　安

　　思君日积,计辰倾迟①。知欲还剡②自治③,甚以怅然,人生如寄耳。顷风流得意之事,殆为都尽。终日戚戚触事惆怅,唯迟④君来,以晤言消之,一日当千载耳。此⑤多山县闲静差可养疾,事不异剡,而医药不同,必思此缘,副⑥其积想⑦也。

---

　　* 选自《全上古三代秦汉三国六朝文》,第五册第861页,清严可均辑,石家庄:河北教育出版社,1997年。
　　① 倾迟:殷切期待。
　　② 剡:会稽郡有剡县,在今浙江省嵊州市西南。
　　③ 自治:修养自身的德性。

④ 迟:等待。
⑤ 此:指浙江吴兴。
⑥ 副:符合,引申为满足。
⑦ 积想:积久的思虑、想望。

作者简介

谢安(320—385),字安石。陈郡阳夏(今河南太康)人。东晋政治家、名士。谢安政治上的两大功绩,一是与王坦之挫败桓温篡位图谋,二是在在淝水之战中,以少胜多打败前秦。死后获赠太傅、庐陵郡公,谥号"文靖"。

题 解

谢安早年隐居时与支遁友善,此信写于谢安在吴兴太守任上,表达对老朋友支遁的怀念之情。文辞真切,情溢于纸。老朋友怎能忘记以前的好时光,现在我只是盼望着老朋友前来交谈,以消除所有的惆怅。相聚一天,胜过千载。这种真情洋溢的文字千百年后读来仍令人兴发感动。

过江诸人

刘义庆

过江诸人每至美日,辄相邀新亭①,藉卉②饮宴。周侯③中坐而叹曰:"风景不殊,正自有山河之异!"皆相视流泪。唯王丞相④愀然变色曰:"当共勠力王室,克复神州,何至作楚囚相对?"

* 选自《世说新语校释·言语》,第176—177页,南朝宋刘义庆撰,南朝梁刘孝标注,龚斌校释,上海:上海古籍出版社2011年。
① 新亭:在今南京市西南。

② 藉卉:坐在草地上。藉,坐卧其上。卉,草。
③ 周侯:指周𫖮。
④ 王丞相:指王导。

作者简介

刘义庆(403—444),字季伯,原籍彭城(今江苏徐州),世居京口(今江苏镇江),南朝宋文学家。宋武帝刘裕之侄,袭封临川王。著有《世说新语》和《幽明录》。

题 解

晋室南渡以后,失败的情绪笼罩在东晋大部分士族官僚心中,尤以周𫖮为代表。而化压力为动力,主张奋发图强,光复中原,则以王导为代表。言为心声,本文正是通过言语表达出被描写对象的心志。

顾和始为扬州从事

刘义庆

顾和始为扬州从事。月旦①当朝②,未入顷③,停车州门外。周侯④诣丞相,历和车边。和觅虱,夷然⑤不动。周既过,反还,指顾心曰:"此中何所有?"顾搏虱如故,徐应曰:"此中最是难测地。"周侯既入,语丞相曰:"卿州吏中有一令仆才⑥。"

* 选自《世说新语校释·雅量》,第716页,南朝宋刘义庆撰,南朝梁刘孝标注,龚斌校释,上海:上海古籍出版社,2011年。
① 月旦:每月初一。
② 朝:拜见长官。

③ 顷:时候。
④ 周侯:指周颛。
⑤ 夷然:安然自如的样子。
⑥ 令仆才:尚书令和仆射的才能。

题 解

顾和官职低微,他在等候拜见长官时,专心捉身上的虱子,见到较高的官员周颛,却不施礼不问安,"搏虱如故"。周颛不以为怒,反而对丞相王导说他有才。周颛固然有宽宏的气量,也在于顾和回答周颛"心中何所有"的提问时显示出的非凡才能。一个时代有一个时代的风气。南朝时代,个性张扬,士人个体意识觉醒,狂放任诞之举易于得到社会认可。

张季鹰辟齐王东曹掾

刘义庆

张季鹰辟①齐王东曹掾,在洛,见秋风起,因思吴中菰菜羹、鲈鱼脍,曰:"人生贵得适意尔,何能羁宦数千里以要②名爵?"遂命驾便归。俄而齐王败,时人皆谓为见机③。

* 选自《世说新语校释·言语》,第767—768页,南朝宋刘义庆撰,南朝梁刘孝标注,龚斌校释,上海:上海古籍出版社,2011年。
① 辟:被任命。
② 要:求取。
③ 机:通"几",苗头,预兆。

题 解

张翰在洛阳任职,因思念家乡的莼菜羹、鲈鱼脍,觉得求取功名富贵并不重要,于是动身回家。他因此逃过一劫,时人认为他洞烛先机。其实在张翰眼里,功名之贵不如家乡菜之美,这才是张翰超越时代的洞察力。"莼鲈之思"成为后来思念家乡的代名词。

王子猷居山阴

刘义庆

王子猷居山阴。夜大雪,眠觉①,开室,命酌酒。四望皎然,因起彷徨,咏左思《招隐》诗。忽忆戴安道。时戴在剡,即便夜乘小船就之。经宿②方至,造门③不前而返。人问其故,王曰:"吾本乘兴而行,兴尽而返,何必见戴?"

* 选自《世说新语校释·任诞》,第1479页,南朝宋刘义庆撰,南朝梁刘孝标注,龚斌校释,上海:上海古籍出版社,2011年。
① 眠觉:睡醒。
② 宿:夜。
③ 造门:上门,到别人家门口。

题 解

王子猷雪夜访戴,乘兴而行,兴尽而返,最好地诠释了何谓"任性"。追求内心的惬意自适,而打破世俗的形式套路,任性而行,率性而为,这才是真正的自由。南朝时代,也是人的自觉的时代。

爪步山楬文

鲍 照

岁舍龙纪,月巡乌张,鲍子辞吴客楚,指究归扬,道出关津,升高问途。北眺毡乡,南晒炎国,分风代川,揆气闽泽,四睨天宫,穷曜星络,东窥海门,候景落日,游精八表,驰视四遐,超然远念,意类交横。信哉!古人有数寸之龠①,持千钧之关,非有其才施,处势要也。爪步山②者,亦江中眇小山也,徒以因迥为高,据绝作雄,而凌清瞰远,擅奇含秀,是亦居势使之然也,故才之多少,不如势之多少远矣。仰望穹垂,俯视地域,涕洟江河③,疣赘丘岳④。虽奋风漂石,惊电剖山,地沦维陷,川斗毁宫,毫发盈虚,曾未注意;况乎沉河浮海之高⑤,遗金堆璧之奇⑥,四迁八聘之策⑦,三黜五逐之疵⑧,贩交买名之薄⑨,吮痈舐痔之卑⑩,安足议其是非!

* 选自《鲍参军集注》,第131页,南朝宋鲍照著,钱仲联集校,上海:上海古籍出版社,1980年。

① 龠:通"钥",锁钥。
② 爪步山:在今南京市六合区东南,东临长江。
③ 涕洟江河:把江河视作涕洟(眼泪鼻涕)。
④ 疣赘丘岳:把山岳看作肉瘤。
⑤ 沉河浮海之高:指高人隐士辞官不受的高风亮节。
⑥ 遗金堆璧之奇:指卓异之士临财不取的品性。
⑦ 四迁八聘之策:指带来官运亨通的奇谋异策。
⑧ 三黜五逐之疵:指三番五次被斥逐的缺点和过失。
⑨ 贩交买名之薄:指出卖朋友和沽取声名的浇薄行为。
⑩ 吮痈舐痔之卑:指谄媚无耻的行为之卑鄙。

江南文

> **作者简介**

鲍照(416? —466),字明远,南朝宋文学家,与颜延之、谢灵运并称"元嘉三大家",后人称为"鲍参军"。

> **题　解**

楬文,楬,原指用做标记的小木桩,引申为标明、揭示。楬文,有所揭示之文。左思《咏史》感叹"世胄蹑高位,英俊沉下僚。地势使之然,由来非一朝",鲍照《瓜步山楬文》也是对"才之多少,不如势之多少远矣"的愤怒揭露。鲍照不是空发议论,而是以形象说话。正如左思《咏史》用"郁郁涧底松,离离山上苗"之对照来展开议论一样,鲍照结合瓜步山的"因迥为高,据绝作雄"来加以阐发"非有其才施,处势要也",所以特别生动形象。这是对南朝时期门阀制度的形象化控诉。

北山移文

孔稚珪

钟山之英,草堂之灵。驰烟驿路,勒移山庭。夫以耿介拔俗之标,萧洒出尘之想,度白雪以方洁,干青云而直上,吾方知之矣。若其亭亭物表,皎皎霞外,芥①千金而不眄,屣②万乘其如脱,闻凤吹于洛浦,值薪歌于延濑,固亦有焉。岂期终始参差,苍黄翻覆,泪翟子之悲,恸朱公之哭。乍回迹以心染,或先贞而后黩③,何其谬哉! 呜呼,尚生不存,仲氏既往,山阿寂寥,千载谁赏?

世有周子④,隽俗之士,既文既博,亦玄亦史。然而学遁东鲁,习隐南郭,偶吹草堂,滥巾⑤北岳。诱我松桂,欺我云壑。虽假容于

馬紛沓宦門淑秀車幕盡開婢媵倦歸山花斜插臻臻
簇簇奪門而入余所見者惟西湖春夏虎邱秋差
足比擬然彼皆團簇一塊如畫家橫披此獨魚貫雁比
舒長且三十里焉則畫家之手卷矣南宋張擇端作清
明上河圖追摹汴京景物有西方美人之思而余目盱
盱能無夢想

金山競渡

看西湖競渡十二三次已已競渡於秦淮辛未競渡於
無錫壬午競渡於瓜州於金山寺西湖競渡以看競渡

揚州建安王讓加司徒表

臣聞玄黃之馬事絕於銜鑣蟠朽之材飾乖於丹漆何則千里之志已窮萬乘之器無取遠物近身於焉在瞻藝文類聚四十七

與施從事書

故鄣縣東三十五里有青山絕壁干天孤峯入漢綠嶂百重青川萬轉歸飛之鳥千翼競來企水之猨百臂相接秋露為霜春蘿被逕風雨如晦雞鳴不已信足蕩累頤物悟裏散賞藝文類聚七

與朱元思書

風煙俱淨天山共色從流飄蕩任意東西自富陽至桐廬一百許里奇山異水天下獨絕水皆縹碧千丈見底游魚細石直視無礙急湍甚箭猛浪若奔夾峯高山皆生寒樹負勢競上互相軒邈爭高直指千百成峯泉水激石泠泠作響好鳥相鳴嚶嚶成韻蟬則千轉不窮猨則百叫無絕鳶飛戾天者望峯息心經綸世務者窺

江皋，乃缨情于好爵。其始至也，将欲排巢父，拉许由。傲百氏，蔑王侯。风情张日，霜气横秋。或叹幽人长往，或怨王孙不游。谈空空于释部，核玄玄于道流，务光何足比，涓子不能俦。

及其鸣驺入谷，鹤书赴陇，形驰魄散，志变神动。尔乃眉轩席次，袂耸筵上，焚芰制而裂荷衣，抗尘容而走俗状。风云凄其带愤，石泉咽而下怆，望林峦而有失，顾草木而如丧。至其钮金章，绾墨绶，跨属城之雄，冠百里之首。张英风于海甸，驰妙誉于浙右。道帙长殡，法筵久埋。敲扑喧嚣犯其虑，牒诉倥偬装其怀。琴歌既断，酒赋无续，常绸缪于结课⑥，每纷纶于折狱，笼张赵于往图，架卓鲁于前箓，希踪三辅豪，驰声九州牧。使我高霞孤映，明月独举，青松落阴，白云谁侣？涧户摧绝无与归，石径荒凉徒延伫。至于还飙入幕，写雾出楹，蕙帐空兮夜鹄怨，山人去兮晓猿惊。昔闻投簪逸海岸，今见解兰缚尘缨。

于是南岳献嘲，北垄腾笑，列壑争讥，攒峰竦诮。慨游子之我欺，悲无人以赴吊。故其林惭无尽，涧愧不歇，秋桂遗风，春萝罢月，骋西山之逸议，驰东皋之素谒。今又促装下邑，浪拽⑦上京，虽情投于魏阙，或假步于山扃。岂可使芳杜厚颜，薜荔无耻，碧岭再辱，丹崖重滓，尘游躅于蕙路，汙渌池以洗耳。宜扃岫幌⑧，掩云关。敛轻雾，藏鸣湍。截来辕于谷口，杜妄辔于郊端。于是丛条瞋胆，叠颖怒魄。或飞柯以折轮，乍低枝而扫迹。请回俗士驾，为君谢逋客！

* 选自《文选》，第1957—1961页，南朝梁萧统编，唐李善注，上海：上海古籍出版社，1986年。

① 芥：小草，视……为小草。
② 屣：草鞋，视……为草鞋。
③ 黦：玷污。
④ 周子：或指周颙（？—493），字彦伦，汝南安城（今属河南汝南）人，言辞婉

丽,工隶书,兼善老、易,长于佛理,《南齐书》本传载:颙于钟山西立隐舍,休沐则归之。

⑤滥巾:冒充隐士。

⑥结课:官吏考核。

⑦浪拽:驾舟。

⑧岫幌(xiù huǎng):指山的窗帷。岫,山。幌,帷幕。

·作者简介·

孔稚珪(447—501),南朝齐骈文家。字德璋,会稽山阴(今浙江绍兴)人。曾任御史中丞。齐明帝建武初年,上书北征。

·题 解·

"周子"即周颙。亦宦亦隐是当时士大夫的常态,周颙是如此,孔稚圭亦是如此。郁林王萧昭业杀害王融时,孔稚珪助纣为虐,撰文拟定融之罪状。关于孔稚珪与周颙的关系,史料记载甚少,但他们有共同的朋友,如张融、何点、何胤、杜京产等,这些都是当时的倜傥之士,他们天性活泼,追求自由,喜欢相互戏谑。周颙与孔稚珪应该也是亲密的朋友,这篇《北山移文》并不是批判之作,而是谑而不虐的游戏文学,表达了作者对朋友的亲爱之情。

·集 评·

牙尖口利,骨腾肉飞,刻镂尽态矣。伤厚之言,慎取一二。(清浦起龙《古文眉诠》)

铸辞最工,极藻绘,极精切,若精神唤应,全在虚字旋转上。转折愈多,节脉愈紧,是骈体胜处,意则深严,笔则飞舞。(清于光华《文选集评》)

以风物刻画之工,佐人事讥嘲之切,山水之清音与滑稽之雅虐,相得而益彰。(钱锺书《管锥编》)

答谢中书书

陶弘景

山川之美,古来共谈。高峰入云,清流见底。两岸石壁,五色交晖。青林翠竹,四时俱备。晓雾将歇,猿鸟乱鸣;夕日欲颓,沉鳞竞跃。实是欲界之仙都①,自康乐②以来,未复有能与③其奇者。

* 选自《全上古三代秦汉三国六朝文·全梁文》,第七册第460页,清严可均辑,石家庄:河北教育出版社,1997年。
① 欲界之仙都:指人间仙境。
② 康乐:指谢灵运。
③ 与:参与。

作者简介

陶弘景(456—536),字通明,丹阳秣陵(今江苏南京)人。齐梁间著名的医药家、炼丹家、文学家,人称"山中宰相"。

题 解

陶弘景有一首著名的《诏问山中何所有赋诗以答》:山中何所有,岭上多白云。只可自怡悦,不堪持赠君。这是回答皇帝的诏问。本文是回复朋友谢中书的书信。谢中书,即谢徵(500—536),字元度,南齐郁林王隆昌中任萧鸾骠骑谘议参军,领记室,后迁中书郎。梁中大通五年(533)任中书郎。陶弘景回答皇帝的诏问,只以白云来指代山中之所有,且有拒君王于山外之意;而回答朋友的书信,则详细描述了山川之美景,且有邀友人共赏之心。读后使人有飘然欲仙之感。文体不同,对象不同,表达有别,情感也不同。

茅山曲林馆铭

陶弘景

层岭外峙,邃宫内映。反穴旁通,萦泉①远镜。尚德依仁,祈生翊②命。且天且地,若凡若圣。连甍比栋,各谓知道。参差经术,跌宕辞藻。孰曰曲林,独为劲好。掩③迹韬④功,守兹偕老。

* 选自《全上古三代秦汉三国六朝文·全梁文》,第七册第467页,清严可均辑,石家庄:河北教育出版社,1997年。
① 荣泉:清泉,美泉。
② 翊:辅佐,护卫。
③ 掩:掩藏。
④ 韬:掩藏,敛藏。

题 解

作者把茅山曲林馆优美的自然景色和自己不随流俗的志向紧密结合起来,表达了自己"掩迹韬功"、愿与茅山曲林馆偕老的高洁情怀。开刘禹锡《陋室铭》之先声。

江南相关知识

茅山位于今江苏省句容市东南二十余公里处,是道教上清派的发源地。据《茅山志》载,陶弘景笔下的茅山曲林馆即现在的茅山崇禧观。

东阳金华山栖志

刘 峻

夫鸟居山上,层巢木末,鱼潜渊下,窟穴泥沙,岂好异哉?盖性自然也。故有忽白璧而乐垂纶,负玉鼎而要卿相。行藏纷纠,显晦踳驳①,无异火炎水流,圆动方息。斯则庙堂之与江海,蓬户之与金闱,并然其所然,悦其所悦。乌足毛羽疮痏②在其间哉!予生自原野,善畏难狎。心骇云台朱屋,望绝高盖青组。且沾濡雾露,弥愿闲逸。每思濯清濑、息椒丘,寤寐永怀,其来尚矣。蚓专噬壤,民欲天从,爰洎二毛,得居岩穴。所居东阳郡金华山。

东阳实会稽西部。是生竹箭,山川秀丽,皋泽块郁③。若其群峰叠起,则接汉连霞;乔林布䕶,则春青冬绿;(迴)[回]溪映流,则十仞洞底。肤寸云(谷)[合],必千里雨散。信卓荦爽垲④,神居奥宅。是以帝鸿游斯铸鼎,雨师寄此乘烟。故洞勒赤松之名,山贻缙云之号。近代江治中奋迅泥滓,王征士高拔风尘,龙盘凤栖,咸萃兹地。良由碧湍素石,可致幽人者哉?

金华山,古马鞍山也。蕴灵藏圣,列名仙谍。左元放称此山云:"可免洪水五兵,可合神丹九转。"金华之首,有紫岩山。山色红紫,因此为称。靡迤坡陀,下属深渚,巑岏⑤隐嶙,上亏日月。登自山麓,渐高渐峻,垒路迫隘,鱼贯而升。路侧有绝涧,闸闻⑥庨豁⑦。俯窥木杪,焦原石邑,匪独危悬。至山将半,便有广泽大川,皋陆隐赈。

予之葺宇,实在斯焉。所居三面,皆(迴)[回]山周绕,有象郭郛。南则平野萧条,目极通望,东西带二涧,四时飞流。泉清澜微澍,滴沥生响;白波跳沫,汹涌成音。并漕渎通引,交渠绮错,悬溜泻于轩甍,激湍回于阶砌。供帐无绠汲,盥漱息瓶盆⑧。枫栌椅柅之树,梓柏桂樟之木,分形异色,千族万种。结朱实,包绿果。杭白蒂,抽紫茎。槱蠹苯荨⑨,捎(清)风鸣籁,垂条檐户,布叶房栊。中谷涧滨,花蕊攒列。至于青春缓谢,萍生泉动,则有都梁含馥,怀香送芬。长乐负霜,宜男泛露。芙蕖红(華)[华]照水,皋苏缥叶从风。凭轩永眺,蠲忧亡疾。丘阿陵曲,众药灌丛。地髓抗茎,山筋抽节。金盐重于素璧,玉豉贵于明珠。可以养性消疴,还年驻色。不藉崔文黄散,勿用负局紫丸。翱翱群凤,风胎雨縠。绿翼红毛,素羽翠鬛。肃肃毛羽,关关好音。皆驯狎园池,旅食鸡鹜。若乃鸡日伺辰,响类钟鼓;鸣鼓候曙,声像琴瑟。玄猿薄雾清唳,飞狖乘烟(永)[咏]吟。嘈嘈嘹亮,悦心娱耳。谅所以跨躐管钥,韬轶笙簧。

宅东起招提寺,背岩面壑,层轩引景,邃宇临崖,博敞闲虚,纳祥生白,左瞻右睇,仁智所居。故硕德名僧,振锡云萃,调心七觉,诋诃五尘,郁列戒香,浴滋定水,至于熏炉夜爇,法鼓旦闻。予则跣(躐)[蹁]⑩抠衣,躬行顶礼,询道哲人,钦和至教。每闻此河纷梗,彼岸永寂,熙熙然若登春台而出宇宙,唯善是乐,岂伊徒言。

寺东南有道观,亭亭崖(则)[侧],下望云雨。蕙楼(菌)[菌]榭,隐映林篁。飞观列轩,玲珑烟雾。日止却粒之氓,岁集祈仙之客。饵星髓,吸流霞。将乃云衣霓裳,乘龙驭鹤。观下有石井,竿峙中(则)[涧],雕琢刻削,颇类人工。跃流藻⑪泻,潊涌决咽,电击雷吼,骇目惊魂。寺观之前,皆植修竹,檀栾萧瑟,被陵缘阜。

竹外则有良田,区畛通接。山泉膏液,郁润肥腴,郑白决漳,莫之能拟。致红粟流溢,凫雁充厌,春鳖旨膳,碧鸡冬荤,味珍霜鹎。縠巾取于丘岭,短褐出自中园。蒹蒋逼侧于池湖,菅蒯骈填于原隰。养给之资,生生所用,无不阜实藩篱,充牣崖巘。

岁始年季,农隙时闲,浊醪初挤,醥清新熟,则田家野老,提壶共至。班荆林下,陈樽置酌。酒酣耳热,屡舞喧呶;盛论箱庾,高谈谷稼;喑噱⑫讴歌,举杯相抗,人生乐耳,此欢岂訾!若夫蚕而衣,耕而食,日出而作,日入而息。晚食当肉,无事为贵;不求于世,不忤于物;莫辨荣辱,匪知毁誉。浩荡天地之间,心无怵惕之警,岂与嵇生齿剑⑬,杨子坠阁,较其优劣者哉!

* 选自《全上古三代秦汉三国六朝文·全梁文》,第七册第580—582页,清严可均辑,石家庄:河北教育出版社,1997年。

① 蹜驳:杂乱。
② 疮痏:伤痕。
③ 块郁:茫无边际。
④ 爽垲:明亮干燥。
⑤ 巑岏:山峰高锐。
⑥ 闸閜:开阔。
⑦ 庨豁:高峻深邃。
⑧ 盆:盛水洗手器具。
⑨ 櫹蕭苯䔿:木长草盛。
⑩ 跕躧:拖着鞋子,足尖轻轻着地。
⑪ 潀(cóng):水声。
⑫ 喑噱:欢笑。
⑬ 齿剑:伏剑,指被杀。

作者简介

刘峻(463—521),南朝梁学者兼文学家。字孝标,平原(今属山东德州平原县)人。以注释刘义庆著《世说新语》而闻名于世。另著有《广绝交论》《辨命论》,其《汉书注》《类苑》已亡佚。

题 解

刘峻所说的"山栖",即是隐居山林之意。鸟居山上,鱼潜渊下,是出于本性自然。而他山栖林隐,则是听从内心的召唤。作者以浓墨重彩工笔细描所栖居的周围环境,奇花异草、珍禽异兽、山岭泉瀑,皆悦目赏心,而周围众多的硕德名僧,蔑弃轩冕,求仙学道,亦足以怡情养性。作者所追求的是"不求于世,不忤于物",真正达到人格的独立和精神的自由。

·江南相关知识·

金华山位于浙江省金华市北,为龙门山脉之支系,自然风光秀美,人文积淀深厚,是江南文化名山。刘峻文中提到,其宅东有招提寺,寺东南有道观,可见南北朝时期金华山已汇集多元文化。金华山著名景点有双龙风景区、六洞山风景区、大佛寺、赤松宫风景区、鹤岩山、萧皇岩等。

与陈伯之书

丘 迟

迟顿首。陈将军足下:无恙,幸甚幸甚!将军勇冠三军,才为世出,弃燕雀之小志,慕鸿鹄以高翔!昔因机变化,遭遇明主①,立功立事,开国称孤②。朱轮华毂,拥旄万里③,何其壮也!如何一旦为奔亡之虏,闻鸣镝而股战,对穹庐④以屈膝,又何劣邪!

寻君去就之际,非有他故,直以不能内审诸己,外受流言,沉迷猖獗,以至于此。圣朝赦罪责功,弃瑕录用,推赤心于天下,安反侧于万物。将军之所知,不假仆一二谈也。朱鲔涉血于友于⑤,张绣剚刃于爱子⑥,汉主不以为疑,魏君待之若旧。况将军无昔人之罪,而勋重于当世!夫迷途知反,往哲是与;不远而复⑦,先典攸高。主上屈法申恩,吞舟是漏;将军松柏不翦,亲戚安居,高台未倾,爱妾尚在。悠悠尔心,亦何可言!

今功臣名将,雁行有序,佩紫怀黄,赞帷幄之谋,乘轺建节,奉疆埸之任,并刑马作誓,传之子孙。将军独腼颜借命⑧,驱驰毡裘之长,宁不哀哉!夫以慕容超之强,身送东市⑨;姚泓之盛,面缚西都⑩。故知霜露所均,不育异类;姬汉旧邦,无取杂种。北虏僭盗中原,多历年所,恶积祸盈,理至焦烂。况伪孽昏狡,自相夷戮⑪;部落携离,酋豪猜贰。方当系颈蛮邸,悬首藁街。而将军鱼游于沸鼎之中,燕巢于飞幕之上,不亦惑乎!

暮春三月,江南草长,杂花生树,群莺乱飞。见故国之旗鼓,感平生于畴日,抚弦⑫登陴,岂不怆恨!所以廉公之思赵将,吴子之泣西河⑬,人之情也。将军独无情哉?

想早励良规,自求多福。当今皇帝盛明,天下安乐。白环西献,楛矢东来;夜郎滇池,解辫请职;朝鲜昌海⑭,蹶角⑮受化。唯北狄野心,掘⑯强沙塞之间,欲延岁月之命耳。中军临川⑰殿下,明德茂亲,总兹戎重,吊民洛汭,伐罪秦中。若遂不改,方思仆言。聊布往怀,君其详之。丘迟顿首。

---

* 选自《文选》,第1943—1948页,南朝梁萧统编,唐李善注,上海:上海古籍出版社,1986年。

① 因机变化,遭遇明主:指陈伯之弃齐投梁。李善注引刘璠《梁典》曰:高祖得陈虎牙幢主苏隆,厚加礼赐,使致命江州刺史陈伯之。伯之,虎牙父也。苏隆还,称伯之许降。乃遣邓元起前驱逼之,伯之闻师近,以应义师。

② 开国称孤:《梁书·陈伯之传》载:力战有功,城平,进号征南将军,封丰城县公,邑二千户。

③ 朱轮华毂,拥旄万里:李善注引荀悦《汉纪》曰:今之州牧,号为万里。陈伯之为江州刺史,举江州降梁武帝,仍为江州刺史。

④ 穹庐:毡帐,指代北魏。此指陈伯之受部下邓缮、戴永忠等人蛊惑,起兵反梁,兵败奔魏。

⑤朱鲔涉血于友于:李善注引谢沈《后汉书》曰:光武攻洛阳,朱鲔守之。上令岑彭说鲔曰:"赤眉已得长安,更始为胡殷所反害,今公谁为守乎?"鲔曰:"大司徒公被害,鲔与其谋,诚知罪深,不敢降耳。"彭还白上,上谓彭复往明晓之:"夫建大事不忌小怨,今降,官爵可保,况诛罚乎。"涉血,同"蹀血",踏血而行,形容杀人多。友于,兄弟。大司徒即光武兄刘伯升。

⑥张绣剚(zì)刃于爱子:李善注引《魏志》曰:建安二年,公到宛,张绣降既而悔之,复反。公与战,军败,为流矢所中,长子昂、弟子安民遇害。四年,张绣率众降,封列侯。

⑦不远而复:《周易·复卦》载:初九,不远复,无祗悔,元吉。

⑧借命:苟且偷生。

⑨以慕容超之强,身送东市:慕容超(385—410),字祖明,昌黎棘城(今辽宁义县)人,鲜卑族,南燕末代皇帝。李善注引沈约《宋书》曰:慕容超大掠淮北,宋公表请北伐,遂屠广固,超逾城走,高胥获之,送超京师,斩于建康。

⑩姚泓之盛,面缚西都:姚泓(388—417),字元子,南安赤亭(今甘肃陇西)人,羌族,后秦末代皇帝。李善注引《宋书》曰:公以舟师进讨至洛阳,王镇恶克长安,生禽姚泓,执送泓,斩于建康市。面缚,原指双手朝前而缚,以便对方当面松绑,是古代投降的仪式,后泛指被俘。

⑪自相夷戮:北魏宣武帝景明二年(501),咸阳王元禧谋反,被赐死。正始元年(504),北海王元详为权臣高肇所谮,被赐死。丘迟所言指此。

⑫弦:指弓弦。李善注引臧洪《报袁绍书》曰:每登城勒兵,望主人之旗鼓,感故交之绸缪,抚弦搦矢,不觉涕流之覆面也。

⑬吴子之泣西河:《吕氏春秋·长见》载:吴起治西河之外,王错谮之于魏武侯,武侯使人召之,吴起至于岸门,止车而望西河,泣数行而下。其仆谓吴起曰:"窃观公之意,视释天下若释蹝,今去西河而泣,何也?"吴起抿泣而应之曰:"子不识君知我,而使我毕能西河,可以王。今君听逸人之议,而不知我。西河之为秦取不久矣,魏从此削矣。"吴起果去魏入楚。有间,西河毕入秦,秦日益大。

⑭昌海:即蒲昌海,今罗布泊。

⑮蹶角:叩头。

⑯掘:同"倔"。

⑰临川:指临川王萧宏(473—526),字宣达,梁武帝之弟。

作者简介

丘迟(464—508),字希范,南朝齐梁文学家,吴兴乌程(今属浙江省湖州市)人。明朝张溥辑有《丘司空集》。

题 解

天监四年(505年),梁武帝命临川王萧宏北伐,陈伯之屯兵寿阳与之对抗。丘迟在萧宏部下任谘议参军、记室,以个人名义写了这封著名的劝降书。陈伯之收到劝降信后,为情理打动,率众来归。这封书信,对陈伯之有称美、有规劝、有威慑、有引导,深得动之以情义、晓之以利害之笔法。尤其丘迟以动人的文笔,描写江南暮春三月草长莺飞之景,以故乡之美景勾起陈伯之的思乡之情,既出人意料,又在情理之中,体现出丘迟作文之高妙。

《梁书·陈伯之传》载:伯之不识书,及还江州,得文牒辞讼,惟作大诺而已。陈伯之不识字,他作为一介武夫,头脑简单,当初在萧衍的诱骗下弃齐投梁,后又在部下的唆使下反梁奔魏。丘迟此文能打动陈伯之,可能是诵读者声情并茂之故。这也反映了齐梁文章"易诵读"的特点。

与朱元思书

吴 均

风烟俱净,天山共色。从流飘荡,任意东西①。自富阳至桐庐,一百许里,奇山异水,天下独绝。水皆(漂)[缥]碧,千丈见底;游鱼细石,直视无碍。急(喘)[湍]甚箭②,猛浪若奔。夹岸高山,皆生寒树,负势竞上,互相轩邈③;争高直指,千百成峰。泉水激石,泠泠作响;好鸟相鸣,嘤嘤成韵。蝉则千转不穷,猿则百叫无绝。鸢飞戾天者④,望峰息⑤心;经纶⑥世务者,窥谷忘反。横(河)[柯]上蔽,在昼犹昏;疏条交映,有时见日。

* 选自《全上古三代秦汉三国六朝文·全梁文》,第七册第612页,清严可均辑,石家庄:河北教育出版社,1997年。
① 东西:这里是动词,向东漂流,向西漂流的意思。
② 甚箭:比箭还快。甚,胜过,超过。
③ 轩邈:指高山都争先恐后地往高处延长和向远处伸展。
④ 鸢飞戾天者:鸢飞戾天,老鹰高飞入天;鸢飞戾天者比喻追求名利极力攀高的人。
⑤ 息:使……平息。
⑥ 经纶:筹划、治理。

作者简介

吴均(469—520),字叔庠,南朝梁文学家、史学家,吴兴故鄣(今浙江安吉)人。其文号称"吴均体",著有志怪小说《续齐谐记》,现存一卷;撰《通史》,起三皇迄齐代,又注范晔《后汉书》九十卷等。

题 解

富春江上美景,历来受到人们赞誉。本文以优美的文笔描写的自然风光,脱去尘滓,荡除俗虑,洗尽尘肺,让人读后获得自然和生命的氧气。"奇山异水,天下独绝",是全篇之眼。文章围绕这八个字,先写"异水",后写"奇山",两者皆是"天下独绝"。更绝的是,这里的山水具有独特的功能,即它们能使"鸢飞戾天者,望峰息心;经纶世务者,窥谷忘反"。作者在细致生动的美景描叙中,插入一句即景生情的议论,顿时提升了山水的品位,真是卓尔不群,天下独绝。

与施从事书

吴 均

故鄣①县东三十五里有青山,绝壁干天②,孤峰入汉,绿嶂百重,清川万转。归飞之鸟,千翼竞来;企水③之猿,百臂相接。秋露为霜,春萝被径。风雨如晦,鸡鸣不已。信足荡累④颐物⑤,悟(里)[衷]⑥散赏⑦。

* 选自《全上古三代秦汉三国六朝文·全梁文》,第七册第612页,清严可均辑,石家庄:河北教育出版社,1997年。
① 故鄣:古县名,在今浙江安吉县西北。
② 干天:参天,指高出云际。
③ 企水:期盼喝水。
④ 荡累:荡除俗虑。
⑤ 颐物:通过流连物态以颐养性情。
⑥ 悟衷:使启发心胸。
⑦ 散赏:通过欣赏景物而排遣忧闷。

题 解

人们常说,大自然具有疗伤的作用。本文就描绘了具有疗养性灵的一方山水,即浙江故鄣县。这里青山高耸入云,绿水九曲回绕。美丽的自然景物可以开阔人的心胸、舒散人的愤懑、颐养人的性情、荡除人的俗虑。

与顾章书

吴 均

仆去月谢病,还觅薜萝①。梅溪②之西,有石门山者,森壁争霞③,孤峰限日④;幽岫含云,深溪蓄翠;蝉吟鹤唳,水响猿啼,英英⑤相杂,绵绵成韵。既素重幽居,遂葺宇⑥其上。幸富菊华,偏饶竹实⑦。山谷所资,于斯已办。仁智所乐,岂徒语哉!

* 选自《全上古三代秦汉三国六朝文·全梁文》,第七册第612页,清严可均辑,石家庄:河北教育出版社,1997年。

① 薜萝:指代隐士的服饰。
② 梅溪:山名,在今天浙江安吉境内。
③ 争霞:与云霞争高下。
④ 限日:阻挡了太阳。
⑤ 英英:同"嘤嘤",象声词,形容虫鸟的鸣叫。
⑥ 葺宇:修建屋宇。
⑦ 菊华竹食:菊花,竹食,都是隐士的食物。

题 解

作者辞官,行将隐居石门山,给顾章写信介绍隐居的情形。石门山的光与影、声与色、动与静、景与物,都是如此与隐居相协调。摈弃繁华,回归自然,斩断名利,追求自由。仁者乐山,智者乐水,仁智无俗韵,山水有清音。

(问)[开]善寺碑

王 筠

妙门①关键,辟之者既难;法海波澜,游之者未易。是以轩称俊圣,尧曰钦明。《韶》《濩》②有美善之风,文武致时雍之业。地平天成,惟事即世。移风易俗,匪止今身。至如访道峒山,乘风独远;凝神汾水,(窅)[窅]然③自丧。咸宗仰黄老之谈,景慕神仙之术。斯盖不度群生,事局诸(巳)[已];笃而为论,道有未弘。薰风邌露,散馥流甘。璧月珠星,联花飐叶。修幡绕于云根,和铃响于天外。玉池④动而扬文,宝树⑤摇而成乐。铭曰:亭亭切汉,耿介凌烟。层甍霞耸,飞栋星悬。

* 选自《全上古三代秦汉三国六朝文·全梁文》,第七册第674页,清严可均辑,石家庄:河北教育出版社,1997年。
① 妙门:佛门。
②《韶》《濩》:商汤时乐名。
③ 窅然:怅然若失的样子。
④ 玉池:仙池。
⑤ 宝树:佛教语,指七宝之树。

作者简介

王筠(482—550)字符礼。祖籍琅邪临沂(今山东临沂)人。王僧虔之孙。南朝梁文学家,藏书家。著有《洗马集》《中书集》。

题 解

梁武帝时,著名僧人宝志禅师死后,梁武帝敕建木塔,在塔前建开善寺,敕陆倕制铭于冢内,王筠制碑于寺门。王筠所写碑铭,以儒家、道家为陪衬,盛赞佛家"众生度尽,方证菩提"的宏大志愿,亦可证当时社会崇佛之盛。

江南相关知识

开善寺位于南京市玄武区紫金山东南坡下,是南朝梁武帝为纪念高僧宝志禅师而兴建的,唐朝改为"宝公院",南唐改为"开善道场",宋改为"太平兴国寺",明太祖朱元璋赐名"灵谷禅寺",现称"灵谷寺"。

与萧临川书

萧　纲

零雨送秋,轻寒迎节。江枫晓落,林叶初黄。登舟已积,殊足劳止。解维①金阙,定在何日？八区内侍②,厌直御史之庐；九棘外府③,且息官曹之务。应分竹南川,剖符千里④。但黑水初旋,未申十千之饮⑤；桂宫既启,复乖双阙之宴。文雅纵横,即事分阻,清夜西园,眇然未克。想征舻而结叹,望(挂)[桂]席而沾衿。若使弘农书疏,脱还邺下,河南口占,傥归乡里,必迟青泥之封⑥,且觏"朱明"之诗⑦。白云在天,苍波无极,瞻之歧路,眷慨良深。爱护波潮⑧,敬勖光彩。

* 选自《全上古三代秦汉三国六朝文·全梁文》,第七册第117页,清严可均辑,石家庄:河北教育出版社,1997年。

① 维:系船之缆绳。
② 八区内侍:指宫中文官。八区,泛指皇宫。
③ 九棘外府:指外廷朝臣。九棘,泛指朝臣。
④ 分竹、剖符:符、竹皆象征权力,是君臣信物,受命后各执一半。
⑤ 十千之饮:价值一万钱的美酒。
⑥ 青泥之封:指书信。
⑦ "朱明"之诗:指诗歌。
⑧ 爱护波潮:在风波潮涌中多加珍爱护惜身体。

> 作者简介

萧纲(503—551),即梁太宗、梁简文帝,字世缵,南兰陵(今江苏武进)人,梁武帝萧衍第三子,文学家。死于侯景之乱。萧纲因其创作风格,形成"宫体诗"的流派。

> 题 解

萧子云即将任临川郡(今属江西省)内史,所以萧纲称他为萧临川。这封书信当是为萧子云送行而写。萧子云离京外任,萧纲一方面加以劝慰,指出外任"且息官曹之务";一方面表示遗憾,未能饮宴送别,所以非常期待对方的书信和诗文的到来。此信在公文性质中还掺入了个人情感。

与广信侯书

萧 纲

王白。仰承比往开善①,听讲《涅盘》。纵赏山中,游心人外,青松白露,处处可悦,奇峰怪石,极目忘归。加以法水②晨流,天华③夜落,往而忘反,有会昔言。王牵物④从务,无由独往,仰此高踪,寸心如结。谨白。

* 选自《全上古三代秦汉三国六朝文·全梁文》,第七册第121页,清严可均辑,石家庄:河北教育出版社,1997年。
① 开善:即开善寺。
② 法水:佛教语,指佛法。佛法能消除心中烦恼,犹如水能洗涤污垢。
③ 天华:佛教语,天界仙花。
④ 牵物:为外物所牵制。

> 题 解

广信侯,即萧暎,字文明,萧憺之子,南广陵人。本文讲述在开善寺听讲《涅盘经》的感受,并描写钟山景色。佛教用语"法水""天华"的虚指和山中景物青松白露的实指相映成趣。

答张种书

沈 炯

若乃三江五湖,洞庭巨丽,写长洲之茂苑①,登九曲之层台②,山高水深,云蒸雾吐,其中之秀异者,实虎丘之灵阜③焉。冬桂夏柏,长萝修竹,灵源秘洞,转侧超绝,远涧深崖,交罗户穴④。

* 选自《全上古三代秦汉三国六朝文·全梁文》,第八册第140页,清严可均辑,石家庄:河北教育出版社,1997年。

① 茂苑:古苑名,又名长洲苑,故址在今苏州西南,相传春秋时为吴王阖闾游猎处。
② 层台:重台,高台。
③ 灵阜:秀美的山冈。
④ 户穴:洞穴。

▸作者简介◂

沈炯(503—561),字初明,武康(今浙江德清县)人。南朝梁陈间政治家。著有文集二十卷,已轶。张溥《汉魏六朝百三家集》辑有《沈炯集》。

▸题 解◂

张种论虎丘之美,突出"神秀";沈炯论虎丘之美,强调"秀异"。沈炯先以烘云托月之笔,把虎丘周围三江五湖、洞庭长洲的美景作为陪衬,再写虎丘山冈之秀异,就显得顺理成章。

与沈炯书

张 种

虎丘山者,吴岳①之神秀者也。虽复峻极异于九天,隐磷殊于太一,袗带城傍,独超众岭,控绕川泽,颐绝群岑。若其峰崖刻削,穷造化之瑰诡②;绝涧杳冥,若鬼神之仿佛。珍木灵草,茂琼枝与碧叶;飞禽走兽,必负义而膺仁。是以历代高贤,轻举栖托;梵台云起,宝刹星悬。自非玉牒③开祥,金精蕴耀,岂其神怪,若此者乎?

* 选自《全上古三代秦汉三国六朝文·全梁文》,第八册第145页,清严可均辑,石家庄:河北教育出版社,1997年。
① 吴岳:吴地山岳。
② 瑰诡:奇异。
③ 玉牒:指佛道之书。

作者简介

张种(504—573),字士苗,南朝梁、陈间政治家,吴郡(治今江苏省苏州市)人。事母孝,识量宏博,不治家产。有文集十四卷。

题解

本文介绍苏州虎丘山,全篇围绕"神秀"而展开。神是神奇,秀是秀美。这里的山岭川泽峰崖绝涧乃至珍木灵草,都非常奇异秀美;特别是飞禽走兽,都"负义而膺仁",岂不神奇至极?难怪历代高贤高僧选择在此栖居!

江南相关知识

虎丘在苏州西北。《越绝书·外传·记吴地传》:"阖庐冢在阊门外,名虎丘。下池广六十步,水深丈五尺,铜椁三重,坟池六尺。玉凫之流、扁诸之剑三千,方圆之口三千,时耗、鱼肠之剑在焉。千万人筑治之,取土临湖口。筑三日而白虎居上,故号为虎丘。"著名景点有剑池、真娘墓、虎丘塔、憨憨泉、试剑石等。

钟山飞流寺碑

萧 绎

清梵①夜闻,风传百常②之观;宝铃③朝响,声扬千秋之宫。同符上陇,望长安之城阙;有类偃师④,瞻洛阳之台殿。瞰连甍⑤而如绮,杂卉木而成帷。铭曰:

云聚峰高,风清钟彻。月如秋扇,花疑春雪。极目千里,平原迢递。

* 选自《全上古三代秦汉三国六朝文·全梁文》,第七册第195—196页,清严可均辑,石家庄:河北教育出版社,1997年。
① 清梵:僧尼诵经的声音。
② 百常:指一千六百尺高。八尺为寻,倍寻为常。意谓极高。
③ 宝铃:寺庙中悬挂的铃。
④ 偃师:传说周穆王时的巧匠,所制木偶,能歌善舞,恍如活人。
⑤ 连甍:形容房屋连延成片。甍,屋脊。

作者简介

萧绎(508—554),南朝梁元帝,字世诚,自号金楼子,南兰陵(今江苏常州)人。梁武帝萧衍第七子,梁简文帝萧纲之弟。著有《金楼子》。

题 解

钟山飞流寺现已不存,本文为后人想象飞流寺的盛况提供了依据。其中"月如秋扇,花疑春雪"最堪称道。

虎丘山序

顾野王

夫少室①作镇,以峻极而标奇;太华②神掌,以削成而称贵。若兹山者,高不概云,深无藏影。卑非培塿③,浅异棘林。秀壁数寻,被杜兰与苔藓;椿枝十仞,挂藤葛与悬萝。曲涧潺湲,修篁荫映。路若绝而复通,石将颓而更缀。抑巨丽④之名山,信大吴之胜壤。

若乃九功⑤六义⑥之兴,依永和声之制,志由兴作,情以词宣,形言谐于《韶》《夏》,成文畅于钟律,由来尚矣。未有登高能赋,而韬斐丽之章;入谷忘归,而忽铿锵之节。故总辔齐镳⑦,竞雕虫于山水;云合雾集,争歌颂于林泉。于是风清邃谷,景丽修峦;兰佩堪纫,胡绳可索。林花翻洒,乍飘飏于兰皋;山禽嗺响,时弄声于乔木。班草班荆⑧,坐磻石之上;濯缨濯足,就沧浪之水。倾缥瓷⑨而酌旨酒,翦绿叶而赋新诗。肃尔若与三径齐踪,锵然似共九成⑩偕韵。盛矣哉!聊述时事,寄之翰墨。

* 选自《全上古三代秦汉三国六朝文·全梁文》,第八册第130—131页,清严可均辑,石家庄:河北教育出版社,1997年。

① 少室:即少室山,系中岳嵩山的一部分。

② 太华:即西岳华山。

③ 培塿:即部娄,小土丘。

④ 巨丽:极其美好。

⑤ 九功:《左传》载:六府、三事,谓之九功。水、火、金、木、土、谷,谓之六府。正德、利用、厚生,谓之三事。

⑥ 六义:诗有六义,即风、雅、颂、赋、比、兴。

⑦ 总辔:控制缰绳。齐镳:并驾。

⑧ 班荆:朋友相遇,共坐谈心。班草意同班荆。

⑨ 缥瓷:浅青色酒瓶。

⑩ 九成:九阕。乐曲终止叫成。

作者简介

顾野王(519—581),字希冯,吴郡(今江苏苏州)人。南朝梁陈间文字训诂学家、史学家。工诗文,善书法绘画。编撰《玉篇》三十卷。

题 解

本文先以中岳嵩山和西岳华山为铺垫,引出虎丘山虽不高深,但也非卑浅。这比直接点题要迂回得多。所谓"文似看山不喜平",何况虎丘本来就不是平庸之山。通过对山中兰薛藤萝、曲涧修篁的描叙,总括为"信大吴之胜壤"。美景必为人文而设,美丽的山水引得文人雅士为之流连忘返。更难得的是,故友相聚,饮酒赋诗,雕虫山水,歌颂林泉,岂不快哉!

江南相关知识

吴江市在2006年恢复重建顾公庙(顾野王纪念馆),2007年下半年竣工。顾公庙由石牌坊、山门和大殿组成;位于三里桥生态园内,西傍京杭大运河,西南与三里古桥相望。顾野王墓地在今苏州市职业大学校园内,占地约50平方米,封土存高2米,直径10米;有钱大昕题"陈黄门侍郎顾公之墓"。

摄山栖霞寺碑

江 总

盖闻天有神宫,地云灵府。桑钦博记,始叙四衢之塔;金朔著经,因知千步之寺。至如峰形甑累,岫势堂密,亦乌足言哉。南徐州琅邪郡江乘县界有摄山者,其状似伞,亦名伞山。尹先生记曰:"山多草药,可以摄养,故以摄为名焉。"南瞻旧落,顾悌镇戍之坞;北望荒村,扈谦卜筮之宅。此山西南隅,有外道馆地,俄而疫疠磨灭。三清遗法,未明五怖①之灾;万善开宗,遂变四禅之境。俟见齐居士平原明僧绍,空解渊深,至理高妙,遗荣轩冕,遁迹岩穴,宋泰始中,尝游此山,仍②有终焉之志。村民野老,竞来谏曰:"山多狼虎毒蛇,所以久绝行践。"僧绍曰:"毒中之毒,无过三毒③,忠信可蹈水火,猛兽亦何能为?"乃刊木驾峰,薙草开径,披指蓁梗,结构茅茨,廿许年不事人世。渡河息暴,扰篋无立,皆曰诚至所感。

有法度禅师,家本黄龙,来游白社,梵行殚苦,法性纯备,与僧绍冥契甚善,尝于山舍讲《无量寿经》。中夜忽见金光照室,光中如有台馆形像,岂知一念之间,人王照其香盖④,八未曾有⑤,渊石朗其夜室。居士遂舍本宅,欲成此寺,即齐永明七年正月三日度上人之所构也。山情率易,野制疏朴,崖檐峻绝,涧户幽深。卉木滋荣,四时助其雕绮;烟霞舒卷,五色成其藻绚。居士尝梦此岩,有如来光彩,又因闲居,依稀目见。昔宝海梵志,睡睹花台;智猛比丘,行逢影窟。故知神应非远,灵相斯在。居士有怀创造,俄而物故。其第二子仲璋,为临沂令,克荷先业,庄严龛像。首于西峰石壁与度禅师镌造无量寿佛,坐身三丈一尺五寸,通座四丈,并二菩萨倚,高三丈三寸。若乃图写瑰奇,刻削宏壮,莲花莹目,石境沉晖,藕丝萦发,云崖失彩。项日流影,东方韬其大明;面月驰光,西照匿其成魄。大同二年,龛顶放光,光色身相,晃若炎山,林间树下,㸎如火殿。禅师自识终期,欣瞻瑞应,以建武四年于此寺顺寂。岂非六和精进,十念允谐,向沐宝池,方登金地者也。齐文惠太子、豫章文献王、竟陵文宣、始安王等,慧心开发,信力明悟,各舍泉贝⑥,共成福业。宋太宰江夏王霍姬,蕃闱内德,齐雍州刺史田奂,方牧贵臣,深晓正见,妙识来果,并于此岩阿,广收财施,琢磨巨石,影拟法身。梁太尉临川靖慧王,道契真如,心弘檀密⑦,见此山制置疏阔,功用稀少,以天监十年八月爱撤帑藏⑧,复加莹饰,缋以丹青,镂之铣鋩,五分照发,千轮启焕,排天堂庑,玉露分色,接岫轩墀,翠微抽影。八定⑨之侣,步纤草而扬梵;三慧⑩之僧,把飞泉而动色。喜园凝静,岂傲吏之凡游?深谷虚玄,非愚公之俗路。是以王公搢绅之辈,郎吏胥史之属,步林壑,陟皋壤,升精舍,拜道场,无不洗涤无明,浣濯嚣暗,非直心之砥路,孰能如斯者乎?

慧振法师志业该练,心力精确;度上人将就迁神,深相付嘱。法师聿修厥绪,劝助众功,基业田园,多所创置。先有名德僧朗法师者,去乡辽水,问道京华,清规挺出,硕学精诣。早成波若之性,凤植尸罗⑪之本,阐《方等》之指归,弘中道之宗致。北山之北,南山之南,不游皇都,将涉三纪。梁武皇帝能行四等,善悟三空,以法师累降征书,确乎不拔,天监十一年,帝乃遣中寺释僧怀、灵根寺释慧令等十僧诣山,咨受《三论》大义。贾谊曰学圣道如日之明,孙卿云登高山知天之峻。今之探赜,其此之谓。

南兰陵萧眎,幽栖抗志,独法绝群,遁世兹山,多历年所,临终遗言,葬法师墓侧。还符田豫,托西门之冢;更似梁鸿,偶要离之瘗。

又案:《神录》云:楚靳神在今临沂县,齐永明初,神诣法度道人受戒,自通曰靳尚,即楚大夫之灵也。大同元年二月五日,神又见形,着菩萨巾,披袈裟,闲雅甚都,来入禅堂,请寺众说法。崑岭之中,百神所在,首阳之路,八驷并驱。未有修净戒之品,诣得道之僧,整忍辱之衣,入安禅之室。是知名山大泽,灵异凭依者矣。

慧布法师幼落烦恼,早出尘劳,律仪明白,贞节峻远;贯综三乘⑫,不自媒炫,楷模七众⑬,无所诋诃。囊日静憩钟岩,余便观止,餐仁饮德,十有余年,顷于摄阜,受持珠戒。佩服之敬,虽敢怠于斯

须;汲引之劳,且曷伸于报效?夫言意难尽,铅椠易凋,固比河山,莫如金石。凡诸征应,并预随喜,并勒于碑左。乃为颂曰:

漫漫心火,冥冥世流。论生若寄,喻死如休。三明⑭未了,十智⑮难周。尽缠痴爱,岂离疮疣!敬仰鸡足,恭闻鹫头。斯风可美,其路何由?我开梵宇,面壑临丘。我图灵迹,果植因修。兼金画绘,泐石雕镂。连云出没,泄雨沉浮。经行松磴,禅坐蕙楼。涧风长泻,崖溜悬抽。花台似雪,夏室疑秋。名僧宴息,胜侣薰修。三乘谓筏,六度⑯为舟。金幢合盖,宝驾驱辀。地祇来格,天众追游。五时⑰无爽,七处相俦。辞题翠琰,字勒银钩。贤乎乐铧,过客宜留。

* 选自《全上古三代秦汉三国六朝文·全梁文》,第九册第434—435页,清严可均辑,石家庄:河北教育出版社,1997年。

① 五怖:佛教语,指不活、恶名、死、堕恶趣、处众怯等五种怖畏。
② 仍:乃,于是。
③ 三毒:佛教语,指贪、嗔、痴,是一切痛苦的根源。
④ 香盖:供奉诸佛的宝盖。
⑤ 八未曾有:佛教语,指八种稀有之法。
⑥ 泉贝:古代泉与贝并为货币,故统称货币为"泉贝"。
⑦ 檀密:佛教语,指布施真诚,周到。
⑧ 帑藏:钱币、财产。
⑨ 八定:佛教语,色界的四禅定与无色界的四空定,合称为八定。
⑩ 三慧:佛教语,指闻慧、思慧、修慧。
⑪ 尸罗:佛教语,系梵语的音译;义译为戒、善戒、善行等。谓精进持戒,防止身、口、意作恶。
⑫ 三乘:佛教语,即声闻乘、缘觉乘、菩萨乘。声闻乘又名小乘,缘觉乘又名中乘,菩萨乘又名大乘。
⑬ 七众:佛教语,指出家五众,比丘、比丘尼、沙弥、沙弥尼、式叉摩那;在家二众,优婆塞、优婆夷也。
⑭ 三明:佛教语,指天眼明、宿命明、漏尽明。

⑮ 十智:佛教语,十智以摄一切之智。一世俗智,二法智,三类智,四苦智,五集智,六灭智,七道智,八他心智,九尽智,十无生智。

⑯ 六度:佛教语,即六波罗蜜,指六个从烦恼的此岸度到觉悟的彼岸的方法。指施度、戒度、忍度、精进度、禅度、慧度。

⑰ 五时:佛教语,指华严时、阿含时、方等时、般若时、法华涅槃时。

·作者简介·

江总(519—594),字总持,南朝陈大臣、文学家,曾任宰相职,著有集三十卷。今存张溥《汉魏六朝百三家集》所辑《江令君集》仅一卷。

·题 解·

摄山即坐落于南京的栖霞山,因山中出产草药,有助于摄养,故称摄山;又因为形如伞状,故称伞山。文中的明僧绍居士,出身于山东平原郡信佛世家,儒学造诣精深,不受征辟;定居摄山后,修筑栖霞精舍。公元484年明绍僧去世,其第二子明仲章舍宅为寺,公元489年,法度禅师在栖霞精舍基础上建成栖霞寺。文中的僧朗法师"阐《方等》之指归,弘中道之宗致",大弘三论教义,被称为江南三论宗初祖。本文一方面详叙了栖霞寺建成之经过,一方面保留了南朝至隋代的大量佛教活动之史料,是一篇文史兼备的重要文章。这篇文章中,也可见出江总的佛学造诣很深,从侧面显示出当时达官贵人、学士命妇及普通百姓对佛教的信崇。

·江南相关知识·

栖霞山位于南京市栖霞区,被誉为"金陵第一明秀山",是国家AAAA级旅游景区。1634年,明代画家张宏创作《栖霞山图》,描绘了明朝栖霞山的风貌,现藏于台北故宫博物院。栖霞山自南朝以来就是佛教圣地,栖霞寺为众寺之首。栖霞寺始建于南齐永明七年(489),位于栖霞山中峰西麓,三面环山,北临长江,佛教"三论宗"的发源地,南朝时期与鸡鸣寺、定山寺齐名。唐代时称"功德寺",与山东长清的灵岩寺、湖北当阳市的玉泉寺、浙江天台的国清寺,并称天下"四大丛林"。

越州秋日宴山亭序

王 勃

昔王子敬琅琊之名士,常怀习氏之园①;阮嗣宗陈留之俊人,直至山阳之坐②。岂非琴樽远契,必兆朕于佳辰;风月高情,每留连于胜地?是以东山可望,林泉生谢客之文;南国多才,江山助屈平之气。况乎扬子云之故地,岩壑依然;宓子贱之芳猷,弦歌在属。红兰翠菊,俯映砂亭;黛柏苍松,深环玉砌。参差夕树,烟侵橘柚之园;的历③秋荷,月照芙蓉之水。既而星回汉转,露下风高,银烛掩华,瑶觞抒兴。一时仙驭,方深摈俗之怀;五际飞文,时动缘情之作。人分一字,四韵成篇。

* 选自《王子安集》,第38页,唐王勃撰,上海:上海古籍出版社,1992年。
① 习氏之园:山简为荆州太守,常光临习家之园。而王子敬不认识顾氏,曾直接往顾氏之园评鉴。王勃混二者为一。
② 山阳之坐:指阮籍常去嵇康处游玩。
③ 的历:光亮,鲜明。

作者简介

王勃(约650—约676),字子安,唐代文学家。古绛州龙门(今山西河津)人,与杨炯、卢照邻、骆宾王并称为"初唐四杰",著《王子安集》,代表作

《滕王阁序》。

> **题 解**
>
> 越州即今日之浙江绍兴,山亭应指绍兴云门王子敬山亭。王子敬即王献之。从文意看,或为越州地方官在山亭宴请王勃,所以王勃用"宓子贱之芳猷"来称赞地方官。越州山水既有丰富的人文底蕴,又有优美的自然风光。前者是虚写,以用典而体现;后者是实写,以工笔而描画。酬应之作,亦见功力。

江宁吴少府宅饯宴序

王 勃

蒋山①南望,长江北流。伍胥用而三吴盛,孙权困而九州裂。遗墟旧壤,数万里之皇城;虎踞龙盘,三百年之帝国。关连石塞,地宝金陵。霸气尽而江山空,皇风清而市朝改。昔时地险,曾为建业之雄都;今日太平,即是江宁之小邑。吴生俊寀②,辅佐烹鲜。我辈良游,方驰去鹢③。梁伯鸾之远逝,自有长谣;闵仲叔之遐征,仍逢厚礼。临别浦,枕离亭。阵云四面,洪涛千里。帘帷后辟,竹树映而秋烟生;栋宇前临,波潮惊而祥风动。嗣宗高啸,绿轸④方调;文举清谈,芳樽自满。想衣冠于旧国,便值三秋;忆风景于新亭,俄伤万古。情穷兴洽,乐极悲来。怆零雨于中轩,动流波于下席。嗟乎!九江为别,帝里隔于云端;五岭方逾,交州在于天际。方严去舳,且对穷途。玉露下而苍山空,他乡悲而故人别。请开文囿,共泻词源。人赋一言,俱题四韵。

* 选自《王子安集》,第43页,唐王勃撰,上海:上海古籍出版社,1992年。

① 蒋山：即钟山。
② 俊寀：能干的官吏。
③ 鹢：原指鸟，一般在船上画此鸟形，代指船。
④ 轸：指琴。

题 解

王勃将去交趾探父，途经江宁，吴姓县尉设家宴饯行，王勃写此序为别。这仍是一篇酬应之作，但写得切合时、地、人。时间是"竹树映而秋烟生"之"便值三秋"，地点是"虎踞龙盘"之太平小邑江宁，主人是"甫佐烹鲜"之俊寀吴少府。从"他乡悲而故人别"可知，这位吴少府很可能是王勃的友人。而"玉露下而苍山空"一句，景中含情，景中有境。

慧山寺新泉记

独孤及

此寺居吴西神山①之足。山小多泉，其高可凭而上。山下灵池异花，载在方志。山上有真僧隐客遗事故迹，而披胜录异者，贱近不书。无锡令敬澄字深源，以割鸡之余②，考古案图，葺而筑之，乃饰乃圬。有客竟陵陆羽，多识名山大川之名，与此峰白云相与为宾主，乃稽厥创始之所以而志之。谈者然后知此山之方广，胜掩他境。

其泉伏涌潜洩，潗潗③舍下，无沚无窦，蓄而不注。深源因地势以顺水性，始双垦袤丈之沼，疏为悬流，使瀑布下钟。甘溜湍激，若醴醽④乳，喷发于禅床，周于僧房，灌注于德地⑤，经营于法堂。潺潺有声，聆之耳清。濯其源，饮其泉，能使贪者让，躁者静，静者勤道，道者坚固,境净故也。

　　夫物不自美,因人美之。泉出于山,发于自然,非夫人疏之凿之之功,则水之时用不广。亦犹无锡之政烦民贫,深源导之,则千室襦袴⑥。仁智之所及,功用之所格,动若响答,其揆⑦一也。予饮其泉而悦之,乃志美于石。

* 选自《全唐文》,第3950页,清董浩等编,北京:中华书局,1983年。
① 西神山:即惠山。
② 割鸡之余:用"割鸡焉用牛刀"典,指执政之余。
③ 潗㵫:泉水翻腾之声。
④ 酾醴:甜酒斟滤。
⑤ 德地:指寺院。
⑥ 襦袴:比喻惠民之德政。
⑦ 揆:道理。

作者简介

　　独孤及(725—777),字至之,洛阳(今河南洛阳)人。曾任左拾遗,礼部员外郎,常州刺史等职,谥号为宪。长于古文,亦能诗。著有《毗陵集》三十卷。

题　解

　　本文重心在"物不自美,因人美之"。惠山因陆羽之品题而声名赫奕;惠山寺之泉,因无锡令敬澄之疏凿,而"甘溜湍激",如甜酒斟出,甘露喷发;而无锡原本"政烦民贫",也由于无锡令之治政有方而惠及万民。"其揆一也"。文章由山而泉,由泉及人,由赞美惠山、惠山泉而赞美无锡令之德政,显得水到渠成。

游慧山寺记

陆 羽

慧山古华山也。顾欢《吴地记》云：华山在吴城西北一百里。释宝唱《名僧传》云："沙门僧显，宋元徽中过江，住京师弥陀寺，后入吴，憩华山精舍。"华山上有方池，池中生千叶莲花，服之羽化，老子《枕中记》①所谓吴西神山是也。山东峰当周秦间，大产铅锡，至汉兴，锡方殚，故创无锡县，属会稽。后汉有樵客，山下得铭云："有锡兵，天下争。无锡宁，天下清。有锡沴②，天下弊。无锡乂③，天下济。"自光武至孝顺之世④，锡果竭。顺帝更为无锡县，属吴郡。故东山为之锡山，此则锡山之岑崟也。南朝多以北方山川郡邑之名，权创其地，又以此山为历山，以拟帝舜所耕者。其山有九陇，俗谓之"九龙山"，或云"斗龙山"。九龙者，言山陇之形，若苍虬缥螭之合沓然。斗龙者，相传云隋大业末，山上有龙斗六十日，因而名之。

凡联峰沓嶂之中，有柯山、华陂、古洞阳观，秦始皇坞。柯山者，吴子仲雍五世孙柯相所治也。华陂者，齐孝子华宝所筑也。古洞阳观下有洞穴，潜通包山，其观以梁天监年置，隋大业年废。秦始皇坞者，村墅之异名，昔始皇东巡会稽，望气者以金陵、太湖之间有天子气，故掘而厌之。梁大同中，有青莲花育于此山，因以古华山精舍为慧山寺，在无锡县西七里，宋司徒古长史⑤湛茂之家此山下，故南平王铄有赠答之诗。江淹、刘孝标、周文信并游焉。

寺前有曲水亭，一名憩亭，一名歇马亭，以备士庶投息之所。其水九曲，甃⑥以文石䃥礨⑦，龠⑧沦潺湲，濯漱移日。寺中有方池，一名千叶莲华池，一名纑塘，一名浣沼。岁集山姬野妇，漂纱涤缕，其湖皓之色，彼耶溪⑨、镜湖不类也。池上有大同殿，以梁大同年置，因名之。从大同殿直上，至望湖阁，东北九里有上湖，一名射贵湖，一名芙蓉湖。南控长洲,东泊江阴,北淹晋陵,周围一万五千三百顷,苍苍渺渺,迫于轩户。阁西有黄公涧,昔楚考烈王之时,封春申君黄歇于吴之故墟,即此也。其祠宇享以醪酒,乐以鼓舞,禅流道伴,不胜滓噪,迁于山东南林墅之中。

夫江南山浅土薄,不自流水,而此山泉源滂注崖谷,下溉田十余顷。此山又当太湖之西北隅萦纡四十余里,惟中峰有丛篁灌木,余尽古石嵌崒⑩而已。凡烟岚所集,发于萝薜,今石山横亘,浓翠可掬。昔周柱史伯阳谓之神山,岂虚言哉!伤其至灵,无当世之名;惜其至异,为讹俗所弃。无当世之名,以其栋宇不完也;为讹俗所弃,必其闻见不远也。且如吴西之虎丘、丹徒之鹤林、钱塘之天竺,以其台殿楼榭,崇崇業業⑪,车舆洊⑫至,是有嘉名。不然,何以与此山引为侪列耶?若以鹤林望江,天竺观海,虎丘平眺郡国以为雄,则曷若兹山绝顶,下瞰五湖,彼大雷、小雷、洞庭诸山,以掌睨可矣。向若引修廊,开邃宇,飞檐眺槛,凌烟架日,则江淮之地,著名之寺,斯为最也。此山亦犹人之秉至行,负淳德,无冠裳钟鼎,为迩俗所不侔,宜矣。夫德行者源也;冠裳钟鼎者流也。苟无其源,流将安发?予敦其源,亦伺其流,希他日之营立,为后之洪注云。

    * 选自《全唐文》,第4419—4420页,清董诰等编,北京:中华书局,1983年。

    ① 老子《枕中记》:道家著作,伪托老子所著。后文"周柱史伯阳",亦指老子。可见作者陆羽对此书信以为真。

    ② 沴(lì),相害相伤。

    ③ 乂:治理。

    ④ 孝顺之世:或是"安顺之世"之误。指东汉安帝刘祜、顺帝刘保。

    ⑤ 古长史:或为"右长史"之误。

    ⑥ 甓:砌垒砖石。

    ⑦ 罳(yú)甓:网状的砖墙。罳,指网,甓,指砖。

    ⑧ 瀰:水深之貌。

⑨ 耶溪:若耶溪,相传是西施浣纱处。
⑩ 萃:聚集,堆集。
⑪ 業業:高大的样子。
⑫ 洊:屡次。

作者简介

陆羽(733—804),字鸿渐,号竟陵子。唐复州竟陵(今湖北天门)人,当时人以"楚狂接舆"视之。一生嗜茶,精于茶道,以著世界第一部茶叶专著《茶经》闻名于世,被尊为"茶圣"。

题 解

慧山寺即无锡惠山寺。本文首先列叙慧山和无锡之历史,介绍无锡之得名尤为详细。顺势引出慧山寺,介绍历史要言不烦,描写景色气象恢宏。如此厚重底蕴和恢宏气象的慧山寺,至灵至异,却不为人知。正如"秉至行,负淳德"之人,却不为世所知一样。难怪作者引譬连类,指出"德行为源""冠裳为流",感慨世人倒流为源,而作者则要"敦源伺流"。陆羽怀瑾握瑜,而为当世人所不识,本文亦"借他人之酒杯,浇自家之块垒"之深意。

江南相关知识

惠山寺位于江苏无锡惠山秀嶂街,距今已有一千五百多年历史,历代香火鼎盛,后毁于太平军战火,李鸿章在其废墟上建"昭忠祠",辛亥革命后改为"忠烈祠"。至今还保留部分古迹如龙眼泉、石经幢、金莲桥、古银杏和御碑亭等。惠山更以陆羽品题的"天下第二泉"称名于世。

江南文

游妙喜寺记

李 逊

越州好山水,峰岭重叠,迤逦皆见,鉴湖平浅,微风有波。山转远转高,水转深转清,故谢安与许询、支道林、王羲之常为越中山水游侣。以安之清机,询、道林之高逸,羲之之知止,虽生知者思过已半①,乌知又不因外奖积②成精洁邪?

妙喜寺去郭二十里而近,通舟而到。积水四满,楼台在中。观其林叟渔者,小艇短楫,求赢③而来,得志而返,濯足击汰,声满山谷。又有丹素佳禽,弄吭清流,劈波投空,一一远去。时从事四五人,天气清爽,同登共览。因思羊叔子在襄阳,好风景,出铃阁,罢渔猎,登岘山,今古在怀,独立无对,存有令德,殁有令名,君子哉!逊赖圣时钦明,寰海无波,进无若人之才,退获若人之逸。登山望水,思泯幽寂,云霞草树,横在一目。非敢追踪羊公,亦复长揖王谢矣!时有从事李翱、僧灵彻请纪,故琢④于片石云。时元和八月十五日记。

* 选自《全唐文》,第5537页,清董诰等编,北京:中华书局,1983年。
① 思过已半:已领悟大半。
② 奖积:辅助促进。
③ 求赢:求取利益。
④ 琢:刻。

作者简介

李逊(761—823),字友道,荆州石首(今湖北省石首市)人,唐朝大臣。元和年间任衢州越州刺史,官终刑部尚书。

> **题 解**
>
> 　　此文为作者任越州刺史时所作。文中提及的羊祜为晋代贤臣,德惠荆州,爱民如子,是古代地方官中受到百姓爱戴的典范。《旧唐书》本传载李逊"为政以均一贫富、扶弱抑强为己任",颇有政绩。他谦称自己"进无若人之才,退获若人之逸",虽无羊祜之才干,却有羊祜之闲逸。他赞美山水之好,民风之淳,官员之逸,其内心是以羊祜为榜样的。

冷泉亭记

白居易

　　东南山水,余杭郡为最;就郡言,灵隐寺为尤;由寺观,冷泉亭为甲。亭在山下水中央、寺西南隅,高不倍寻,广不累丈;而撮奇得要,地搜胜概,物无遁形。春之日,吾爱其草薰薰,木欣欣,可以导和纳粹,畅人血气。夏之夜,吾爱其泉淳淳①,风泠泠②,可以蠲烦③析酲④,起人心情。山树为盖,岩石为屏,云从栋生,水与阶平。坐而玩之者,可濯足于床下;卧而狎之者,可垂钓于枕上。矧又潺湲洁澈,粹冷柔滑,若俗士,若道人,眼耳之尘,心舌之垢,不待盥涤,见辄除去。潜利阴益,可胜言哉?斯所以最余杭而甲灵隐也。

　　杭自郡城抵四封,丛山复湖,易为形胜。先是领郡者有相里君造作虚白亭,有韩仆射皋作候仙亭,有裴庶子棠棣作观风亭,有卢给事元辅作见山亭,及右司郎中河南元藇最后作此亭。于是五亭相望,如指之列,可谓佳境殚矣,能事毕矣。后来者虽有敏心巧目,无所加焉。故吾继之,述而不作。长庆三年⑤八月十三日记。

* 选自《白居易集笺校》,第2764—2765页,唐白居易撰,朱金城笺校,上海:上海古籍出版社,1988年。

① 淳淳:水平静的样子。
② 泠泠:清凉的样子。
③ 蠲烦:消除烦恼。
④ 析酲:醒酒,解酒。
⑤ 长庆三年:公元 823 年。

作者简介

　　白居易(772—846),字乐天,号香山居士,祖籍山西太原,生于河南新郑。唐代伟大的现实主义诗人,与李白、杜甫齐名。官至翰林学士、左赞善大夫,曾任杭州刺史。有《白氏长庆集》传世。

题　解

　　本文作于白居易任杭州刺史的第二年。冷泉亭除了"撮奇得要",春夏宜人,可玩可狎;更重要的是无论俗士道人,皆能在此清涤身心。在他之前的五任官员建了五座亭,他认为能事毕矣,无所加焉。他虽然继任,却不再新建。这一份谦抑之德使白居易能充分认识他人所建构亭台之优美。而白居易从京官外任,在杭州所施惠政,已在百姓心中树立永久碑亭。

桐庐郡严先生祠堂记

范仲淹

　　先生,汉光武之故人也,相尚以道。及帝握赤符,乘六龙,得圣人之时,臣妾亿兆①,天下孰加焉,惟先生以节高之。既而动星象,归江湖,得圣人之清,泥涂轩冕②,天下孰加焉,惟光武以礼下之。

在《蛊》之上九,众方有为,而独不事王侯,高尚其事,先生以之。在《屯》之初九,阳德方亨,而能以贵下贱,大得民也,光武以之。盖先生之心出乎日月之上,光武之器,包乎天地之外。微先生不能成光武之大;微光武岂能遂先生之高哉! 而使贪夫廉,懦夫立,是有大功于名教也。某来守是邦,始构堂而奠焉,乃复③其为后者四家,以奉祠事。又从而歌曰:"云山苍苍,江水泱泱,先生之风,山高水长!"

* 选自《范仲淹全集》,第190—191页,宋范仲淹撰,李先勇、王蓉贵校点,成都:四川大学出版社,2007年。
① 臣妾亿兆:以亿兆为臣妾,指当上皇帝。
② 泥涂轩冕:视轩冕为泥涂,指鄙视权位。
③ 复:免除徭役或赋税。

作者简介

范仲淹(989—1052),字希文,吴县(今江苏苏州)人,大中祥符八年(1015)进士,官至参知政事,主持"庆历新政",失败后屡遭贬斥。谥"文正"。著有《范文正公文集》。

题 解

本文与一般楼宇祠庙记的写法迥然不同,只字未指严先生祠堂之构造,而是时时、处处突出光武帝和严先生之"双美"。"相尚以道"是平民与皇帝相处的根本原则。所以当光武帝"臣妾亿兆"时,唯有严先生以风节感染光武帝;而当严先生"泥涂轩冕"时,只有光武帝以礼敬谦让严先生。唯有"相尚以道",平民和皇帝才能处于平等的地位,才能各得其宜,两全其美。不仅如此,还能使贪廉懦立,"有大功于名教"。范仲淹谪守睦州(今浙江建德)之际,时年46岁,他在睦州居官约半年,即为严先生建祠堂并撰记,提出君主和臣民"以道"相尚,而非"以势"相交,盖有深意存焉。

有美堂记

欧阳修

嘉祐二年①,龙图阁直学士、尚书吏部郎中梅公②出守于杭。于其行也,天子宠之以诗,于是始作有美之堂。盖取赐诗之首章而名之,以为杭人之荣。然公之甚爱斯堂也,虽去而不忘。今年自金陵遣人③走京师,命予志之。其请至六七而不倦,予乃为之言曰:

夫举天下之至美与其乐,有不得而兼焉者多矣。故穷山水登临之美者,必之乎宽闲之野、寂寞之乡而后得焉。览人物之盛丽、夸都邑之雄富者,必据乎四达之冲、舟车之会而后足焉。盖彼放心于物外,而此娱意于繁华,二者各有适④焉。然其为乐,不得而兼也。

今夫所谓罗浮、天台、衡岳、庐阜⑤、洞庭之广,三峡之险,号为东南奇伟秀绝者,乃皆在乎下州小邑、僻陋之邦。此幽潜之士、穷愁放逐之臣之所乐也。若乃四方之所聚,百货之所交,物盛人众,为一都会,而又能兼有山水之美,以资富贵之娱者,惟金陵、钱塘,然二邦皆僭窃于乱世。及圣宋受命,海内为一。金陵以后服见诛⑥,今其江山虽在,而颓垣废址,荒烟野草,过而览者莫不为之踌躇而凄怆。独钱塘自五代时知尊中国,效臣顺,及其亡也,顿首请命,不烦干戈⑦。今其民幸富完安乐。又其俗习工巧。邑屋华丽,盖十余万家。环以湖山,左右映带。而闽商海贾,风帆浪舶,出入于江涛浩渺、烟云杳霭之间,可谓盛矣。

而临是邦者,必皆朝廷公卿大臣若⑧天子之侍从,又有四方游士为之宾客。故喜占形胜,治亭榭,相与极游览之娱。然其于所取,有得于此者必有遗于彼。独所谓有美堂者,山水登临之美,人物邑居之繁,一寓目而尽得之。盖钱塘兼有天下之美,而斯堂者又尽得钱塘之美焉,宜乎公之甚爱而难忘也。梅公,清慎好学君子也,视其所好,可以知其人焉。四年八月丁亥,庐陵欧阳修记。

* 选自《欧阳修诗文集校笺》,第1035—1036页,宋欧阳修撰,洪本健校笺,上海:上海古籍出版社,2009年。

① 嘉祐二年:公元1057年。
② 梅公:即梅挚(994—1059),字公仪,成都新繁人,天圣五年进士,时任杭州知州。
③ 自金陵遣人:梅挚后又迁江宁知府。
④ 适:至,言其目的不同。
⑤ 庐阜:即庐山。
⑥ 金陵以后服见诛:指南唐后主李煜兵败被俘,后被宋太宗毒杀。
⑦ 自五代始时,知尊中国,效臣顺,及其亡也,顿首请命,不烦干戈:指吴越钱氏在五代时向中原王朝称臣,末代吴越王钱俶主动归顺北宋,使百姓免遭战乱。
⑧ 若:或。

作者简介

欧阳修(1007—1072),字永叔,号醉翁,晚号六一居士,吉州永丰(今江西吉安永丰县)人,官至翰林学士、枢密副使、参知政事,谥号文忠。北宋政治家、文学家、史学家,主修《新唐书》,撰有《新五代史》,著有《欧阳文忠集》。

题 解

本文是欧阳修应梅挚之请写的一篇纪念有美堂的碑记。有美堂的命名是出于对君主的感恩,堂建于吴山之上,可以尽览杭州自然、人文之美。

欧阳修在记叙、描写中夹入议论,对吴越王主动归顺,使民免于战火的举动给予高度评价,表达了"民为贵,社稷次之"的思想。文章语言波澜不惊,娓娓道来,忠君、爱民之情与杭州山水之美、文物之盛融为一体。后蔡襄书其文,立于堂边。

集 评

梅龙图挚知杭州,作有美堂,最得登临佳处,公为之作记。人谓公未尝至杭,而所记如目览;坐堂上者,使之为记,未必能如是之详也。(宋朱熹《考欧阳文忠公事迹》)

将他州外郡宛转假借,比并形容,而钱塘之美自见。此别是一格。(宋楼昉《崇古文诀》)

唐顺之:如累九层之台,一层高一层,真是奇绝。(明茅坤《唐宋八大家文钞》)

形容两地盛衰各极,情景如在目前,篇中胜观在此。数层脱卸,一气滚下,又极纡余袅娜。(清储欣《唐宋八大家类选》)

通篇以虚景成文。(清何焯《义门读书记·欧阳文忠公文》)

不侈赐书之荣,不赞梅公之品,独从都会之繁华、湖山之明丽着意,见他处不能兼者,而此独兼之。逐层脱卸,累如置丸,笔下亦复烟云缭绕。(清沈德潜《唐宋八大家文读本》)

江南相关知识

清代翟灏、翟瀚《湖山便览》卷十二载:有美堂,《庚溪诗话》云嘉祐初,梅挚出守杭州,仁宗赐诗有曰:地有吴山美,东南第一州。梅既到杭,欲侈上赐,建堂吴山上,名曰"有美",欧阳永叔为记,蔡君谟书,士夫留题甚众。苏子瞻倅杭,因笔吏尽录之,而未著其姓名,默定高下,遂以贾耘老诗为冠。堂久圮,《成化杭州府志》据宋《淳祐志》言:淳祐六年,府尹赵与𢡟发地,获古刻小碑于太岁庙,侧即仁宗御赐梅公诗也,此堂故址乃以显著。《方舆胜览》谓堂在郡治。以南宋府治后堂,承袭其名,讹耳。

沧浪亭记

苏舜钦

予以罪废无所归,扁舟南游,旅于吴中,始僦①舍以处。时盛夏蒸燠,土居皆褊狭,不能出气,思得高爽虚辟之地,以舒所怀,不可得也。

一日过郡学,东顾草树郁然,崇阜广水,不类乎城中。并水②得微径于杂花修竹之间。东趋数百步,有弃地,纵广合五六十寻,三向皆水也。杠③之南,其地益阔,旁无民居,左右皆林木相亏蔽。访诸旧老,云钱氏有国,近戚孙承佑④之池馆也。坳隆胜势⑤,遗意尚存。予爱而徘徊,遂以钱四万得之,构亭北碕⑥,号"沧浪"焉。前竹后水,水之阳又竹,无穷极,澄川翠干,光影会合于轩户之间,尤与风月为相宜。予时榜⑦小舟,幅巾以往,至则洒然忘其归。箕⑧而浩歌,踞而仰啸,野老不至,鱼鸟共乐,形骸既适则神不烦,观听无邪则道以明,返思向之汩汩荣辱之场,日与锱铢利害相磨戛⑨,隔此真趣,不亦鄙哉!

噫!人固动物耳。情横于内而性伏⑩,必外遇于物而后遣。寓久则溺,以为当然,非胜是而易之,则悲而不开。惟仕宦溺人为至深,古之才哲君子,有一失而至于死者多矣,是未知所以自胜之道。予既废而获斯境,安于冲旷,不与众驱,因之复能见乎内外失得之原,沃然有得,笑傲万古。尚未能忘其所寓目,用是以为胜焉。

* 选自《苏舜钦集》,第157—158页,宋苏舜钦撰,朱东润校注,上海:上海古籍出版社,1981年。

① 僦:租。

② 并水:沿水而行。并,同"傍"。《汉书·武帝纪》有载:遂北至琅邪并海,颜师古注:"并",读曰"傍"。傍,依也。

③ 杠:独木桥。

④ 孙承佑(936—985):五代杭州钱塘人,其姊为吴越王钱俶妃,故擢处要职,凭藉亲宠,恣为奢侈。入宋,为泰宁军节度使,后改知滑州。

⑤ 坳隆胜势:高低错落的优越的地势。坳,低洼。

⑥ 碕:曲岸。

⑦ 榜:划船。

⑧ 箕:即箕踞。"踞"指蹲或臀部着地而坐,"箕踞"指臀部着地时张开两腿,形似簸箕,是种轻慢、随意的坐姿。

⑨ 磨戛:摩擦撞击。

⑩ 情横于内而性伏:意为情欲充盈于心中,本性就会受到压抑。

作者简介

苏舜钦(1008—1048),字子美,祖籍梓州铜山(今四川中江),曾祖时迁至开封,景佑元年进士,北宋诗人、书法家,曾任大理评事、集贤殿校理等职位,因支持范仲淹的庆历革新,为守旧派所恨,遭到弹劾,罢职闲居苏州,后复起为湖州长史,不久病故。著有《苏学士文集》。

题 解

苏舜钦在政治上支持范仲淹,参与庆历新政。庆历四年(1044),身为集贤殿校理的苏舜钦为政敌王拱辰所诬,削职为民。次年四月,舜钦至吴中,文中买园池之事即在当时。文中表达了对官场政治斗争的厌恶和对隐居生活的怡然自足之情。苏舜钦另有《沧浪亭》诗说"迹与豺狼远,心随鱼鸟闲",更简练地表达了远离官场隐居自然的惬意。

> **江南相关知识**
>
> 沧浪亭在今苏州三元坊,被列入第六批全国重点文物保护单位。范成大《绍定吴郡志》卷十四载:沧浪亭,在郡学之南,积水弥数十亩,傍有小山,高下曲折,与水相萦带。《石林诗话》以为钱氏时广陵王元璙池馆,或云其近戚中吴军节度使孙承佑所作。既积土为山,因以潴水,庆历间苏舜钦子美得之,傍水作亭曰"沧浪"欧阳文忠公诗云:清风明月本无价,可惜只卖四万钱。沧浪之名始著。子美死,屡易主,后为章申公家所有,广其故地,为大阁,又为堂。山上亭北跨水有名洞山者,章氏并得之。既除地,发其下,皆嵌空大石,人以为广陵王时所藏,益以增累。其隙两山相对,遂为一时雄观。建炎狄难,归韩蕲王家。

伍子胥庙铭

王安石

予观子胥出死亡逋窜之中①,以客寄之一身,卒以说吴,折不测之楚,仇执耻雪②,名震天下,岂不壮哉!及其危疑之际,能自慷慨不顾万死,毕谏于所事③,此其志与夫自恕以偷一时之利者异也。孔子论古之士大夫,若管夷吾、臧武仲之属④,苟志于善而有补于当世者,咸不废也。然则子胥之义又曷可少耶?康定二年⑤,予过所谓胥山者,周行庙庭,叹吴亡千有余年,事之兴坏废革者不可胜数,独子胥之祠不徙不绝,何其盛也!岂独神之事吴之所兴⑥,盖亦子胥之节有以动后世,而爱尤在于吴也。后九年,乐安蒋公⑦为杭使,其州人力而新之,余与为铭也。

烈烈子胥,发节穷通。遂为册臣⑧,奋不图躬。谏合谋行,隆隆之吴。厥废不遂,邑都俄墟。以智死昏,忠则有余。胥山之颜,殿屋渠渠⑨。千载之祠,如祠之初。孰作新之,民劝而趋。维忠肆怀,维孝肆孚。我铭祠庭,示后不诬。

* 选自《王荆公文集笺注》,第12—13页,宋王安石撰,李之亮笺注,成都:巴蜀书社,2005年。

① 出死亡逋窜之中:指伍子胥先与太子建避难于郑国,太子建被郑国诛杀后,伍子胥与太子建之子胜奔吴,过昭关,几不得脱,后得渔人之助,遂至吴。

② 折不测之楚,仇执耻雪:指伍子胥率吴军打败楚国,入郢都,鞭平王之尸。仇执耻雪,仇人被打败,耻辱得到洗雪。执,制服。

③ 毕谏于所事:指吴王夫差打败越国后纵虎归山,又致力于称霸中原,不顾越国入侵,伍子胥强谏,吴王不听,反受伯嚭之谗言,赐死子胥。

④ 孔子论古之士大夫,若管夷吾、臧武仲之属:见《论语·宪问》:子贡曰:管仲非仁者与?桓公杀公子纠,不能死,又相之。子曰:管仲相桓公,霸诸侯,一匡天下,民到于今受其赐。微管仲,吾其被发左衽矣。岂若匹夫匹妇之为谅也,自经于沟渎而莫之知也!子路问成人。子曰:若臧武仲之知,公绰之不欲,卞庄子之勇,冉求之艺,文之以礼乐,亦可以为成人矣。

⑤ 康定二年:公元1041年。是年王安石赴京就礼部试。

⑥ 神之事吴之所兴:意为对他臣事吴国,使得吴国振兴的事迹感到神异。

⑦ 乐安蒋公:即蒋堂(980—1054),字希鲁,常州宜兴人,大中祥符五年进士,曾任杭州知州。

⑧ 册臣:即"策臣",与谋国策之重臣。

⑨ 渠渠:殿屋深广之貌。《诗经·秦风·权舆》:夏屋渠渠。《朱熹集传》:渠渠,深广貌。

作者简介

王安石(1021—1086),字介甫,号半山,临川(今属江西抚州)人,庆历二年进士,官至同平章事。在其执政期间,大力推行新法,以振兴国家。由于保守派的反对及新法本身的弊端,成效不大。晚年退居金陵,封荆国公,谥曰文。著有《临川集》。

> 题　解
>
> 本文作于庆历八年(1048)作者知鄞县时。胥山即杭州吴山,上有伍子胥庙。文章赞颂了伍子胥的忠孝之节,表达了古代士大夫扬名后世的人生价值追求。王安石指出伍子胥祠之"不徙不绝",乃在于伍子胥节动后世,遗爱在吴,而吴国灭亡早有千年,怎么不令人感叹!

> ·江南相关知识·
>
> 胥山即杭州吴山,上有伍子胥庙,至今存之。《史记·伍子胥列传》:吴王闻之大怒,乃取子胥尸盛以鸱夷革,浮之江中。吴人怜之,为立祠于江上,因命曰胥山。裴骃《集解》引张晏曰:胥山在太湖边,去江不远百里,故云江上。张守节《正义》:《吴地记》云:胥山,太湖边胥湖东岸山,西临胥湖,山有古丞、胥二王庙。按:其庙不干子胥事,太史误矣,张注又非。本来胥山之名与伍子胥无关,大概上古时代当地有祭祀"胥王"之俗,故名。从祭祀胥王到祭祀伍子胥,实质上是由原始神灵崇拜转变为对人的精神品质的尊崇。

雁荡山

沈　括

温州雁荡山,天下奇秀。然自古图牒,未尝有言者。祥符①中,因造玉清宫,伐山取材,方有人见之,此时尚未有名。按西域书②,阿罗汉诺矩罗居震旦东南大海际雁荡山芙蓉峰龙湫③。唐僧贯休为《诺矩罗赞》④,有"雁荡经行云漠漠,龙湫宴坐雨蒙蒙"之句。此山南有芙蓉峰,峰下有芙蓉驿,前瞰大海,然未知雁荡、龙湫所在。

后因伐木,始见此山。山顶有大池,相传以为雁荡,下有二潭水,以为龙湫。又有经行峡、宴坐峰,皆后人以贯休诗名之也。谢灵运为永嘉守,凡永嘉山水,游历殆遍,独不言此山,盖当时未有雁荡之名。

予观雁荡诸峰,皆峭拔险怪,上耸千尺,穹崖巨谷,不类他山,皆包在诸谷中。自岭外望之,都无所见,至谷中则森然干霄。原其理,当是为谷中大水冲激,沙土尽去,唯巨石岿然挺立耳。如大小龙湫、水帘、初月谷之类,皆是水凿之穴。自下望之,则高岩峭壁;从上观之,适与地平。以至诸峰之顶,亦低于山顶之地面。世间沟壑中水凿之处,皆有植土龛岩⑤,亦此类耳。今成皋、陕西大涧⑥中,立土动及百尺,迥然耸立,亦雁荡具体而微者,但此土彼石耳。既非挺出地上,则为深谷林莽所蔽,故古人未见,灵运所不至,理不足怪也。

* 选自《梦溪笔谈校证》,第761—762页,宋沈括撰,胡道静校正,上海:上海古籍出版社,1987年。

① 祥符:宋真宗赵恒的年号大中祥符(1008—1016)。

② 西域书:指佛经。

③ 阿罗汉诺矩罗居震旦东南大海际雁荡山芙蓉峰龙湫:意为圣者诺矩罗居住在中国东南方靠海的雁荡山芙蓉峰的龙湫。阿罗汉,也称罗汉,梵语"圣者"的音译。诺矩罗,十六罗汉之第五。震旦,古时印度对中国的称呼。芙蓉峰,在雁荡山南部,峰下有芙蓉驿(在今芙蓉镇)。龙湫,雁荡山的瀑布名,瀑布下有两个深潭,称大龙湫、小龙湫。湫,水潭。

④ 唐僧贯休为《诺矩罗赞》:贯休,唐代僧人(832—912),原名姜德隐,善书、诗、画,曾画有罗汉像,著有《禅月集》,今传《禅月集》内无《诺矩罗赞》,当为所画罗汉像之赞文,沈括所引之二句被辑入《全唐诗》中。

⑤ 植土龛岩:直立的土壁和上凸下凹的岩石。植土,沟壑两边高耸笔立的土层。龛岩,似龛的岩石,指底部向内凹陷的岩石。

⑥ 成皋、陕西大涧:成皋、陕西的黄土山涧。成皋,今河南荥阳县西。陕西,陕县以西。河南陕县,宋代为陕州。大涧,夹在两山间的大水沟。

作者简介

沈括(1031—1095),字存中,号梦溪丈人,杭州钱塘人,北宋政治家、科学家,嘉祐八年进士,宋神宗时参与熙宁变法,受王安石器重,晚年移居润州(今江苏镇江),隐居梦溪园。其代表作《梦溪笔谈》,内容丰富,集前代科学成就之大成。著有《长兴集》。

题解

本文作于宋神宗熙宁七年(1074),沈括察访浙东温、台等州之时。文中对雁荡山山名的来历做了简要说明,并细致描绘了其雄奇的景象,最后将其与北方的黄土地貌作了类比,认为这是流水侵蚀所致。这在当时是非常独到的见解。

六一泉铭(并序)

苏 轼

欧阳文忠①公将老,自谓六一居士。予昔通守钱塘,见公于汝阴而南。公曰:"西湖僧惠勤②甚文,而长于诗,吾昔为《山中乐》三章以赠之。子间于民事,求人于湖山间而不可得,则盍往从勤乎。"予到官三日,访勤于孤山之下,抵掌③而论人物。曰:"公,天人也。人见其暂寓人间,而不知其乘云驭风历五岳而跨沧海也。此邦之人,以公不一来为恨。公麾斥④八极⑤,何所不至,虽江山之胜,莫适为主,而奇丽秀绝之气,常为能文者用,故吾以谓西湖盖公几案间一物耳。"勤语虽幻怪,而理有实然者。明年,公薨,予哭于勤舍。又十八年,予为钱塘守,则勤亦化去久矣。访其旧居,则弟子二仲在焉,画公与勤之像,事之如生。舍下旧无泉,予未至数月,泉出讲堂之后,孤山之趾,汪然溢流,甚白而甘。即其地,凿岩架石为室。二仲谓余:"师闻公来,出泉以相劳苦,公可无言乎?"乃取勤旧语,推本其意,名之曰六一泉,且铭之曰:

泉之出也,去公数千里,后公之没,十有八年,而名之曰六一,不几于诞乎?曰:君子之泽,岂独五世而已⑥,盖得其人,则可至于百传。尝试与子登孤山而望吴越,歌山中之乐而饮此水,则公之遗风余烈,亦或见于斯泉也。

* 选自《苏轼文集》,第565页,宋苏轼撰,孔凡礼点校,北京:中华书局,1986年。

① 欧阳文忠:指欧阳修。
② 惠勤:宋诗僧,余杭人。苏轼曾写七古《腊日游孤山访惠勤惠思二僧》。
③ 抵掌:击掌。
④ 麋斥:纵横奔放的样子。
⑤ 八极:八方极远之地。
⑥ 君子之泽,岂独五世而已:语出《孟子·离娄下》:君子之泽,五世而斩。

作者简介

苏轼(1037—1101),字子瞻,号东坡居士仙。眉州眉山(今属四川省眉山市)人,北宋著名文学家、书法家、画家。苏轼在诗、词、散文、书、画等方面均有很高的成就,有《东坡七集》《东坡乐府》等传世。

题 解

苏轼早年任杭州通判,后来又做杭州太守,与杭州渊源极深。而欧阳修与杭州并无关系,苏轼却把杭州西湖边孤山下一眼泉水命名为"六一泉",以纪念恩师欧阳修。苏轼借"六一泉"表达对欧阳修的怀念之情和敬

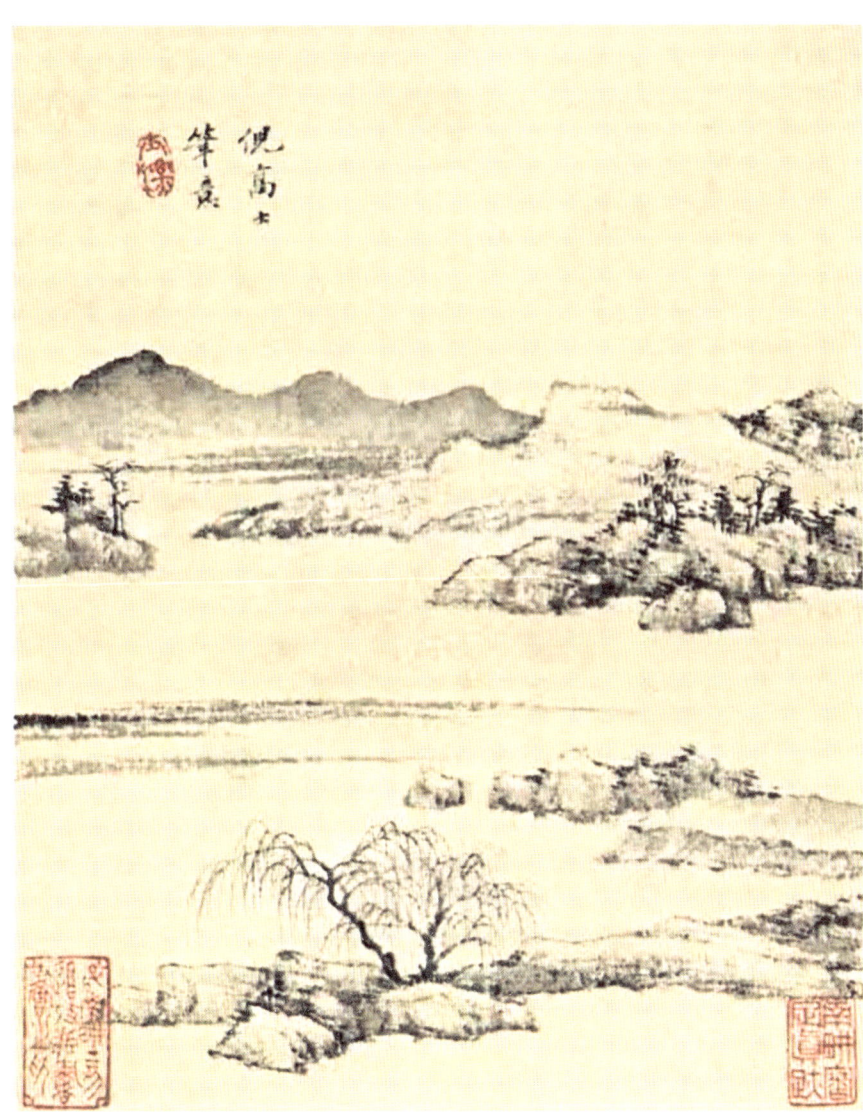

容衛徒警菁華委絕書幌空張談筵罷設虛饋篆儼孤燈翳翳嗚
呼哀哉簡辰請日筮合龜貞幽堋夙啟玄宮獻成武校齊列文物
增閟昔遊漳濚賓從無聲今歸郊郭徒御相驚嗚呼哀哉背絳闕
已遠徂輴青門而徐轉指馳道而詎前望國都而不踐陵修阪之
咸夷邐平原之悠緬驪蹀足已酸嘶挽悽鏘而流泫嗚呼哀哉混
哀音于簫籟變愁容于天日雖夏木之森陰返寒林之蕭瑟既將
反而復疑如有求而遂失謂天地其無心遽永潛于容質嗚呼哀
哉即玄宮之冥漠安神寢之清閟傳聲華于懋典觀德業于徽謚
懸忠貞于日月播鴻名于天地惟小臣之紀言實含毫而無愧嗚
呼哀哉
   梁書昭明太子傳 藝文類聚十六
問善寺碑
妙門闢鍵關之者既難法海波瀾游之者未易是呂軒稱俊聖堯
日欽明詔護有美善之風文武致時雍之業地平天成惟事即世
移風易俗匪止今身至如訪道峒山乘風獨遠凝神汾水窅然自

歸策良馬盛輿衛阮語女聞庾郎能騎我何由
得見婦告翼庾氏譜曰翼娶高平劉綏女字靜女翼便爲於道開
鹵簿盤馬始兩轉墜馬墮地意色自若

宣武與簡文太宰共載密令人在輿前
宣武桓溫與簡文太宰王晞
後鳴鼓大叫鹵簿中驚擾太宰惶怖求下輿顧
看簡文穆然清恬宣武語人曰朝廷間故復有
此賢溫續晉陽秋曰帝性溫深雅有局鎮嘗與正
大宰武陵王晞同乘至板橋溫密勅令
無因鳴角鼓譟部伍並駑異晞大震
帝擧止自若音顏無變溫每以此稱其德量故
論者謂溫
服憚也

佩之意。短短一篇序铭,其中夹杂着苏轼几十年宦海沉浮的人生阅历,而苏轼转述僧惠勤所谓欧阳修精神灌注于山川的奇论,正是本文之寄意所在。

龙井题名记

秦 观

元丰二年①中秋后一日,余自吴兴过杭,东还会稽。龙井辨才法师②以书邀予入山。比出郭,已日夕,航湖至普宁③,遇道人参寥④,问龙井所遣篮舆⑤,则曰:"以不时至,去矣。"

是夕,天宇开霁,林间月明,可数毛发,遂弃舟,从参寥杖策并湖而行。出雷峰,度南屏,濯足于惠因涧,入灵石坞,得支径,上风篁岭,憩龙井亭,酌泉据石而饮之。

自普宁经佛寺十,皆寂不闻人声。道旁庐舍,或灯火隐显,草木深郁,流水激激悲鸣,殆非人间有也。行二鼓矣,始至寿圣院,谒辨才于潮音堂,明日乃还。

* 选自《淮海集笺注》,第1226页,宋秦观撰,徐培均笺注,上海:上海古籍出版社,1994年。题名记是一种文体,重在记录游览时间、同游者姓名,以留作纪念,叙事讲求简练。

① 元丰二年:公元1079年。
② 辨才法师:又作辩才法师(1011—1091),本姓徐,名元净,字无象,于潜(今杭州于潜县)人。
③ 普宁:即普宁寺,位于今杭州市余杭区仁和镇东塘普宁村,始建于五代后晋天福年间(936—944年),吴越王钱氏所建。
④ 道人参寥:即参寥子(1043—1106),法号道潜,本姓何,自号参寥子,赐号妙总大师。于潜人,北宋诗僧。道人,僧人。

⑤ 篮舆:形似轿子。

作者简介

秦观(1049—1100),字太虚,改字少游,别号邗沟居士,世称淮海先生,扬州高邮(今江苏高邮)人,宋神宗元丰八年进士。著有《淮海集》。

题　解

元丰二年春,落第后闲居家乡高邮的秦观去越州省亲。时苏轼自徐州移知湖州,至高邮,便同行至湖州。是年秋天,乌台诗案发,苏轼被捕,秦观从越州前往湖州,探得其实,又返回越州。本文作于返回越州途经杭州之时。辩才法师是苏轼好友,秦观又是苏轼至交,秦观此时去见辩才,又适值夜行,其忧郁心情与凄清景色相互感染,所见景物染上当事人的心情,正是杜甫"感时花溅泪,恨别鸟惊心"的写法。

江南相关知识

风篁岭在杭州西南。宋代潜说友《咸淳临安志》卷二十八载:风篁岭,在钱塘门外放马场西路,通龙井,岭最高峻。元丰中僧辩才师浐治,修篁怪石,风韵萧爽,因名曰"风篁"。东坡尝诣师,师送至岭上,因举远公过虎溪事,师笑曰:"杜子美不云乎:'与子成二老,来往亦风流。'"遂作亭岭上,名曰"过溪",亦曰"二老",坡公赋诗纪之,又《探梅》诗有"问信风篁岭下梅。"《介亭》诗有"丹青明灭凤篁岭"之句。岭之巅有龙井。

龙井在风篁岭上,附近环山产茶,即著名的龙井茶。《咸淳临安志》卷三十七载:龙井,本名龙泓,吴赤乌中葛洪炼丹于此,道西湖南山登凤篁岭,涧泉决决,与幽花野草延缘山磴,更上岭背,岩壑林樾皆老苍,而西湖已蔽掩不可见，气象愈清古，岩骨棱瘦，泉流渟涵，一泓清澈，即之凄然，相传有龙在焉。触石为云，祷者辄应，因建龙祠曰"惠济庙"。井有记，秦少游撰，米元章书。咸淳五年，安抚潜说友重建门，古篆"龙井"二大字为扁。

净名斋记

米 芾

带江万里，十郡百邑，缭山为城，临流为隍①者，惟吾丹徒②。重楼参差，巧若图刓③，地灵极倪④而云霞出没，星辰挂腹而天光不夜，高三景⑤，小万有⑥者惟吾甘露⑦。东北极海野，西南朝数山者谓之多景⑧。然台殿羽张，宝堵中盘，五州⑨之后，与西为阻。若夫东眺京岘⑩，西极栖霞⑪。平林坡陀⑫淮海之域，远岫隐见滁泗⑬之封。洪流东折，白沙⑭之云涛如线；大碛⑮南绝，中泠⑯之屃赑⑰蔚起。筇山⑱之隙，岩峣双笋⑲；五州之外，峻嶒⑳千叠。黄鹤㉑宝势，珠捧于豆；长山㉒异气，龙蠚于天。晨曦垂虹，时媚于左；长庚纤月，每华其右。千林霜落，万岭雪饶，春聚于西郭，而秋留于南岩者，惟吾净名。

天下佳山水固多矣，在东南则杭以湖山障其境，洪㉓以西山弥其望，潭㉔以岳麓周其区，皆一山也，而望两邦。逮穷荒迢递，发周羽皇㉕之叹者有之矣。百川汇流而赴北，既浚既渊，亦沃亦荡也；多山引岭而趋东，且列且驱，各群各丑㉖也。吾斋在万井㉗之中，半天之上，乃右卷㉘而一揖焉，此其所以得山川之多而甲天下之胜也。至若水天鉴湛而博望弭槎㉙，葭苇椰鸣㉚而詹何投饵㉛，洪钟动而飞仙下，疾飙举而连山涌。地祇听法，水怪效珍。或鹏云压山，海气吞野，纤云漏月，清籁韵松；兜罗㉜密而灵光生，阴雾合而大霆走，瑰奇忽恍,又不可得而详言之。

襄阳米芾字符章,将卜老㉝丹徒,而仲宜㉞长老以道相契。会内阁蒋公颖叔㉟以诗见寄云:"京尘汩没兴如何,归棹翩翩返薜萝㊱。尽室生涯寄京口,满床㊲图籍锁岩阿。六朝人物东流尽,千古江山北固多。为借文殊方丈地,中间容取病维摩㊳。"于是宜公以其末句命名余居㊴,亦冀公之与余同此乐也。余今来也,岁时在其间;去也,自笔藏为图㊵。念老矣,无佳句压其胜,后之登吾斋、览吾胜者,得不为吾赋乎?

元符纪元㊶八月望日,涟漪郡嘉瑞堂书。

* 选自《全宋文》,第121册第37—38页,曾枣庄、刘琳主编,上海:上海辞书出版社,合肥:安徽教育出版社,2006年。本文书迹拓本收录在米芾曾孙米巨宏所编的《松桂堂帖》中。

① 隍:护城河。

② 丹徒:今属江苏镇江。

③ 图刓:画图与雕刻。

④ 倪:边界。

⑤ 高三景:高于日月星辰。三景,即三光,日、月、星。

⑥ 小万有:使万物显得渺小。万有,万物。

⑦ 甘露:即甘露寺,在北固山。

⑧ 多景:多景楼,在甘露寺内。

⑨ 五州:即五州山,在润州。

⑩ 京岘:即京岘山,在镇江东南。

⑪ 栖霞:栖霞山,在今南京栖霞区。

⑫ 坡陀:倾斜不平貌。

⑬ 滁泗:滁州在今安徽滁州,泗州在今江苏盱眙一带。

⑭ 白沙:即白沙洲,在今江苏仪征市南部,以其地多白沙,故名。今已与陆地相连。

⑮ 碛:水中沙堆。

⑯ 中泠：泉名，在今江苏镇江市西北金山下的长江中。相传其水烹茶最佳，有"天下第一泉"之称。今江岸沙涨，泉已没沙中。
⑰ 屃赑(xì bì)：蠵龟。
⑱ 笮(zuò)山：又称岠崿山、笮岭、蚱碓山、狮子山，在今江苏吴县西南。
⑲ 岹峣双耸：郦道元《水经注》卷二十九载：太湖之东，吴国西十八里有岹岭山，俗说此山本在太湖中，禹治水移进近吴。又东及西南有两小山，皆有石如卷笮，俗云禹所用牵山也。本文所云即此两小山。
⑳ 峻嶒(céng)：陡峭不平貌。
㉑ 黄鹤：即黄鹤山，在润州，相传宋武帝刘裕见黄鹤于此，故名。山体较小，故作者比之为珠。今山下有米芾衣冠冢。
㉒ 长山：在今镇江市区西南与丹徒县交界处，山体狭长，故作者比之为龙。
㉓ 洪：即洪州，今江西南昌。
㉔ 潭：即潭州，今湖南长沙。
㉕ 周羽皇：即周夔，生卒年不详，字羽皇，唐元和六年游览溴阳石室，作《到难》一文，感叹可望而不可到，陇西人李蕃善书法，乃书之并刊于石。
㉖ 丑：同"俦"，众。
㉗ 万井：一平方里为一井，万井即一万平方里。此处形容极广的区域。
㉘ 卷：屈膝。
㉙ 博望弭槎：相传博望侯张骞乘槎上天河取织女支机石，见张华《博物志》。张骞止其槎，极言水之浩淼。
㉚ 榔鸣：如榔之鸣。榔同"桹"，长木。"鸣桹"指以长木叩舷惊鱼，使入网中。
㉛ 詹何投饵：《列子·汤问》载：詹何以独茧丝为纶，芒针为钩，荆筱为竿，剖粒为饵，引盈车之鱼于百仞之渊。
㉜ 兜罗：佛教指草木的花絮，及其所织成的棉絮，佛经载佛祖涅槃时以兜罗绵缠身，又言佛手足柔软似兜罗绵。后人常以兜罗绵喻云海。
㉝ 卜老：选择住地养老。
㉞ 仲宜：可能是任宗谊(1049—1107)，字仲宜，郓城(今山东郓城)人，官至淄州知州，生平详见吕祖谦《宋文鉴》卷一百四十四刘跂《任宗谊墓志铭》。
㉟ 内阁蒋公颖叔：即蒋之奇(1031—1104)，字颖叔，常州宜兴(今属江苏)人，嘉祐二年进士。内阁，宋代龙图阁、天章阁、宝文阁等泛称内阁，设学士。蒋之奇曾任天章阁待制、宝文阁待制、龙图阁直学士。

㊱ 薜萝：薜荔和女萝，指隐居之地。

㊲ 床：书架。

㊳ 病维摩：《维摩诘经》载，维摩诘长者有疾，众人前往问疾，维摩诘趁机向众人说法，释迦牟尼也派文殊师利前往问疾，维摩诘知其将来，以神力空其室内，唯置一床卧疾。

㊴ 以其末句命名余居：以维摩诘卧疾喻其室内空无他物，故曰“净名”。

㊵ 自笔藏为图：用笔将其画下来保存。

㊶ 元符纪元：即宋哲宗元符元年(1098)。米芾《跋晋贤十三帖》末尾记年“元符之元”，“纪元”同此。

作者简介

米芾(1051—1107)，字符章，襄阳人。北宋书法家、画家，与蔡襄、苏轼、黄庭坚合称“宋四家”。著有《宝晋英光集》等。

题　解

润州即今日江苏镇江市。米芾在文中描绘了润州一带壮丽的景色，并表达了将终老此地的愿望。他于元祐二年(1087)徙居润州，元祐七年后又宦游各地，去世后葬于丹徒长山下，这体现了米芾对润州的眷恋。文章第一段起笔如作画，由远至近，层层铺叠，从丹徒城到甘露寺，从甘露寺到寺内之多景楼；然后又由近及远，由此一地远眺山水，然后归结到霜林雪岭春郛秋岩之“净名斋”，而更凸显“净名斋”之不平凡。第二段仍以天下山水作陪衬，推导出“净名斋”能“得山川之多而甲天下之胜”。第三段则说明“净名斋”之得名之缘由。笔法矫健，善于腾挪。

集　评

元代俞希鲁《至顺镇江志》卷十二：净名斋在北固山。明代张莱《京口三山志》卷一:净名斋在山之下,宋米芾建,自为记并诗,见《宝晋斋集》。今废。

思白堂记

陈师道

　　元丰四年①,予游吴,过秀②,见林侯③。侯家于苏而宦学于杭,能道其江湖山林之美、游览之乐,而甚爱思白堂也。其秋八月,就舍钱塘,问思白之堂而往观焉。临渊而望,西山楼观出焉。渊昧而林茂,鱼鸟乐焉。江海山泽林庐之气相错,风林水麓鸟兽之声相乱,而雨旸寒暑昼夜之变不齐也。慨然怀顾昔人之风声,而自乐一时之得意,宜侯之甚爱而不忘也。而耆老豪杰文学之士,请载之石,以侈其赐,予未有以辞也。湖之东州保宁之寺,故唐刺史白公居易燕游之所也。近时律师④某治其后堂而请于侯,于是名之,以致其思。又大书之以表其处,而思白之号,闻于吴中。

　　夫前世游居之士有传于后者多矣,独有意于白公何耶?进则效其忠,退则存其身,仁以成政,文以成言,此公之行,而侯与士大夫之所思也。公为刺史,知民之啬⑤于水也,筑塘浚井,其利至今,岂特士大夫之思哉!夫怨其所恶,思其所好,人之所同;士以德言,民以功利,其所异也。而吏无全能,故上下之论不一,若公则思者众矣。士之为善诚无事于言,而行终其身,功尽于事,必待言而后传,则又不可已也。公言见于书,行见于史,故今有以思之。此言之不亡,而记之所以作也。林侯常⑥以集贤校理通判秀州,今为尚书礼部郎中,其文学行治略与公等,后之人又将思之,其可辞乎!明年而余北归⑦,又明年而为之记,不知余文使人思之如两侯否?六年八月十日,彭城陈师道记。

＊选自《全宋文》,第123册第363—364页,曾枣庄、刘琳主编,上海:上海辞书出版社,合肥:安徽教育出版社,2006年。

① 元丰四年:公元1081年。
② 秀:即秀州,今浙江嘉兴。
③ 林侯:即林希,生卒年不详,字子中,福州人,嘉祐二年进士,曾任集贤校理、秀州通判,后迁著作佐郎、礼部郎中。
④ 律师:佛教称善解戒律的人。
⑤ 啬:吝惜。
⑥ 常:同"尝"。
⑦ 余北归:指元丰五年陈师道从杭州回京。

作者简介

陈师道(1053—1102),字履常,一字无己,号后山居士,彭城(今江苏徐州)人,元祐初苏轼等荐其文行,起为徐州教授,历仕太学博士、颍州教授、秘书省正字。著有《后山先生集》《后山词》。

题 解

文中,作者描绘了杭州自然景色的和谐景象,又赞颂了当年白居易的惠政,表明流风善政能与天地自然合其德。同时,作者认为林侯治理杭州,与白居易相类,也能为后人所思念,并且希望自己的文章也能传诸后世。

江南相关知识

保宁寺在今西湖小瀛洲,始建于后晋天福年间。清代翟灏、翟瀚《湖山便览》卷三载:水心保宁寺,晋天福中僧绍岩建,亦名湖心寺。岩尝诵《莲经》寺中,方冬严寒,忽有莲花七本生于庭陆,人为筑庵,命曰"陆莲"。

宋嘉祐中郡人放生于此，构小亭，郡守沈遘命曰"好生"。元丰中枢密使林希有怀香山旧游，建堂寺中，命曰"思白"。元祐中，苏公立石塔三所，与寺相望，因或呼三塔寺。绍兴中辟聚景园，寺废。嗣濮王请移寺额于椤木桥庵。明天顺中僧毒峰重建故址。弘治五年按察佥事阴子淑廉得寺僧之奸，发事毁之，并毁寺前之塔。万历末又移寺额于放生池之德生堂，或云堂即旧寺基也。

观潮记

吴 儆

钱塘江潮视天下为独大，然至八月既望，观者特盛。弄潮之人，率常先一月立帜通衢，书其名氏以自表。市井之人，相与衰金帛，张饮具，至观潮日会江上，视登潮之高下者次第给与之。潮至海门，与山争势，其声震地。弄潮之人，解衣露体，各执其物，骞旗张盖，吹笛鸣钲①。若无所挟持，徒手而群附者，以次成列。潮益近，声益震，前驱如山，绝江而上，观者震掉不自禁。弄潮之人方且贾勇争进，有一跃而登，出乎众人之上者；有随波逐流，与之上下者。潮退策勋，一跃而登出乎众人之上者，率常醉饱自得，且厚持金帛以归，志气扬扬，市井之人甚宠美之。其随波上下者，亦以次受金帛饮食之赏。

有士人者，雅善士也，一旦移于习俗之所宠，心顾乐之，然畏其徒议己。且一跃而上与随波上下者有时而沉溺也。隐其身于众人之后，一能出其首于平波之间，则急引而退，亦预金帛饮食之赏而终无溺沉不测之患，其乡人号为最善弄潮者。久之，海神若②怒曰："钱塘之潮，天下之至大而不可犯者，顾今嗜利之徒娱弄以徼③利，独不污我潮乎?"乃下令水府惩治禁绝之。前以弄潮致厚利者颇溺死,自是始无敢有弄潮者。

* 选自《全宋文》,第224册第133页,曾枣庄、刘琳主编,上海:上海辞书出版社,合肥:安徽教育出版社,2006年。
① 钲:似铃的乐器,有柄穿其上下,摇之能响,在行军时用作停止进军的号令。
② 海神若:海神名若,始见于《庄子·外篇·秋水》《楚辞·远游》。
③ 徼:求。

作者简介

吴儆(1125—1183),字益恭,原名备,字恭父,休宁(今属安徽)人,绍兴二十七年进士,官至泰州知州,谥文肃。著有《竹洲文集》。

题 解

本文记述了钱塘江潮水来临时弄潮的习俗。作者不仅对弄潮时的情景有生动的描绘,而且写出了弄潮儿求利冒险的心理。那些既能得到奖赏,又懂得保全性命的弄潮儿,终究也会因为海神发怒而溺死。世间命运的无常,亦是如此,那些自以为智巧过人,能与世浮沉、明哲保身的士人,最终恐怕也无法掌握自己的命运,不如无思无虑、顺遂天道,既不求名利,又不以祸福为念。

阅古泉记

陆 游

太师平原王韩公府之西,缭山而上,五步一磴①,十步一壑,崖如伏鼋②,径如惊蛇。大石礌礌③,或如地踊以立,或如翔空而下,或翩如将奋,或森如欲搏。名葩硕果,更出互见;寿藤怪蔓,罗络蒙密。地多桂竹,秋而华敷,夏而箨解④。至者应接不暇,及左顾而右盼,则呀然⑤而江横陈,豁然而湖自献。天造地设,非人力所能为者。其尤胜绝之地曰阅古泉,在溜玉亭之西,缭以翠麓,覆以美荫。又以其东向,故浴海之日,既望之月,泉辄先得之。袤三尺,深不知其几也。霖雨不溢,久旱不涸,其甘饴蜜,其寒冰雪,其泓止明静,可鉴毛发。虽游尘堕叶,常若有神佛呵护屏除者,朝暮雨旸⑥,无时不镜如也。泉上有小亭,亭中置瓢,可饮可濯,尤于烹茗酿酒为宜。他石泉皆莫逮。

公常与客倘佯泉上,酌以饮客。游年最老,独尽一瓢。公顾而喜曰:"君为我记此泉,使后知吾辈之游,亦一胜也。"游按泉之壁,有唐开成五年道士诸葛鉴元八分书题名,盖此泉埋伏弗耀者几四百年,公乃复发之时,时阅古盖先忠献王⑦以名堂者,则泉可谓荣矣。游起于告老之后,视道士为有愧,其视泉尤有愧也。幸旦暮得复归故山,幅巾裋褐⑧,从公一酌此泉而行,尚能赋之。嘉泰三年四月乙巳⑨山阴陆游记。

* 选自《陆游集》,第五册第2498页,陆游著,北京:中华书局,1976年。

① 磴(dèng):山路上的石台阶。

② 鼋(yuán):大鳖。

③ 礧礧:大石貌。

④ 箨(tuò)解:笋壳脱落。箨:竹笋外层一片一片的皮。

⑤ 呀然:张开口的样子。

⑥ 旸(yáng):晴天。

⑦ 忠献王:北宋名臣韩琦,卒谥忠献。

⑧ 幅巾裋(shù)褐:平民的装束。幅巾,古代男子裹头所使用的头巾。裋:指古时童仆所穿的粗布衣服。褐,粗布衣服。

⑨ 嘉泰三年四月乙巳:农历癸亥年(1203)四月初七日。

作者简介

陆游(1125—1210),字务观,号放翁,越州山阴(今浙江绍兴)人,南宋文学家、史学家、爱国诗人。著有《剑南诗稿》《渭南文集》《老学庵笔记》及《南唐书》等。

题解

太师平原王韩公,指当时宰相韩侂胄,阅古泉在杭州。韩侂胄的曾祖父是韩琦,北宋名臣贤相,韩琦曾撰《定州阅古堂记》,在西北守边立下战功。现在此泉名曰"阅古",陆游写作此文时,抚今追昔,对韩侂胄北伐收复中原寄予厚望。但是陆游写作时并未点破,他在文章中只是记叙阅古泉的美景以及阅古泉水的独特,而在结尾似乎只是顺便提及阅古泉名字偶然同于阅古堂,这是阅古泉的荣耀,然后又写自己已老而无用,其实是以此激励韩侂胄把握时机,以阅古泉比阅古堂,建立其曾祖一样的功勋。

记西湖登览

周必大

壬午三月己亥①,晴。与芮国器②、程泰之③、蒋子礼④出暗门,上凤篁岭,酌龙井,入寿圣寺,拜赵清献公⑤、苏翰林⑥、僧辩才画像,观乙亥⑦二月与张德庄⑧、周孟觉⑨同游时题字。寺有海棠一枝,盖苏公手植。僧颇有能道元祐⑩间诸公谈论,自言得于其师云。午饭后,过长耳相院,泰之读书处也。与国器弈于山亭,小酌而去。道傍有六通院,无足观,遂由支径扣邓氏时思庵,庵僧导至石屋,嵌空可爱。进寻水乐洞,声如琴筑⑪,音节天成,以路僻,人罕知者。舍马上烟霞岭,国器、子礼至,中道惮其险,予乃与泰之自往,至寺亦惫矣,少休。秉烛入洞,深十二丈,上下平阔,近城郭不易得也。归饮净慈食,鸡甚美,征事⑫戏为联句数十韵,如"日膳双""月攘一"之数语甚工。

* 选自《周必大全集》,第1720页,宋周必大撰,王蓉贵、[日]白井顺点校,四川大学出版社,2017年。

① 壬午三月己亥:绍兴三十二年(1162)三月初三日。

② 芮国器:即芮烨(1115—1172),字仲蒙,一字国器,乌程(今浙江湖州)人,绍兴十八年进士。

③ 程泰之:即程大昌(1123—1195),字泰之,徽州休宁(今属安徽)人,绍兴二十一年进士,南宋政治家、思想家、文学家。

④ 蒋子礼:即蒋芾(1117—1188),字子礼,宜兴人,蒋之奇曾孙,绍兴二十一年进士,官至同平章事、枢密使。

⑤ 赵清献公:即赵抃(1008—1084),字阅道,号知非子,衢州西安(今浙江衢州柯城区)人,景祐元年进士,官至参知政事、太子少保,谥"清献"。

⑥ 苏翰林:即苏轼,曾任翰林学士。

⑦ 乙亥:绍兴二十五年(1155)。

⑧ 张德庄:名不详,字德庄,绍兴二十一年进士,生年不详,卒于1166年,周必大作有《祭张德庄监丞文》。

⑨ 周孟觉:即周因(1120—1180),字孟觉,吉州安福人,绍兴二十一年进士,生平见周必大《邵阳郡丞周府君因墓志铭》。

⑩ 元祐:宋哲宗赵煦年号(1086—1094),苏轼等人当政的时期。

⑪ 筑:击弦乐器,形似筝,演奏时以竹击弦,宋代以后失传。

⑫ 征事:引征典故。

作者简介

周必大(1126—1204),字子充,一字洪道,自号平园老叟,吉州庐陵(今江西吉安)人,官至吏部尚书、枢密使、左丞相,封许国公,谥文忠。著有《省斋文稿》《平园集》等，后人汇为《益国周文忠公全集》。

> **题 解**
>
> 作者以简洁的笔触，记述了与朋友一起游览西湖周边山水的经历，整个过程看似平淡而韵味深长，体现了宋人独特的审美趣味，尤其体现出文人雅士之寻幽探奇的文化品位。

莫能名斋记*

杨 简

四明杨某①为浙西抚属②，淳熙十一年③八月朔，既领事，而廨宅隘陋，外高中卑，无宴息之所，客至不可留，不可以奉亲。偶得在官僧屋于宝莲山之巅，帅君④雅礼士，为更其居，又使某惟意规摹之⑤。乃创书室于高爽之地，东江西湖，云山千里，幽人骚士来其上，无不曰奇哉，曰壮哉快哉，且曰："是不可不命名。"某思所以名之。东望大江⑥，巨涛际天，越山对揖，衮衮如画，风帆飞鸟，夕阳烟芜，朝暮晦明，变态百出，于是名之乎？如此命名，不惟游逸颠迷，沉溺外景，要⑦不可谓真识江山。西望钱水⑧，玉洁如镜，茂林奇峰，楼观辉明，烟霭翠蒙，模写不可。于是名之乎？如此命名，不惟游逸颠迷，沉溺外景，要不可谓真识湖山。反而即诸本真，敛其放情，落其外慕，穷灵窟⑨之幽微，探玄珠⑩之杳冥。不则⑪事理两融，曲畅傍通，百川会同，归宿于中。又不则悠然无事，惟意所之，无所造为，乐亦熙熙。于是名之乎？如此命名，不惟游逸颠迷，沉溺外景，俱不可谓实识本真。周思天下古今名言，无一可以称此。又岂惟某莫能名，正恐尽万古明智绝识之士，竭意悉虑，穷日夜之力，终莫能名，于是榜曰"莫能名斋"。然则终不可得而名之乎？曰有能名之者。是斋之南，高松扶疏，微风过之，萧然有声，是能名吾斋矣。是斋之东，洪涛驾风，怒号翻空，是能名吾斋矣。是斋之西，湖光翠迷，云飞鸟啼，是能名吾斋矣。是斋之北，廛⑫与其麓，鳞比万屋，人物往复，啾啾碌碌⑬，是能名吾斋矣。有嘲曰："既曰莫能名，又曰能名，何其立说之无常？"某曰常。淳熙乙巳仲春，杨某记。

* 选自《全宋文》，第275册第402—403页，曾枣庄、刘琳主编，上海：上海辞书出版社，合肥：安徽教育出版社，2006年。

① 四明杨某：作者自称。四明即明州(今宁波)别称。
② 为浙西抚属：指担任浙西抚干。浙西抚干是两浙西路安抚使的属官，当时张构任两浙西路安抚使。《宋史》本传：差浙西抚干，白尹张构，宜因凶岁戒不虞。
③ 淳熙十一年：公元1184年。
④ 帅君：即张构。
⑤ 使某惟意规摹之：意为让我任意设计这间屋子。
⑥ 大江：即钱塘江。
⑦ 要：总之，总归。
⑧ 钱水：即钱塘湖，西湖。
⑨ 灵窟：神灵之窟宅，指本真的道体。
⑩ 玄珠：指超越感官与知识的无象无名的道体。《庄子·外篇·天地》："黄帝游乎赤水之北，登乎昆仑之丘而南望，还归，遗其玄珠。使知索之而不得，使离朱索之而不得，使吃诟索之而不得也。乃使象罔，象罔得之。"
⑪ 不则：否则。
⑫ 廛：居民区。
⑬ 啾啾碌碌：形容人物嘈杂、忙碌。
⑭ 淳熙乙巳仲春：即宋孝宗淳熙十二年(1185)春二月。

作者简介

杨简(1141—1226)，字敬仲，号慈湖，慈溪(今属浙江宁波)人，乾道五年进士,任富阳主簿,曾拜陆九渊为师,世称慈湖先生,谥号"文元"。著有《慈湖遗书》《慈湖诗传》《杨氏易传》《五诰解》等。

题 解

作者将其居室命名为"莫能名斋",可谓是"强字之曰道"。道之本体,无物无名,又包容了万物。所以此斋虽曰"莫能名",却又能以周围一切外物名之,与物变化,无所耽滞。山水之真趣,也并不在于山水外在的形色,而在于那不可名状的本真,但这本真又不是难以捉摸的神秘之物,它就体现在具体的山水之中,"山水以形媚道"。故画山水、咏山水者,在于契合山水之意,不拘泥于外在的形态。本文颇尽曲折变化之致,先说四个"莫能名",后说四个"是能名",道理似乎只能由作者一人所说,可见其思致之复杂深刻。四个"莫能名"和"是能名",看起来是对斋名的讨论,其实是作者内在精神之体现。

登西台恸哭记*

谢 翱

始,故人唐宰相鲁公①开府南服②,余以布衣从戎。明年,别公漳水湄。后明年,公以事过张睢阳及颜杲卿所尝往来处③,悲歌慷慨,卒不负其言而从之游④。今其诗具在,可考也。

余恨死无以藉手⑤见公,而独记别时语,每一动念,即于梦中寻之。或山水池榭、云岚⑥草木,与所别之处,及其时适相类,则徘徊顾盼,悲不敢泣。又后三年,过姑苏。姑苏公初开府旧治⑦也,望夫差之台⑧而始哭公焉。又后四年,而哭之于越台⑨。又后五年及今而哭于子陵之台⑩。

先是一日,与友人甲、乙若丙约越宿而集。午雨未止,买榜⑪江 涘,登岸谒子陵祠,憩祠傍僧舍,毁垣枯甃⑫,如入墟墓。还,与榜人 治祭具。须臾雨止,登西台,设主于荒亭隅,再拜跪伏,祝毕,号而恸 者三,复再拜起。又念余弱冠时往来必谒拜祠下。其始至也,侍先 君⑬焉,今余且老,江山人物睠焉若失,复东望泣拜不已。有云从南 来,滃浡淳郁⑭,气薄林木,若相助以悲者。乃以竹如意击石作楚歌 招之曰:"魂朝往兮何极,莫归来兮关水黑。化为朱鸟兮,有咮⑮焉 食?"歌阕,竹石俱碎,于是相向感唶⑯。复登东台,抚苍石,还憩于 榜中。榜人始惊余哭,云适有逻舟之过也,盍移诸?遂移榜中流,举 酒相属,各为诗以寄所思。薄暮雪作,风凛不可留,登岸宿乙家,夜 复赋诗怀古。明日益风雪,别甲于江,余与丙独归,行三十里,又越 宿乃至。

其后甲以书及别诗来言:"是日风帆怒驶,逾久而后济。既济, 疑有神阴相⑰以著兹游之伟。"余曰:"呜呼,阮步兵死,空山无哭声, 且千年矣⑱,若神之助固不可知,然兹游亦良伟,其为文词,因以达 意,亦诚可悲已!"余尝欲仿太史公著《季汉月表》⑲,如《秦楚之 际》⑳。今人不有知余心,后之人必有知余者。于此宜得书,故纪之 以附季汉事后。

时先君登台后二十六年也。先君讳某,字某㉑,登台之岁在乙 丑㉒云。

* 选自《全宋文》,第360册第210—211页,曾枣庄、刘琳主编,上海:上海辞 书出版社,合肥:安徽教育出版社,2006年。

① 唐宰相鲁公:字面上指颜真卿,颜真卿(709—784),封鲁郡公,人称颜鲁公, 李希烈反叛,颜真卿被派去传达圣旨,被李希烈逮捕,因不屈而被害。此处实指文 天祥。颜真卿无拜相事,文天祥则曾任右丞相。

② 开府南服:指德祐二年(1276)文天祥作为使臣去与元人谈判,被扣留

后脱身至温州,后至福州,拜右丞相,谢翱在当时去投奔他。开府,高级官员成立府署,自置属吏。南服,南方,古代以国都为中心自近至远分为"五服",南方称"南服"。

③ 公以事过张睢阳及颜杲卿所尝往来处:指景炎三年(1278)底文天祥兵败被俘,被押往元大都,路过唐朝张巡与颜杲卿抵御叛军的睢阳、常山附近。文天祥诗文多言及此二人。睢阳即今河南商丘,文天祥北上路过徐州,作《彭城行》:西望睢阳城,只与汴水通。常山即今河北正定,文天祥北上时路过常山东边的平原、陵州、献州等地,有诗《平原》怀念颜真卿兄弟。

④ 卒不负其言而从之游:指文天祥追随张巡、颜杲卿的英烈事迹,最终以身殉国。

⑤ 藉手:犹藉助,借人之手以为己助。

⑥ 岚:山中的雾气。

⑦ 公初开府旧治:指德祐元年(1275)文天祥任平江知府,这是他首次担任知府,故云"初开府"。平江府,原为苏州,北宋政和三年(1113)升苏州为平江府,治吴县。

⑧ 夫差之台:即姑苏台,在苏州西南的灵岩山。谢翱去姑苏台时文天祥刚去世不久,时为至元十九年(1282)底。

⑨ 越台:即越王台,在今绍兴府山。

⑩ 子陵之台:即严子陵钓台,在今浙江桐庐的富春山麓。

⑪ 买榜:雇船。榜,船桨。

⑫ 甃(zhòu):砖砌的井壁,这里指井。

⑬ 先君:亡父。

⑭ 渰(yǎn)浥(yì)浡(bó)郁:云气蒸腾的样子。

⑮ 咮(zhòu):鸟嘴。

⑯ 感喈(jiē):感叹。

⑰ 阴相:暗中帮助。

⑱ 阮步兵死,空山无哭声且千年矣:意为阮籍死后,时过千年,空山中再也没有他的哭声了。阮籍(210—263),字嗣宗,曾任步兵校尉,世称阮步兵。《晋书·阮籍传》:"时率意独驾,不由径路,车迹所穷,辄恸哭而反。"

⑲ 《季汉月表》:指南宋末年的大事月表。季汉,汉代末年,此处实际上指南宋末年。

⑳《秦楚之际》:指《史记》中的《秦楚之际月表》。
㉑ 先君讳某字某:此为草稿,故但书"某"。谢翱父谢钥,生卒年不详,字君启。
㉒ 乙丑:宋度宗咸淳元年(1265)。

作者简介

谢翱(1249—1295),字皋羽,一字皋父,号宋累,又号晞发子,原籍长溪(今福建霞浦),徙建宁浦城(今属福建)。举进士不第。宋恭宗德祐二年(1276)文天祥开府延平(今福建福州),率乡兵数百人投之,任咨议参军。文天祥兵败,脱身避地浙东,与方凤、吴思齐、邓牧等结月泉吟社。著有《晞发集》,编有《天地间集》《浦阳先民传》等。

题 解

本文作于元世祖至元二十七年(1290),记述了与友人在严子陵钓台进行祭奠之事,表达了对文天祥的怀念。作者在文中回忆文天祥,并没有直接讲他的英雄事迹,语言极为平淡、含蓄,但每一个字都有种压抑感,饱含感情。作者看到的山水景物,与当年分别时的情景相似,悲痛之情就不可自已。他在姑苏台、越王台与钓台进行哭吊,既表达了对先贤的仰慕,也表达了对故国山河的怀恋。虽然圣贤、英雄最终都化为尘土,但那种崇高的道义,从伍子胥、大夫种、严子陵,到文天祥,永久传递,不可泯灭。本文之写法,与向秀的《思旧赋》类似,都是刚着笔即内敛,这与两者都具有险恶的政治写作背景有关。谢翱在元朝统治时期祭奠文天祥,本来就冒着极大风险,且形诸笔墨,所以不能不隐约其词,然而越是压抑越是隐约,就越具有巨大的情感力量。

游钟山记

宋　濂

钟山，一名金陵山。汉末秣陵尉蒋子文①逐贼死山下，吴大帝封曰蒋侯，大帝祖讳钟，又更名蒋山。实作杨都之镇，诸葛亮所谓"钟山龙蟠"②，即其地也。

岁辛丑二月癸卯③，予始与刘伯温、夏允中④二君游。日在辰⑤，出东门，过半山报宁寺。寺，舒王⑥故宅，谢公墩⑦隐起其后，西对部娄⑧小丘。部娄，盖舒王病湿，凿渠通城河处。南则陆修静茱萸园⑨、齐文惠太子博望苑⑩。白烟凉草，离离蕤蕤，使人踌躇不忍去。沿道多苍松，或如翠盖斜偃，或蟠身矫首如王虺⑪搏人，或捷如山猿伸臂掬涧泉饮。相传其地少林木，晋、宋诏刺史、郡守罢官者栽之⑫，遗种至今。

抵圜悟关。关，宋勤法师⑬筑太平兴国寺⑭在焉。梁以前，山有佛庐七十，今皆废。唯寺为盛，近毁于兵，外三门仅存。自门左北折入广慈丈室，谒钦上人⑮。上人出，三人自为宾主。适松华正开，黄粉毵毵⑯触人，捉笔联松花诗。诗未就，予独出行甬道间，会章君三益⑰至，遂执手止翠微亭，登玩珠峰。峰，独龙阜也，梁开善道场，宝志大士⑱葬其下。永定公主⑲造浮图五成覆之，后人作殿四阿，铸铜貌大士，实浮图，浮图或现五色宝光。旧藏大士履，神龙⑳初，郑克俊取入长安㉑。

殿东木末轩，舒王所名，俯瞰山足如井底。出，度第一山亭，亭颜㉒米芾书。亭左有名僧娄慧约㉓塔。塔上石，其制若圆楹，中斫为方，下刻二鬼擎之。方上书曰"梁古草堂法师之墓"。有蝌蚪法㉔，定为梁人书。

复折而西，入碑亭，碑凡数辈。中有张僧繇㉕画大士相、李白赞、颜真卿书,世号三绝。又东折,度小涧,涧前下定林院基,舒王尝读书于此。院废,更创雪竹亭与李公麟㉖写舒王像、洗砚池,亦皆废。

又北折,至八功德水㉗。天监中,胡僧昙隐来栖,山龙为致此泉,今甓作方池。池上有圆通阁,阁后即屏风岭,碧石青林,幽邃如画。前乃明庆寺故址,陈姚察㉘受菩萨戒之所。

又东行,至道卿岩。道卿,叶清臣㉙字也,尝来游,故名。有僧宴坐岩下,问之,张目视,弗应。时雉方桴粥㉚,闻人声,戛戛起岩草中。从此至静坛,多臧矜先生㉛遗迹。复西折过桃花坞,询道光泉,舒王所植松已偃,惟泉绀净沉沉如故。

日将夕,章君上马去,予还广慈。二君熟寐方觉,呼灯起坐,共谈古豪杰事。厕㉜以险语,听者为改视。

明日甲辰,予同二君游崇禧院。院,文皇潜邸时建㉝。从西庑下入永春园,园虽小,众卉略具。揉柏为麋鹿形,柏毛方怒长,翠濯濯㉞可玩。二君行倦,解衣覆鹿㉟上,挂冠鼠梓㊱间,据石坐。主僧全师具壶觞,予不能酒,谢二君出游。夏君愕曰:"山有虎,近有僧采荈㊲,虎逐入舍,僧门㊳焉,虎爪其颡,颡有瘢可验。子勿畏,往矣。"予意夏君绐我,挟两驺奴㊴登惟秀亭。亭宜望远,"惟秀""永春",皆文皇题榜,涂以金。

又折而东,路益险。予更芒屩,倚驺奴肩,踷踔行,息促甚,张吻作锯木声。倦极思休,不问险湿,牒牒㊵据㊶顿地。视燥平处不数尺,两足不随。久之,又起行。有二台,阔数十丈,上可坐百人,即宋北郊坛㊷祀四十四神处。问蒋陵及步夫人冢㊸,无知者,或云在孙陵冈。至此屡欲返,度其出已远,又力行。登慢坡,草丛布如毡,不生杂树,可憩,思欲借裀褥卧,不去。坡,古定林院基,望山椒无五十弓㊹，不翅㊺千里远，竭力跃数十步辄止，气定又复跃。如是者六七，径至焉。大江如玉带横围，三山矶㊻、白鹭洲㊼皆可辨；天阙、芙蓉诸峰，出没云际。鸡笼山下接落星涧，涧水淲淲流。玄武湖已堙久，三神山皆随风雨幻去。西望久之，击石为浩歌。歌已，继以感慨。

又久之，傍崖寻一人泉。泉出小窍中，可饮一人，继以千百弗竭。循泉西过墨龙潭㊽，潭大如盎，有龙当可著。侧有龙鬼庙，颇陋。由潭上行。丛竹翳路，左右手开竹，身中行，随过随合。忽腥风逆鼻，群乌哇哇乱啼，忆夏君有虎语，心动，急趋过。似有逐后者。又棘针钩衣，足数蹶。咽唇焦甚，幸至七佛庵。庵，萧统讲经之地，有泉白乳色，即踞泉斛㊾咽。衫裾落水中，不暇救，三咽，神明渐复。庵后有太子岩，一号昭明书台。方将入岩游，庵中僧出肃㊿，面有新瘢。询之，即向采莽者。心益动，遂舍岩，问别径以归。所谓白莲池、定心石、宋熙泉、应潮井、弹琴石、落人池、朱湖洞天，皆不复搜览。

还抵永春园，见肴核满地，一髫童立花下。问二客何在，童云："迟公不来，出壶中酒，饮且赋诗大噱，酒尽，径去矣。"予遂回广慈，二君出迎。夏君曰："子颜色有异，得无有虎恐乎?"予笑而不答。刘君曰："是矣！子幸不葬虎腹，当呼斗酒，涤去子惊可也。"遂同饮。饮半酣，刘君澄坐(51)至二更，或撼之，作舞笑钓之，出异响畏胁之，皆不动。予与夏君方困，睫交不可擘，乃就寝。

又明日乙巳，上人出犹未归，欲游草堂寺，雨丝丝下，意不往，乃还。

按地理志，江南名山，惟衡、庐、茅(52)、蒋。蒋山固无耸拔万丈之势，其与三山并称者，盖为望秩(53)之所宗也。晋谢尚(54)，宋雷次宗(55)、刘勔(56)，齐周颙(57)、朱应(58)、吴包(59)、孔嗣之(60)，梁阮孝绪(61)、刘孝标(62)，唐韦渠牟㊝,并隐于此。今求其遗迹,鸟没云散,多不知其处。惟见莞儿牧竖,跳啸于凄风残照间,徒足增人悲思。况乎人事往来,一日万变,达人大观,又何足深较?予幸与三君得放怀山水窟,一刻之乐,千金不以易也。山灵或有知,当使予游尽江南诸名山,虽老死烟霞中,有所不恨,他尚何望哉?他尚何望哉?

　　章君约重游未遂,因历记其事,一寄二君,一遗上人云。

* 选自《宋濂全集》,第210—214页,明宋濂撰,罗月霞主编,杭州:浙江古籍出版社,1999年。

① 蒋子文:事迹见《搜神记》卷五。

② "钟山龙蟠":《太平御览》卷一五六引晋代张勃《吴录》:"刘备曾使诸葛亮至京,因睹秣陵山阜,叹曰:'钟山龙盘,石头虎踞,此帝王之宅。'"

③ 岁辛丑二月癸卯:元顺帝至正二十一年(1361)二月二十一日。

④ 刘伯温、夏允中:都是明朝开国元勋。刘基(1311—1375),字伯温,青田(今属浙江)人。夏煜,生卒年不详,字允中,江宁人。

⑤ 辰:上午七时至九时。

⑥ 舒王:即王安石。宋元丰元年(1078),王安石居此,元丰七年舍为寺,赐名报宁寺,宋时恰好在南京东门与钟山之半途,又名半山寺。

⑦ 谢公墩:宋代张敦颐《六朝事迹编类》卷下"谢安墩"条:"在半山报宁寺之后,基址尚存,谢安与王羲之尝登此,超然有高世之志。"

⑧ 部娄:同培塿(pǒu lǒu),小土丘。

⑨ 陆修静茱萸园:元代张铉《金陵新志》卷一:"茱萸坞在蒋山南平坡中,旧有茱萸园。宋道士陆修静饵茱萸于此。"陆修静(406—477),字符德,南朝宋东迁(今属浙江乌程)人,曾与陶渊明、僧惠远结社庐山。

⑩ 齐文惠太子博望苑:博望苑乃汉武帝为戾太子所造之苑,南齐文惠太子效之,亦立博望苑。文惠太子,齐武帝长子萧长懋(458—493),字云乔,性好佛,立六疾馆以养平民,卒谥文惠。

⑪ 王虺:大蛇。

⑫ 晋、宋诏刺史郡守罢官职者栽之:事见南宋周应合《建康志·山川志序》引唐代黄元之《金陵地记》。

⑬ 勤法师：即克勤禅师(1063—1135)，四川崇宁人，俗姓骆，字无著，北宋政和末年，奉诏移住金陵蒋山，后居于金山，高宗幸扬州时，诏其入对，赐号"圜悟"，世称圜悟克勤。

⑭ 太平兴国寺：梁天监十三年(514)为宝志禅师所建，原名灵谷寺，亦称开善寺，至宋始称太平兴国寺，后又改称蒋山寺，明初建孝陵，将寺移至东麓，即今灵谷寺。

⑮ 钦上人：生平不详。

⑯ 毵毵(sān)：花蕊细长的样子。

⑰ 章三益：即章溢(1314—1369)，字三益，龙泉(浙江龙泉)人。元末隐居匡山，明太祖时累官御史中丞，卒谥"庄敏"。

⑱ 宝志大士(418—514)：俗姓朱，句容(今属南京)人，为梁武帝所尊敬，呼为志公。大士，佛教称佛和菩萨为大士。

⑲ 永定公主：梁武帝之女。《大正藏》第2094部《梁京寺记》："梁武帝天监十三年，以钱二十万，易定林前前冈独龙阜，以葬志公。永定公主以汤沐之资，造浮图五级于其上。十四年，即塔前建开善寺。"

⑳ 神龙：唐中宗的年号(705—707)。

㉑ 郑克俊取入长安：事见唐代许嵩《建康实录》卷七："梁武帝于窟穴下置寺，名曰'仙窟寺'。窟有一石钵盂，莫知所由来，形状甚古。唐神龙初，郑克俊取将入长安，及开善寺志公展也。"

㉒ 颜：匾额。

㉓ 娄慧约：即慧约(452—535)，东阳乌伤(今浙江义乌)人，俗姓娄，名灵璨，字德素，梁武帝国师。

㉔ 蝠(róng)匾法：鉴定匾额的方法。蝠，同"融"，鉴定。

㉕ 张僧繇：梁代画家。

㉖ 李公麟(1049—1106)：字伯时，号龙眠居士，舒州舒城(今属安徽)人，官至朝奉郎，博学多能，工诗，善画山水人物及佛道像。

㉗ 八功德水：《建康志·山川志三》引《天圣记》："钟山之阳有泉曰'八功德'。梁天监中有胡僧昙隐飞锡寓止修行。有一庞眉叟相谓曰：'予山龙也，知师渴，饮功德池，措之无难矣。'人与口灭，一沼沸成，深仅盈寻，广可倍丈，浪井不凿，醴泉无源，水旱若初，澄挠一色。厥后西僧继至云：'本域八池，一已窨矣。此味大较相类，岂非竭彼盈此乎？一清，二冷，三香，四柔，五甘，六净，七不饐，八蠲疴，又其效也。'"

㉘ 姚察(533—606):字伯审,吴兴武康(今属浙江湖州)人,历史学家。《陈书》本传:"察幼年尝就钟山明庆寺尚禅师受菩萨戒,及官陈,禄俸皆舍寺起造,并追为禅师树碑,文甚遒丽。"

㉙ 叶清臣(1000—1049):字道卿,长洲(今属苏州)人,天圣二年进士,历任光禄寺丞、集贤校理,迁太常丞,进直史馆。《建康志·山川志三》:"道卿岩在八功德水之后半岭间,可容数人。庆历中,知府叶公清臣尝领客来游。公字道卿,故名。"

㉚ 桴粥:同"孵育"。

㉛ 臧矜先生:又作"臧兢",即陈宗道,陈代道士,陈宣帝为之在建康造玄真观。

㉜ 厕:同"侧",夹杂。

㉝ 文皇潜邸时建:意为元文宗为藩王时建造。文皇即元文宗图帖木耳(1304—1332),元朝第八位皇帝,元武宗次子,元明宗之弟,即位前封怀王,出居建康。潜邸,指皇帝即位前居于太子或藩王府邸。

㉞ 濯濯:明净貌。

㉟ 覆鹿:即蕉叶。

㊱ 鼠梓:木名,即苦楸。

㊲ 荈(chuǎn):晚采的茶。

㊳ 门:关门。

㊴ 驺奴:驾驭车马的奴仆。

㊵ 媂媂:同"蹀蹀",小步走。

㊶ 据:同"踞"。

㊷ 宋北郊坛:杜佑《通典》卷四十五:"孝武帝大明三年,移北郊于钟山北原道西。"北郊是天子夏至祭地之所。

㊸ 蒋陵及步夫人冢:吴大帝孙权及夫人步氏之陵。

㊹ 弓:丈量工具,一弓为五尺。

㊺ 不翅:不啻,不止。

㊻ 三山矶:三山在南京西南,以有三峰得名,山滨临长江,三山矶即三山滨临长江的石滩。

㊼ 白鹭洲:在南京水西门外。

㊽ 墨龙潭:即乌龙潭,在南京汉西门内。

㊾ 斛(jū):舀取。

㊿ 肃:恭敬地迎接。

㉛ 澄坐:静坐。
㉜ 茅:即茅山,在江苏勾容东南。
㉝ 望秩:按等级望祭山川。
㉞ 谢尚(308—357):字仁祖,陈郡阳夏(今河南太康)人,谢安从兄,明代葛寅亮《金陵梵刹志》卷三:"会宗堂,晋谢尚诸人隐处,唐大历中处士韦渠牟亦隐此。颜真卿为之题。"
㉟ 雷次宗(386—448):字仲伦,豫章(今江西南昌)人,教育家、佛学家,《宋书》本传:"后又征诣京邑,为筑室于钟山西岩下,谓之招隐馆,使为皇太子诸王讲《丧服》经。"
㊱ 刘勔(418—474):字伯猷,彭城(今江苏徐州市)人,南朝宋将领,《宋书》本传:"勔经始钟岭之南,以为栖息,聚石蓄水,仿佛丘中,朝士爱素者,多往游之。"
㊲ 周颙,见孔稚圭《北山移文》注释。
㊳ 朱应:《六朝事迹编类·形势门·钟阜》:"晋谢尚,齐朱应、吴苞、孔嗣之,梁阮孝绪、刘孝标并隐于此。"朱应为南齐人。但南朝宋刘敬叔《异苑》卷八载东晋太元年间有"蒋山道士朱应子",梁代释慧皎《高僧传》卷十三载东晋义熙年间有"钟山祭酒朱应子",人名、朝代与《六朝事迹编类》所言有异。
㊴ 吴包:即吴苞,字天盖,濮阳鄄城(今山东范县)人,生卒年不详,南齐时隐士,《南齐书》本传:"始安王遥光、右卫江祏于蒋山南为立馆。"
㊵ 孔嗣之:《南齐书·吴苞传》所附《孔嗣之传》:"孔嗣之,字敬伯,鲁国人。宋世与太祖俱为中书舍人,并非所好,自庐陵郡去官,隐居钟山,朝廷以为太中大夫。建武三年卒。"
㊶ 阮孝绪(479—536):字士宗,陈留尉氏(今属河南)人,目录学家。《梁书》本传:"后于钟山听讲,母王氏忽有疾,兄弟欲召之。母曰:'孝绪至性冥通,必当自到。'果心惊而返,邻里嗟异之。"
㊷ 刘孝标:即刘峻(463—521),字孝标,平原人,目录学家、文学家。
㊸ 韦渠牟(749—801):京兆杜陵(今属陕西西安)人,师李白习古乐府,后为道士,自号遗名子,又为僧,法名尘外。

作者简介

宋濂(1310—1381),字景溪,号潜溪,浦江(今浙江金华)人,元至正九年(1349)被荐为翰林编修,固辞不就,洪武二年(1369)奉旨修《元史》,晚年因长孙宋镇卷入胡惟庸案,全家流放茂州,途中病故。著有《宋学士全集》。

题 解

宋濂与刘基等人应朱元璋之聘,前往南京,游览钟山,作此记。本文叙述游览过程非常详尽,能在对景物的细致描绘中融入历史典故,而且对游览者富有表现力的神貌也一一捕捉,使读者有身临其境之感。本文描写了大量钟山今已不存的历史遗迹,为后来的读者提供了珍贵的参照和历史的想象,估计这是作者始料未及的。青山必以贤人高士为伴,苏东坡所谓"青山偃蹇如高人""高人自与山有素",信乎不虚。文章结尾提出"衡、庐、茅、蒋"四山并称,钟山(蒋山)在山势高峻方面并不及其他三山,但是因望秩所宗,得以并列,这又充分体现出华夏文化不仅仅以自然风貌来论定名山地位的特点。

阅江楼记

宋 濂

金陵为帝王之州,自六朝迄于南唐,类皆偏据一方,无以应山川之王气。逮我皇帝定鼎于兹,始足以当之。由是声教所暨,罔间朔南;存神穆清,与道同体,虽一豫一游,亦思为天下后世法。

京城之西北有狮子山,自卢龙①蜿蜒而来,长江如虹贯蟠绕其下。上以其地雄胜,诏建楼于巅,与民同游观之乐。遂锡嘉名为"阅江"云。登览之顷,万象森列,千载之秘,一旦轩露。岂非天造地设,以俟大一统之君而开千万世之伟观者欤?当风日清美,法驾幸临,升其崇椒②,凭阑遥瞩,必悠然而动遐思。见江汉之朝宗③,诸侯之述职,城池之高深,关阨之严固,必曰:"此朕沐风栉雨、战胜攻取之所致也。中夏之广,益思有以保之。"见波涛之浩荡,风帆之下上,番舶接迹而来庭,蛮琛联肩而入贡,必曰:"此朕德绥威服,罩④及外内之所及也。四夷之远,益思所以柔之。"见两岸之间、四郊之上,耕人有炙肤皲足之烦,农女有斨⑤桑行馌之勤,必曰:"此朕拔诸水火而登于衽席者也。万方之民,益思有以安之。"触类而推,不一而足。臣知斯楼之建,皇上所以发舒精神,因物兴感,无不寓其致治之思,奚止阅夫长江而已哉?彼临春、结绮⑥,非弗华矣,齐云、落星⑦,非不高矣。不过乐管弦之淫响,藏燕赵之艳姬。一旋踵间而感慨系之,臣不知其为何说也。虽然,长江发源岷山,委蛇七千余里而始入海,白涌碧翻,六朝之时,往往倚之为天堑;今则南北一家,视为安流,无所事乎战争矣。然则果谁之力欤?逢掖之士⑧,有登斯楼而阅斯江者,当思帝德如天,荡荡难名⑨,与神禹疏凿之功同一罔极。忠君报上之心,其有不油然而兴者耶?

　　臣不敏,奉旨撰记,欲上推宵旰图治之切者,勒诸贞珉⑩。他若留连光景之辞,皆略而不陈,惧亵也。

* 选自《宋濂全集》,第 780—781 页,明宋濂撰,罗月霞主编,杭州:浙江古籍出版社,1999 年。

①卢龙:卢龙山即狮子山,明初改原名为狮子山。卢龙山西临长江,晋元帝初渡江,见其山岭连绵,险要似卢龙塞,因以为名,朱元璋大破陈友谅于此。卢龙塞在今河北喜峰口附近一带。

②椒:山顶。

③江汉之朝宗:语出《尚书·禹贡》:"江汉朝宗于海。"

④罩:延。

⑤斨(qiāng):方孔斧,此处用作动词,砍伐。

⑥临春、结绮:南朝陈后主所建之阁,后主自居临春阁,张贵妃居结绮阁。

⑦ 齐云、落星：二楼名。齐云楼为唐曹恭王所建，朱元璋执张士诚，其群妾焚死于此楼，故址在旧吴县子城上。落星楼为吴大帝孙权所建，因楼高故为此名，所在山称落星山，位于今南京栖霞尧化镇东北部。

⑧ 逢掖之士：即儒生。《礼记·儒行》："丘少居鲁，衣逢掖之衣。"儒者之服腋下宽大，故名。

⑨ 帝德如天，荡荡难名：语出《论语·泰伯》："巍巍乎，唯天为大，唯尧则之。荡荡乎，民无能名焉。"

⑩ 贞珉：对石刻碑文的美称。

题 解

阅江楼动工于洪武七年（1374），朱元璋作《阅江楼记》，并命群臣各为之记。宋濂在文中表达了对朱元璋一统天下的功绩的赞美，同时也希望君主能体恤百姓，不忘亡国之戒。本文最大特点是未有片言涉及阅江楼之"流连风景"，而是侧重于帝王阅长江而动天下之思。"中夏之广，益思有以保之。""四夷之远，益思所以柔之。""万方之民，益思有以安之。"本文实际上是一篇对朱元璋有所劝勉的文章，不过作者深通立言之体，把劝勉之文写得如同帝王自己思考之文。最后作者又换一副笔墨，对天下儒生提出登此楼而阅长江，必兴起忠君报上之心，可谓善于体察圣意也。

江南相关知识

阅江楼动工于洪武七年（1374），不久停建，朱元璋《又阅江楼记序》："抵期而上天垂象，责朕以不急，即日惶惧，乃罢其工。"直至20世纪末，南京市政府决定在狮子山建造阅江楼，2001年竣工。

《吴山图》记

归有光

吴、长洲二县,在郡治所①,分境而治。而郡西诸山,皆在吴县。其最高者:穹窿、阳山、邓尉、西脊、铜井②,而灵岩,吴之故宫③在焉,尚有西子之遗迹。若虎丘、剑池,及天平、尚方、支硎④,皆胜地也。而太湖汪洋三万六千顷,七十二峰沉浸其间,则海内之奇观矣。余同年友魏君用晦为吴县⑤,未及三年,以高第召入为给事中。君之为县有惠爱,百姓扳留⑥之不能得,而君亦不忍于其民;由是好事者绘《吴山图》以为赠。

夫令⑦之于民,诚重矣。令诚贤也,其地之山川草木,亦被其泽而有荣也;令诚不贤也,其地之山川草木,亦被其殃而有辱也。君于吴之山川,盖增重矣。异时吾民将择胜于岩峦之间,尸祝于浮屠老子之宫也,固宜。而君则亦既去矣,何复惓惓于此山哉?

昔苏子瞻称韩魏公⑧去黄州四十余年,而思之不忘,至以为《思黄州》诗,子瞻为黄人刻之于石。然后知贤者于其所至,不独使其人之不忍忘而已,亦不能自忘于其人也。君今去县已三年矣。一日,与余同在内庭⑨,出示此图,展玩太息,因命余记之。噫!君之于吾吴有情如此,如之何而使吾民能忘之也!

---

* 选自《震川先生集》,第419—420页,明归有光撰,周本淳点校,上海:上海古籍出版社,1981年。

① 在郡治所:指吴县、长洲县衙门同在苏州府城内。郡,吴郡,明代指苏州府。

② 穹窿、阳山、邓尉、西脊、铜井:都是山名。穹窿山在今苏州市西南。阳山在今苏州市西北。邓尉山在今苏州市西南,因东汉时邓禹曾隐居此山而得名,山上多梅花。西脊山又称西碛山,在邓尉山西。铜井山又称铜坑山,亦在今苏州市西南,以产铜而得名。

③ 吴之故宫:春秋时吴王夫差曾在灵岩山为西施建馆娃宫,相传灵岩寺一带

即是馆娃宫遗址。灵岩山在今苏州市木渎镇。

④ 虎丘、剑池,及天平、尚方、支硎:都是苏州名胜。虎丘,见张种《与沈炯书》的"江南相关知识"。剑池在虎丘山,相传秦始皇东巡时在这里找寻过吴王阖闾的宝剑,一说阖闾葬在这里,曾用鱼阳、扁诸等宝剑各三千殉葬,故名。天平山在灵岩山北,因山顶方平,故名天平山。尚方山又称上方山、楞枷山,在原吴县西南。支硎山在原吴县西南,相传晋代名僧支遁曾隐于此山。

⑤ 余同年友魏君用晦为吴县:意为我同年举进士的好友魏用晦任吴县知县。魏体明(1523—1591),字用晦,号瀛江,福州福清(今福建福清)人,嘉靖四十四年(1565)进士,是年任吴县知县,在任三年,入兵、刑、工部三科给事中,官至四川布政使,生平详见叶向高《四川布政使瀛江魏公墓志铭》。

⑥ 扳留:犹挽留,攀辕恳留,表示对去职官吏的眷恋。"扳"同"攀"。

⑦ 令:县令,明代指知县。

⑧ 韩魏公:即韩琦(1008—1075),字稚圭,自号赣叟,相州安阳(今河南安阳)人,天圣五年进士,官至同平章事,封魏国公,谥忠献。北宋政治家、词人。韩琦曾与其兄在黄州居住过,黄州人以此为荣。苏轼《书韩魏公黄州诗后》云:"魏公去黄四十余年,而思之不忘,至以为诗……于是相与摹公之诗而刻之石,以为黄人无穷之思。"

⑨ 内庭:即内廷。隆庆四年(1570),归有光任南京太仆寺丞,留京执掌内阁制敕房,纂修《明世宗实录》,因此有机会在内廷与时任给事中的魏用晦见面。

作者简介

归有光(1507—1571),字熙甫,号震川,又号项脊生,苏州昆山(今江苏昆山)人。嘉靖四十四年进士,官至南京太仆寺丞。著有《震川先生集》《三吴水利录》等。

题 解

本文作于隆庆四年(1570),是作者应同僚魏体明之请而作。据叶向高所作的墓志铭,魏体明为官清正,勤政爱民,在吴县知县任上深得民众

爱戴,离任时有人绘《吴山图》赠之。魏体明也一直保存着这幅画,体现其对吴地山水、人民的感情。这表明古人治国平天下,并不是一种工具理性,而是饱含着感情与审美。古代以诗赋文章取士,其意义就在于此。

思子亭记

归有光

震泽①之水,蜿蜒东流为吴淞江②,二百六十里入海。嘉靖壬寅,予始携吾儿来居江上,二百六十里之水中也。

江至此欲涸,萧然旷野,无辋川③之景物、阳羡④之山水。独自有屋数十楹⑤,中颇弘邃,山池亦胜,足以避世。予性懒出,双扉昼闭,绿草满庭,最爱吾儿与诸弟游戏穿走长廊之间。儿来时九岁,今十六矣。诸弟少者三岁、六岁、九岁。此予生平之乐事也。

十二月己酉,携家西去⑥,予岁不过三四月居城中,儿从行绝少,至是去而不返。每念初八之日,相随出门,不意足迹随履而没,悲痛之极,以为大怪无此事也。盖吾儿居此,七阅寒暑,山池草木,门阶户席之间,无处不见吾儿也。葬在县之东南门。守冢人俞老,薄暮见儿衣绿衣,在享堂⑦中。吾儿其不死耶?

因作思子之亭,徘徊四望,长天辽阔,极目于云烟杳霭⑧之间,当必有一日见吾儿翩然来归者。于是刻石亭中,其词曰:

天地运化,与世而迁。生气日漓,曷如古先?浑敦梼杌,天以为贤。娃陋窬㜮,天以为妍。跖年必永,回寿必悭。噫嘻吾儿,敢觊其全。今世有之,死固宜焉。闻昔郗超,殁于贼间。遗书在笥,其父舍旃。胡为吾儿,愈思愈妍。爰有贫士,居海之边。重趼来哭,涕泪潺湲。王公大人,死则无传。吾儿孱弱,何以致然?人自胞胎,至于百年。何时不死？死者万千。如彼死者,亦奚足言？有如吾儿,真为可怜。我庭我庐,我简我编。髡彼两髦,翠眉朱颜。宛其绿衣,在我之前。朝朝暮暮,岁岁年年。似耶非耶,悠悠苍天。腊月之初,儿坐阁子。我倚栏杆,池水泫泫。日出山亭,万鸦来止。竹树交满,枝垂叶披。如是三日,予以为祉。岂知斯祥,兆儿之死。儿果为神,信不死矣。是时亭前,有两山茶。影在石池,绿叶朱花。儿行山径,循水之涯。从容笑言,手撷双葩。花容照映,烂然云霞。山花尚开,儿已辞家。一朝化去,果不死耶？汉有太子,死后八日。周行万里,苏而自述。倚尼渠余,白璧可质。大风疾雷,俞老战栗。奔走来告,人棺已失。儿今起矣,宛其在室。吾朝以望,及日之昳。吾夕以望,及日之出。西望五湖之清泌,东望大海之荡潏。寥寥长天,阴云四密。俞老不来,悲风萧瑟。宇宙之变,日新日苗。岂曰无之,吾匪怪谲。父子重欢,兹生已毕。于乎天乎,鉴此诚一。

* 选自《震川先生集》,第427—429页,明归有光撰,周本淳点校,上海:上海古籍出版社,1981年。

① 震泽:太湖别名。
② 吴淞江:太湖最大的支流,最后汇合黄浦江入海,江口为吴淞口。
③ 辋川:又名辋谷水,今陕西蓝田西南。
④ 阳羡:今江苏宜兴。其地佳山水,多名胜。
⑤ 楹:古代计算房屋的单位。
⑥ 西去:迁往昆山前妻魏氏家。
⑦ 享堂:即飨堂,灵堂,条莫亡灵处。
⑧ 杳霭:云雾缥缈的样子。

题 解

归有光人生多舛,幼时丧母,中年丧妻,而后丧子。归有光之子名子孝,三个月大时母亲就撒手人寰。嘉靖二十七年,归有光与子孝外出途中,子孝突染重病,不治而死,年仅十六岁。归有光哀痛至极,在子孝离世第二年建造思子亭,并作《思子亭记》。文中"见吾儿翩然来归者"之句,可见归有光思子之情,既深且痛。其词中反复纠结,对古今寿夭之不齐再三感叹;文字并不呼天抢地,而自有无限委屈沉痛。

集 评

无聊之极,结为怪想。余于迎儿之殇,坐卧恍惚,作此言辞,岂意震川先已掇出。(清黄宗羲《明文授读》)

笃挚之情,而行以苍辣之笔,骚情史味,兼而有之。(清李祖陶《金元明八大家文选》)

游张公洞记

王世贞

由义兴①而左泛,曰东九。九者,九里袤也,水皆缥碧,两山旁袭之,掩映乔木,黄云储野,得夕照为益奇。

已泊湖㲼。湖㲼者,洞所从首径也。夜过半,忽大雨,滴沥入蓬户。余起,低回久之。质明始霁。从行者余弟敬美,燕人李生,歙人程生,郡人沈生、张生。

时余病足,李生亦病,为李觅一兜子②,并余弟所携笋舆③三,为一行,其三人为一行,可四里许,抵洞,始隆然若覆墩④耳。

张生者,故尝游焉,谓余当从后洞入,毋从前洞。所以毋从前洞者,前路宽,一览意辄尽,无复余。意尽而穿横关⑤,险狭甚多,中悔不能达。余乃决策从后入。多列炬火前导,始委身一窍,鱼贯而下。

渐下渐滑，且峻级不能尽受足。后趾俟前趾发乃发，迫则以肩相辅。其上隘，又不能尽受肩。如是数十百级，稍稍睹前行人，如烟雾中鸟；又闻若瓮中语者。发炬则大叫惊绝。巨万乳皆下垂，崛嵓⑥ 巇锜⑦，玲珑晶荧，不可名状。大抵色若渔阳媚玉，而润过之。稍西南为大磐石，石柱踞其上。傍有所谓床及丹灶、盐廪者。稍东，地欹⑧下而湿，迹⑨之则益湿，且益洼不可究，即所谓仙人田也。

回顾所入窍，不知几百丈，荧荧若日中沫⑩，时现时灭。久之，路几断。其下穿不二尺所，余扶服⑪过，下上凡百余级。忽呀⑫然中辟，可容万人坐。石乳之下垂者，愈益奇，为五色，自然丹雘⑬，晃烂刺人眼。大者如玉柱，或下垂至地，所不及者尺所；或怒发上，不及者亦尺所；或上下际不接者仅一发。石状如潜虬，如跃龙，如奔狮，如踞象，如莲花，如钟鼓，如飞仙，如僧胡，诡不可胜纪。余时惫，足益蹇，强作气而上，至石台，俯视朗然。洞之胜，至是而既矣。会所赍酒脯误失道，呼水饮之，乃出。

张公者，故汉张道陵⑭，或曰张果⑮，非也。道陵事在蜀颇著。许远游⑯贻逸少⑰书称："金堂玉室，仙人芝草，左元放⑱汉末得道之徒多在焉。"此亦岂其一耶？王子⑲曰："余向所睹石床、丹灶、盐米廪及棋局者，仿佛貌之耳。乌言仙迹哉！乌言仙迹哉！"

*《明代论著丛刊·弇州山人四部稿》，第3458—3461页，明王世贞撰，台北：伟文图书出版社，1976年。

① 义兴：即今天江苏宜兴。
② 兜子：简便的轿子。
③ 笋舆：竹制的轿子。
④ 覆墩：翻倒的土堆。
⑤ 横关：前后洞之间的横道。
⑥ 崛嵓：有高有低。

⑦ 甑锜：形容石钟乳形状像甑和釜一样。
⑧ 欹：倾斜。
⑨ 迹：用脚踩。
⑩ 沫：通"昧"，微暗。
⑪ 扶服：匍匐。
⑫ 呀：张开。
⑬ 丹臒：红色的涂漆，这里指像丹臒一样的颜色。
⑭ 张道陵：东汉人，创立道教，俗称"张天师"。
⑮ 张果：即张果老，传说中八仙之一。
⑯ 许远游：即许询，东晋名士，好游山水，故称"许远游"。
⑰ 逸少：即王羲之，字逸少。
⑱ 左元放：东汉末年方士左慈，字元放。
⑲ 王子：王世贞自称。

作者简介

王世贞(1526—1590)，字元美，号凤洲，又号弇州山人。明代著名文学家、史学家。官至刑部尚书。与李攀龙等合称"后七子"，李攀龙去世后，独掌文坛二十年。著有《弇州山人四部稿》《弇山堂别集》《艺苑卮言》等。

题 解

本文记述王世贞与朋友五人同游张公洞的情景。因为朋友的建议，一行人选择由后洞进入。文章重点描写了攀爬石级的艰难和所见钟乳石奇观。攀爬石级过程中，道路非常狭窄险峻，后脚要等前脚挪开才能迈出，"迫则以肩相辅"，这些生动的描写使读者身临其境。而钟乳石景象更是千姿百态，如龙如象如花如故如仙如僧，令人惊叹于大自然的鬼斧神工。

> **江南相关知识**
>
> 张公洞,又名庚桑洞,著名石灰岩溶洞,共有七十二洞。位于宜兴城西南的孟峰山麓。相传汉代张道陵曾在此修道,唐代张果老在此隐居,被道教徒称为"洞天福地"。

苏堤看桃花

高　濂

六桥桃花,人争艳赏,其幽趣数种,赏或未尽得也。若桃花妙观,其趣有六:其一,在晓烟初破,霞彩影红,微露轻匀,风姿潇洒,若美人初起,娇怯新妆。其二,明月浮花,影笼香雾,色态嫣然,夜容芳润,若美人步月,风致幽闲。其三,夕阳在山,红影花艳,酣春力倦,妩媚不胜,若美人微醉,风度羞涩。其四,细雨湿花,粉溶红腻,鲜洁华滋,色更烟润,若美人浴罢,暖艳融酥。其五,高烧庭燎①,把酒看花,瓣影红绡,争妍弄色,若美人晚妆,容冶波俏②。其六,花事将阑③,残红零落,辞条未脱,半落半留。兼之封家姨④无情,高下陡作,使万点残红,纷纷飘泊,或扑面撩人,或浮樽沾席,意恍萧骚,若美人病怯,铅华⑤消减。六者惟真赏者得之。又若芳草留春,翠裀⑥堆锦,我当醉眠席地,放歌咏怀,使花片历乱,满衣残香,隐隐扑鼻,梦与花神携手巫阳,思逐彩云飞动,幽欢流畅,此乐何幽!

* 选自《四时幽赏录(外十种)》,第65—66页,明高濂等辑撰,上海:上海古籍出版社,1999年。

① 庭燎:古代庭中照明的火炬。
② 波俏:漂亮、俊俏。
③ 阑:将尽。

④ 封家姨:亦作"封夷"。古时神话传说中的风神。亦称"封家姨""十八姨"。
⑤ 铅华:是指中国古代妇女用的化妆品,现在指外在的修饰。
⑥ 裀(yīn):垫子,夹衣。

作者简介

高濂(约 1527—1603),字深甫,号瑞南道人,钱塘(今浙江杭州)人,明代著名戏曲作家、藏书家,尤以戏曲名世。高濂曾在北京任官,后隐居西湖。所作传奇剧本有《玉簪记》《节孝记》等,《玉簪记》被评为"中国古典十大喜剧"之一。著有诗文集《雅尚斋诗草二集》《芳芷栖词》等。

题 解

本篇选自《四时幽赏》,此集是作者居住西湖时,对西湖四季美景摹写的集锦。本篇描写苏堤春日盛开的桃花。尤其作者把清晨的桃花、傍晚的桃花、雨中的桃花、月下的桃花、灯下的桃花、将阑的桃花分别比拟为美人初起、美人微醉、美人浴罢、美人步月、美人晚妆、美人病怯,显得非常贴切生动。以精简的笔触,优美的文字,描写春日桃花之娇艳,非真赏者岂能得之。

灵 岩

袁宏道

灵岩一名砚石,《越绝书》云:"吴人于砚石山作馆娃宫。"即其处也。山腰有吴王井①二:一圆井,日池也;一八角井,月池也。周遭石光如镜,细腻无驳蚀,有泉常清,莹晶可爱,所谓银床素绠②,已不知化为何物。其间挈军持③瓶钵而至者,仅仅一二山僧,出没于衰草寒烟之中而已矣。悲哉!有池曰砚池,旱岁不竭,或曰即玩华池④也。

登琴台⑤,见太湖诸山,如百千螺髻,出没银涛中,亦区内绝景。山上旧有响屧廊⑥,盈谷皆松,而廊下松最盛,每冲飙至,声若飞涛。余笑谓僧曰:"此美人环佩钗钏声,若受具戒⑦乎?宜避去。"僧瞪目不知所谓。石上有西施履迹,余命小奚以袖拂之,奚皆徘徊色动。碧鬈⑧绷钩⑨,宛然石发⑩中。虽复铁石作肝,能不魂销心死?色之于人甚矣哉!

山仄有西施洞,洞中石貌甚粗丑,不免唐突。或云:石室,吴王所以囚范蠡也。僧为余言:其下洼处,为东西画船湖,吴王与西施泛舟之所。采香径⑪在山前十里,望之若在山足,其直如箭,吴宫美人种香处也。山下有石可为砚,其色深紫,佳者殆不减歙溪⑫。米氏⑬《砚史》云:"嶀村⑭石理粗,发墨不糁⑮。"即此石也。山之得名,盖以此,然在今蒐伐殆尽,石亦无复佳者矣。

嗟乎,山河绵邈,粉黛若新。椒华沉彩,竟虚待月之帘;夸骨埋香,谁作双鸾之雾⑯?既已化为灰尘白杨⑰青草矣。百世之后,幽人逸士,犹伤心寂寞之香趺⑱,断肠虚无之画靥,矧夫看花长洲之苑,拥翠白玉之床⑲者,其情景当何如哉?

夫齐国有不嫁之姊妹⑳,仲父㉑云无害霸;蜀宫无倾国之美人,刘禅竟为俘虏。亡国之罪,岂独在色?向使库有湛卢㉒之藏,潮无鸱夷㉓之恨,越虽进百西施,何益哉!

* 选自《袁宏道集笺校》,第164—165页,明袁宏道撰,钱伯城笺校,上海:上海古籍出版社,1981年。

① 吴王井:相传为吴王避暑处。
② 银床素绠:语出古乐府《淮南王篇》:"后园凿井银作床,金瓶素绠汲寒浆。"床,井栏。
③ 军持:梵语指澡罐或净瓶,僧人游方时携带之,贮水以备饮用及净手。
④ 玩华池:相传为吴王夫差为西施所建,其内遍植荷花。
⑤ 琴台:相传为西施抚琴处。

⑥ 响屧廊：范成大《绍定吴郡志》卷八："响屧廊在灵岩山寺，相传吴王令西施辈步屧，廊虚而响，故名。今寺中以园照塔前小斜廊为之。"屧，木屐。

⑦ 具戒：即具足戒，指僧尼所受戒条圆满充足。

⑧ 繶（yì）：鞋的下缘。

⑨ 缃钩：浅黄色的絇（qú）。钩，同"絇"，鞋头之饰，上有孔，著于脚后跟的鞋带绕到前面穿过此孔，再绕到后面结于脚踝处。

⑩ 石发（fà）：水边的苔藓。

⑪ 采香径：《绍定吴郡志》卷八："采香径在香山之傍小溪也，吴王种香于香山，使美人泛舟于溪以采香。今自灵岩山望之，一水直如矢，故俗又名箭泾。"

⑫ 歙溪：歙州（今安徽歙县、婺源一带）的溪涧，出产著名的歙砚。

⑬ 米氏：即米芾。

⑭ 崿（wò）村：在灵岩西。

⑮ 糁（sǎn）：黏。

⑯ 椒华沉彩，竟虚待月之帘；夸骨埋香，谁作双鸾之雾：晋代王嘉《拾遗记·周灵王》："越谋灭吴……又有美女二人，一名夷光，一名修明，以贡于吴。吴处以椒华之房，贯细珠为帘幌，朝下以蔽景，夕卷以待月。二人当轩并坐，理镜靓妆于珠幌之内，窃窥者莫不动心惊魂，谓之神人，若双鸾之在轻雾，沚水之漾秋藻。"夷光是西施之别名。夸，同"姱"，美。

⑰ 白杨：指代墓地，古时墓边植白杨。

⑱ 趺：同"跗"，足背。此处指足迹。

⑲ 白玉之床：梁元帝《金楼子·箴戒》："夏桀作为璇台、瑶室，象牙之席、白玉之床以处之。"指君主奢侈的居处。

⑳ 齐国有不嫁之姊妹：《荀子·仲尼》："（齐桓公）内行则姑姊妹之不嫁者七人，闺门之内般乐奢汏。"

㉑ 仲父：即管仲。

㉒ 湛卢：古代吴地的宝剑，欧冶子所铸，见《越绝书·外传·记宝剑》。

㉓ 鸱夷：革囊，指吴王夫差杀伍子胥，盛以鸱夷，浮之江中。

作者简介

袁宏道(1568—1610)，字中郎，号石公，公安(今湖北公安)人。万历二十年进士,官至吏部郎中。著有《袁中郎全集》。

题解

万历二十四年(1596),袁宏道正在吴县知县任上,在当地视察灾情,经过灵岩山,作此文。文中虽然指出女色之动人心魂,但却批驳了女色亡国的陈腐论调。根据《国语》《左传》《史记》等所载,吴王夫差因为一意向北争霸中原,放松了对南边的越国的戒备,才导致败亡,与西施没什么关系。越王向吴王进献西施的故事,始见于《越绝书》与《吴越春秋》。然而,这种中国历史中常见的女人亡国论,除了政治训诫意义外,往往留给后人生动的想象与感伤的凭吊。苏州的众多的有关西施的名胜,固然不是当年吴国真实的遗迹,而是一种历史诗意的体现。

江南相关知识

《越绝书》,是一部关于吴越地区的历史著作,从书中隐语推测其作者姓名应该是东汉的袁康、吴平。陈桥驿先生认为书中的材料始于战国末年,由袁康、吴平整理。全书以吴越争霸的历史事实为主干,上溯夏禹,下迄两汉,旁及诸侯列国,对这一历史时期吴越地区的政治、经济、军事、天文、地理、历法、语言等多有所涉及,被誉为"地方志鼻祖"。赵晔的《吴越春秋》内容多采自《越绝书》。

虎　丘

袁宏道

虎丘去城可七八里,其山无高岩邃壑,独以近城故,箫鼓楼船,无日无之。凡月之夜、花之晨、雪之夕,游人往来,纷错如织,而中秋为尤胜。

每至是日,倾城阖户,连臂而至。衣冠士女,下迨蔀屋①,莫不靓妆丽服,重茵累席,置酒交衢间。从千人石②上至山门③,栉比如鳞,檀板④丘积,樽罍云泻,远而望之,如雁落平沙,霞铺江上,雷辊电霍⑤,无得而状。

布席之初,唱者千百,声若聚蚊,不可辨识。分曹部署,竟以歌喉相斗,雅俗既陈,妍媸自别。未几而摇手顿足者,得数十人而已。已而明月浮空,石光如练,一切瓦釜,寂然停声,属而和者,才三四辈。一箫,一寸管⑥,一人缓板而歌,竹肉相发,清声亮彻,听者魂销。比至夜深,月影横斜,荇藻凌乱,则箫板亦不复用;一夫登场,四座屏息,音若细发,响彻云际,每度一字,几尽一刻,飞鸟为之徘徊,壮士听而下泪矣。

剑泉⑦深不可测,飞岩如削。千顷云⑧得天池诸山作案⑨,峦壑竞秀,最可觞客。但过午则日光射人,不堪久坐耳。文昌阁亦佳,晚树尤可观。面北为平远堂旧址,空旷无际,仅虞山一点在望。堂废已久,余与江进之⑩谋所以复之,欲祠韦苏州、白乐天诸公于其中,而病寻作。余既乞归,恐进之之兴亦阑⑪矣。山川兴废,信有时哉!

吏吴两载,登虎丘者六。最后与江进之、方子公⑫同登,迟月生公石上。歌者闻令来,皆避匿去。余因谓进之曰:"甚矣,乌纱之横,皂隶之俗哉!他日去官,有不听曲此石上者如月!"今余幸得解官,称"吴客"矣。虎丘之月,不知尚识余言否耶?

* 选自《袁宏道集笺校》,第157—158页,明袁宏道撰,钱伯城笺校,上海:上海古籍出版社,1981年。
① 蔀屋:草席盖顶之屋。
② 千人石:又名千人坐,可以容纳千人同坐,因此得名。

③ 山门：佛寺或道观的外门，代指寺院。
④ 檀板：檀木制的拍板。
⑤ 雷辊（gǔn）电霍：雷鸣电闪，形容车辆众多。辊，车毂转动。霍，飞动的声音。
⑥ 寸管：陆机《演连珠》李善注："寸管，黄钟九寸之律。"
⑦ 剑泉：即剑池。
⑧ 千顷云：虎丘之一山。清代冯桂芬《（同治）苏州府志》卷七："山之绝顶为静观斋，圣祖御题额。"自注："即千顷云旧址。千顷云，宋咸淳八年，僧德垔建，取苏轼诗'云水丽千顷'语意。"
⑨ 得天池诸山作案：以天池诸山为几案。明代王鏊《（正德）姑苏志》卷八："花山旧名华山，去阳山东南五里，山石峭拔，岩壑深秀，相传山顶有池生千叶莲，服之羽化，故名。《续图经》云：'或登其颠，见有状如莲华。'老子《枕中记》云：'吴西界有华山，可以度难疑，即此也。山半有池在绝巘，横浸山腹逾数十丈，故又名天池山。'"
⑩ 江进之：即江盈科(1553—1605)，字进之，号绿萝山人，湖南桃源人，万历二十年进士，与宏道同年，时任长洲知县。
⑪ 阑：尽。
⑫ 方子公：即方文僎（？—1609），字子公，新安（今安徽歙县）人，袁宏道门客。

题　解

万历二十三年(1595)，袁宏道就任吴县知县，次年因为疾病及与当道者的矛盾而解印，本文当作于去职后不久。文章描绘中秋之夜的奏乐场面，又写虎丘之山川景物，自然与人文相得益彰。作者表达了对虎丘之景色、人民的热爱，以及对官场的厌倦。

江南相关知识

万历二十六年任长洲知县的江盈科在平远堂旧址建五贤祠，作《五贤祠记》。清代冯桂芬《（同治）苏州府志》卷七："平远堂，在大殿之左，今为五贤祠,祀唐刘禹锡、白居易、韦应物、宋王禹偁、苏轼。崇祯时有欲以故宦杂入者,陈元素乃题一联云:'朝烟夕霭,诸岚收万象之奇,公等文章具在;雅抱元襟,异代结千秋之契,谁堪俎豆其间。'其议始息。"清代改建别处。咸丰十年毁于太平天国的战争。

徐文长传

袁宏道

余少时过里肆中,见北杂剧①有《四声猿》,意气豪达,与近时书生所演传奇绝异,题曰"天池生",疑为元人作。后适越,见人家单幅上有署"田水月"者,强心铁骨,与夫一种磊块不平之气,字画之中,宛宛可见。意甚骇之,而不知田水月为何人。

一夕,坐陶编修②楼,随意抽架上书,得《阙编》诗一帙。恶楮③毛书,烟煤败黑,微有字形。稍就灯间读之,读未数首,不觉惊跃,急呼石篑:"《阙编》何人作者?今耶?古耶?"石篑曰:"此余乡先辈徐天池先生书也。先生名渭,字文长,嘉、隆④间人,前五六年方卒。今卷轴题额上有田水月者,即其人也。"余始悟前后所疑,皆即文长一人。又当诗道荒秽之时,获此奇秘,如魇得醒。两人跃起,灯影下,读复叫,叫复读,僮仆睡者皆惊起。余自是或向人,或作书,皆首称文长先生。有来看余者,即出诗与之读。一时名公钜匠,骎骎知向慕云。

文长为山阴秀才,大试辄不利,豪荡不羁。总督胡默林公⑤知之,聘为幕客。文长与胡公约:"若欲客某者,当具宾礼,非时辄得出入⑥。"胡公皆许之。文长乃葛衣乌巾,长揖就坐,纵谭天下事,旁若无人。胡公大喜。是时公督数边兵,威振东南,介胄之士,膝语蛇行,不敢举头;而文长以部下一诸生⑦傲之,信心而行,恣臆谭谑,了无忌惮。会得白鹿,属文长代作表。表上,永陵⑧喜甚。公以是益重之,一切疏记,皆出其手。

文长自负才略,好奇计,谭兵多中。凡公所以饵汪、徐诸虏⑨者,皆密相议然后行。尝饮一酒楼,有数健儿亦饮其下,不肯留钱。文长密以数字驰公,公立命缚健儿至麾下,皆斩之,一军股栗。有沙门负资而秽,酒间偶言于公,公后以他事杖杀之。其信任多此类。

胡公既怜文长之才,哀其数困,时方省试,凡入帘⑩者,公密属曰:"徐子,天下才,若在本房,幸勿脱失。"皆曰:"如命。"一知县以他羁后至,至期方谒公,偶忘属,卷适在其房,遂不偶。

文长既已不得志于有司,遂乃放浪曲糵,恣情山水,走齐、鲁、燕、赵之地,穷览朔漠。其所见山奔海立,沙起云行,风鸣树偃,幽谷大都,人物鱼鸟,一切可惊可愕之状,一一皆达之于诗。其胸中又有一段不可磨灭之气,英雄失路、托足无门之悲,故其为诗,如嗔如笑,如水鸣峡,如种出土,如寡妇之夜哭,羁人之寒起。当其放意,平畴千里;偶尔幽峭,鬼语秋坟。文长眼空千古,独立一时。当时所谓达官贵人、骚士墨客,文长皆叱而奴之,耻不与交,故其名不出于越。悲夫!

一日,饮其乡大夫家。乡大夫指筵上一小物求赋,阴令童仆续纸丈余进,欲以苦之。文长援笔立成,竟满其纸,气韵遒逸,物无遁情,一座大惊。

文长喜作书,笔意奔放如其诗,苍劲中姿媚跃出。余不能书,而谬谓文长书决当在王雅宜⑪、文徵仲⑫之上,不论书法,而论书神,先生者,诚八法⑬之散圣⑭,字林之侠客也。间以其余,旁溢为花草竹石,皆超逸有致。

卒以疑,杀其继室,下狱论死。张阳和⑮力解,乃得出。既出,倔强如初。晚年愤益深,佯狂益甚。显者至门,皆拒不纳。当道官至,求一字不可得。时携钱至酒肆,呼下隶与饮。或自持斧击破其头,血流被面,头骨皆折,揉之有声。或槌其囊⑯,或以利锥锥其两耳,深入寸余,竟不得死。

石篑言:晚岁诗文益奇,无刻本,集藏于家。予所见者,《徐文长集》《阙编》二种而已。然文长竟以不得志于时,抱愤而卒。

石公曰:先生数奇⑰不已,遂为狂疾;狂疾不已,遂为囹圄。古今文人,牢骚困苦,未有若先生者也。虽然,胡公间世⑱豪杰,永陵英主,幕中礼数异等,是胡公知有先生矣;表上,人主悦,是人主知有先生矣。独身未贵耳。先生诗文崛起,一扫近代芜秽之习,百世而下,自有定论,胡为不遇哉?梅客生⑲尝寄予书曰:"文长吾老友,病奇于人,人奇于诗,诗奇于字,字奇于文,文奇于画。"予谓文长无之而不奇者也。无之而不奇,斯无之而不奇也哉⑳!悲夫!

* 本文为徐渭《青藤书屋文集》海山仙馆丛书本前附。

① 北杂剧:即元杂剧。元代杂剧产生于北方地区,用北曲演唱,与产生于永嘉的南戏相对,故称"北杂剧"。徐渭的《四声猿》是其代表作,由《狂鼓史渔阳三弄》《玉禅师翠乡一梦》《雌木兰替父从军》《女状元辞凰得凤》四部短剧组成。

② 陶编修:即陶望龄(1562—1609),字周望,号石篑、歇庵,会稽(今浙江绍兴)人,万历十七年进士,授翰林院编修,升国子监祭酒,万历二十四年辞官回乡。时袁宏道亦辞官游越中,与之交好。《徐文长集》为陶望龄所编次。

③ 恶楮:坏纸。楮,纸。

④ 嘉、隆:嘉靖、隆庆。嘉靖为明世宗朱厚熜年号(1522—1566),隆庆为明穆宗朱载垕年号(1567—1572)。

⑤ 总督胡默林公:即胡宗宪(1512—1565),字汝贞,号默林,绩溪(今属安徽)人,嘉靖十七年进士,曾任浙江巡按监察御史,总督东南军务,徐渭当时为其幕僚。他抗倭有功,官至兵部尚书、右都御史,因党附严嵩,严嵩败,他也下狱而死。隆庆中平反,谥襄懋。

⑥ 非时辄得出入:随时就可以自由进出。

⑦ 诸生:明代经过省内各级考试,录取入府、州、县学者,称生员,有增生、附

浮圖文瑛居大雲庵環水即蘇子美滄浪亭之地也。瑛求余作滄浪亭記曰昔子美之記記亭之勝也請子記吾所以爲亭者。余曰昔吳越有國時廣陵王鎭吳中治園於子城之西南其外戚孫承佐亦治園於其偏迨淮南納土宋太祖時入朝國除。。。子美始建滄浪亭最後禪者居之此滄浪亭爲大雲庵也。有庵以來二百年文瑛尋古遺事復子美之搆於荒殘滅沒之餘此大雲庵爲滄浪亭也。夫古今之變朝市改易嘗登姑蘇之臺望五湖之渺茫羣山之蒼翠太伯虞仲之所建闔閭夫差之所爭子胥種蠡之所經營今皆無有矣庵與亭何爲者哉。雖然錢鏐因亂擁

面名見則驚走匍匐階下主者曰進則再拜故遲不起起則上
所上壽金主者故不受則固請主者故不受則又固請
然後命吏納之則又再拜又故遲不起則五六揖始出
出揖門者曰官人幸顧我他日來幸無阻我也門者答揖大
喜奔出馬上遇所交識卽揚鞭語曰適自相公家來相公厚
我且虛言狀寫馬上兩來簽神情過省 卽所交識亦心畏相公厚之矣
相公又稍稍語人曰某也賢某也賢聞者亦心計交贊之此世
所謂上下相孚也 結前案長者謂僕能之乎 以下乃言不孚之病前所謂
權門者自歲時伏臘一刺之外卽經年不往也間經其門
則亦掩耳閉目躍馬疾走過之若有所追逐者斯則僕之褊裒
以此長不見悅於長吏僕則愈益不顧也每大言曰人生有命
吾惟守分而已長者聞之得無厭其為迂乎 一段道出自己氣節以少勝多筆力

花态柳情,山容水意,别是一种趣味。此乐留与山僧游客受用,安可为俗士道哉?

* 选自《袁宏道集笺校》,第423—424页,明袁宏道撰,钱伯城笺校,上海:上海古籍出版社,1981年。题目或作"晚游六桥待月记","六桥"西湖苏堤上的六座桥,由南向北依次名为映波、锁澜、望山、压堤、东浦、跨虹。

① 为春为月:意为是春天月夜。
② 勒:抑制。
③ 傅金吾:姓傅的锦衣卫官员,名不详。金吾,即执金吾,汉代掌管京城治安之官。明代指锦衣卫。
④ 张功甫:即张镃(1153—1235),原字时可,北宋诗人郭祥正字功甫,张镃慕之,故易字功甫,号约斋,南宋名将张俊之曾孙。其梅园名玉照堂,张镃作有《玉照堂梅品》记录赏梅标准。
⑤ 粉汗:带粉香的汗水。
⑥ 午、未、申三时:自上午十一时至下午五时。
⑦ 夕舂:日落时。

题 解

本文亦作于万历二十五年作者辞官后。他写西湖的美景,并没有细致的描绘,而是寥寥几笔,就把西湖的情态展现出来了,且作者能品赏到一般人所看不到的西湖美景。文章重在写作者观赏景色的感想,多拟人之语,体现了袁宏道崇尚"性灵"的观念。

剡 溪

王思任

浮曹娥江①上,铁面②横波,终不快意。将至三界址,江色狎

江南文

人③,渔火村灯,与白月相下上,沙明山静,犬吠声若豹,不自知身在板桐④也。昧爽⑤,过清风岭,是豁江交代处,不及一唁贞魂⑥。山高岸束,斐绿叠丹⑦,摇舟听鸟,杳小⑧清绝,每奏一音,则千峦啾答。秋冬之际,想更难为怀,不识吾家子猷何故兴尽?雪溪无妨子猷,然大不堪戴。文人薄行,往往借他人爽厉心脾,岂其可?过画图山,是一兰苕盆景。自此,万壑相招赴海,如群诸侯敲玉鸣裾⑨。逼折久之,始得豁眼一放地步。山城崖立,晚市人稀,水口有壮台作砥柱,力脱帻⑩往登,凉风大饱。城南百丈桥,翼然虹饮,溪逗其下,电流雷语。移舟桥尾,向月碛枕漱取酣,而舟子以为何不傍彼岸,方喃喃怪事我也。

* 选自《王季重十种》,第 108—109 页,王思任著,杭州:浙江古籍出版社,2010 年。

① 曹娥江:水名,在浙江省,剡溪下流。
② 铁面:指江面浑黑不清。
③ 狎(xiá)人:与人亲昵。
④ 板桐:船。
⑤ 昧爽:天亮时分。
⑥ 贞魂:指东汉孝女曹娥。相传其父五月五日迎神,溺死江中,不见尸体。曹娥沿江哭号十七昼夜,最终投江而死。
⑦ 斐绿叠丹:色彩绚烂的样子。斐:有文采的,这里指五色交错的。
⑧ 杳小:指鸟鸣声细小悠远。
⑨ 敲玉鸣裾:古时诸侯贵族,衣裾多佩玉饰,相击有声。此指水声。
⑩ 帻(zé):又称巾帻。古代中国男子包裹鬓发所使用的巾帕。

> 作者简介

王思任(1574—1646),字季重,号遂东、谑庵,山阴(今浙江绍兴)人。万历年间中进士,曾任九江佥事、鲁王监国等职。清兵陷绍兴,绝食而死。

王思任作诗讲求自然,文笔诙谐生动,时有愤世讽时之作,尤擅散文游记,富于情趣。著有《王季重先生文集》等。

- 题 解 -

本文以所游之地名篇。作者从容不迫地描述了自己在乘船游历剡溪之时的所见所感。其中有夜游之静谧,拂晓之壮美,有山有水、有石有桥,内容充实,富有层次,写景状物雅淡清新。同时,作者也引用多处典故为文章注入了更多的文人雅趣。

游焦山小记

李流芳

二十七日,雨初霁,与伯美①约为焦山之游。孟阳②、鲁生③适自瓜洲④来会,亟呼小艇,共载到山。访湛公⑤于松寥山房⑥,不遇。步至山后,观海门二石⑦,还登焦先岭⑧,寻郭山人⑨故居。小憩山椒⑩亭子,与孟阳指点旧游。孟阳因诵湛公诗"风篁一山满,潮水两江多",相与赏其标格。寻由小径至别山、云声二庵,径路曲折,竹树交翳,阒然非复人境。有僧号见无,与之谈,亦楚楚不俗,相与啜茶而别。寻《瘗鹤铭》⑪于断崖乱石间,摩挲久之。还,饭于湛公房。孟阳、鲁生遂留宿山中。予以身将渡江,势不可留,怏怏而去。孟阳、鲁生与山僧送余江边,徙倚柳下,舟行,相望良久而灭。落日注射,江山幻变,顷刻万状,与伯美拍舷叫绝不已。

因思焦山之胜,闲旷深秀,兼有诸美。焦先岭上,一树一石,皆可彷徨追赏。其风涛云物,荡胸极目之观,又当别论。且其地时有高人道流如湛公之徒,可与谈禅赋诗,逍遥物外,观其所居,结构精雅,庖湢⑫位置,都不乏致。竹色映人,江光入牖,是何欲界有此净居。孟阳云:"吾尝信宿兹山,每于夕阳登岭眺望,落景尚烂于西浦,望舒已升于东淑,琥珀琉璃,和合成界,熠耀恍惚,不可名状。"嗟乎,苟有奇怀,闻此语已,那免飞动。

予自丁酉⑬来游,未皇穷讨,人事参商,忽忽数年。始一续至,又以羁绁俗缘,卒卒⑭便去,如传舍然。不知此行定复何急,良可浩叹。自今以往,日月不居,一误难再。赋归⑮之后,纵心独往,尚于兹山不能无情。当择春秋佳日,买小艇,襆被⑯宿松寥阁上十日夕以偿夙负,滔滔江水,实闻此言。

* 选自《嘉定李流芳全集》,第219—220页,明李流芳撰,上海市嘉定区地方志办公室编,上海:上海古籍出版社,2013年。焦山,位于镇江北边的长江之滨,因汉末名士焦光隐居而得名。

① 伯美:即张彦,字伯美,嘉定人,万历至崇祯间人,画家、诗人。

② 孟阳:即程嘉燧(1565—1643),字孟阳,号松圆、偈庵,晚年皈依佛教,释名海能。徽州休宁(今安徽休宁)人,应试无所得,侨居嘉定,折节读书,工诗善画,通晓音律,与同里娄坚、唐时升并称"练川三老",谢三宾合三人及李流芳诗文,刻为《嘉定四先生集》,有《浪淘集》。

③ 鲁生:即张崇儒,字鲁生,生卒年不详,嘉定人,事迹见《嘉庆南翔镇志》卷六。

④ 瓜洲:在江苏省邗江县南部、大运河分支入长江处,与镇江市隔江斜对,向为长江南北水运交通要冲,又称瓜埠洲。

⑤ 湛公:即明湛(?—1615),字源,俗姓曹,扬州人,高僧憨山德清法嗣,充焦山院监,住松寥阁,通佛、老之学,能诗。

⑥ 松寥山房:在焦山定慧寺中,取李白《望松寥山》为名。

⑦ 海门二石:焦山东北有二小山,一座是松寥山,又称海门山、瘗鹤山,另一座称夷山,又称小焦山。

⑧ 焦先岭:焦山之一峰,焦光之名在后代讹误成"焦先",故有此山名。

⑨ 郭山人:即郭第,字次甫,号五游子,生卒年不详,苏州人,晚年居焦山,与王

世贞、汪道昆交游,事迹详见清代何契《晴江阁集》卷二十二《五游子传》。

⑩ 山椒:山顶。

⑪《瘗鹤铭》:著名摩崖石刻,原刻在镇江焦山西麓石壁上,其时代不详,中唐以后始有著录,后遭雷击崩落长江中,北宋时残石被发现。

⑫ 庖湢(bì):厨房与浴室。

⑬ 丁酉:万历二十五年(1597)。

⑭ 卒:同"猝"。

⑮ 赋归:告归。语出《论语·公冶长》:"子在陈曰:'归与,归与!'"

⑯ 襆被:用包袱裹束衣被,意为整理行装。

作者简介

李流芳(1575—1629),字长蘅,一字茂宰,号檀园、香海、古怀堂、沧庵,晚号慎娱居士、六浮道人,徽州歙县(今安徽歙县)人,侨居嘉定(今上海嘉定),明代诗人、书画家,三十二岁中举人,后绝意仕途。诗文多写景酬赠之作,风格清新自然。与唐时升、娄坚、程嘉燧合称"嘉定四先生"。

题 解

作者在文中记叙了与友人一起游览焦山一代的经历,生动展现了镇江山川的壮丽,特别对江山落日的描绘,令人惊叹。面对大好山水,作者对时光的流逝感到痛惜,因此对山水也就更加珍惜了。

宿包山寺记

姚希孟

渡湖首,问林屋洞。洞口沮洳,望之黝黑,无炬,无乡导,结束①未备,不可以游。循其阳,观曲岩伏象而下,过岳庙,遂得包山寺。

径隧深窈,松栝、樱桃、杨梅之属,相错蠹峙;四山环合,寺若倚屏,张幄而坐,目②以包山,良称矣。

过石门半里许,入寺,从殿右穷僧寮,得空翠阁。阁正在翠微香霭中,窗外修篁直上,约之可五六常,玉笋瑶簪③,摩云翳日,目中见美箭多矣,亡逾此者。因寻毛公坛。行山坳,诸坞多植梅,间以他树,稠樾④美荫相续也。又有童山,颓然凫其巅,匪地有枯泽,直斧柯相寻耳。毛公者,或云刘根⑤得仙,绿毛被体。而杨廉夫⑥言,有长毛仙客,从张公洞行二百余里,穴山而出。即根耶?今筑石为坛,舣⑦其四隅,丹灶烟销,寒泉涧涸,试问仙踪,杳然在断霞残照之间矣。

是夜既望,天汉澄鲜。出殿门望绝壁,树影交加,葱茏无际,月光穿窦,流晖射人。右登崇冈,树愈荟,月亦渐隐。返步溪边,松针筛月,半明半灭,倏来倏往。移数武⑧,至树豁处,四望作琉璃城,跬步咫尺,千容百态。乃知有月色不可无林薄,然非疏密相间,未献其狡狯也。山僧又言,积雪时,琪林玉树,非复人世所有。余安得长年坐卧其下,历四序之变耶?夜将半,方阖户寝,纸窗皎然,素魂半床,盘中新摘香橼,清芬送枕畔,不知今夕何夕矣。

山中诸寺,故当以包山为最,寺中又空翠阁为最,惜见山不见湖。东房有小阁,颇兼湖山之胜,而位置未惬。余假榻寺中,后先凡四夕。

* 选自《四库全书存目丛书·史部》第251册《循沧集》,第824—825页,明姚希孟撰,四库全书存目丛书编纂委员会编,济南:齐鲁书社,1996年。包山,即太湖中之西洞庭山。包山寺在包山上。

① 结束:装束,打扮。这里指行装。
② 目:称呼。
③ 簪:通"簪",这里用来比喻篁竹之美。
④ 樾:树荫。
⑤ 刘根:传说中的仙人,隐于嵩山。

⑥ 杨廉夫：即杨维桢，字廉夫，号铁崖，元末文学家。
⑦ 觚：酒器，腹部有四棱。这里指棱角。
⑧ 武：古六尺为步，半步为武。

作者简介

姚希孟(1579—1636)，字孟长，号现闻，吴县人，万历四十七年进士，任翰林院检讨，天启五年被魏忠贤党羽视为东林党人，遂革职。崇祯初起左赞善，再次为权臣排斥。著有《循沧集》《松瘿集》等。

题 解

本文是作者游览包山寺所记，先是远观包山寺，进入之后又描写了寺中空翠阁、毛公坛的景象，并联想到杨维桢的话，想象仙人踪迹。然后写到夜晚月光下包山寺的优美景色，让人忘乎所以。作者评价包山寺的空翠阁是观景的最佳处，但可惜见山不见湖。而兼湖山之胜的小阁，位置又不太好。

金山夜戏

张 岱

崇祯二年中秋后一日，余道镇江往兖。日晡①，至北固②，舣舟江口。月光倒囊入水，江涛吞吐，露气吸之，噀③天为白。余大惊喜，移舟过金山寺，已二鼓矣，经龙王堂，入大殿，皆漆静。林下漏月光，疏疏如残雪。余呼小仆携戏具，盛张灯火大殿中，唱韩蕲王④金山及长江大战诸剧，锣鼓喧阗，一寺人皆起看。有老僧以手背搽⑤眼翳，翕然张口，呵欠与笑嚏俱至，徐定睛，视为何许人，以何事何时至，皆不敢问。剧完将曙，解缆过江。山僧至山脚，目送久之，不知

是人、是怪、是鬼。

* 选自《元明史料笔记丛刊·陶庵梦忆》,第15页,明张岱撰,马兴荣点校,北京:中华书局,2007年。
① 日晡:即日餔,古代申时(下午三点到五点)吃饭。
② 北固:北固山。
③ 噀(xùn):含在口中而喷出。
④ 韩蕲王:韩世忠,南宋抗金名将,死后追封蕲王。
⑤ 擞:揉。

作者简介

张岱(1597—1679),字宗子、石公,号陶庵、蝶庵,山阴人。明广后避居山中,从事著述。著有《陶庵梦忆》《西湖寻梦》《娜嬛文集》《石匮书》等。

题 解

张岱年轻时过着游山玩水、读书品艺的文人生活,本文即是一例,可见其浪漫个性。他路经北固山时,见月光皎然,于是决定前往金山寺。到达时已经二更,寺中漆黑寂静,作者命令小厮僮仆在大殿中架起灯火,演戏,惊起一寺人前来观看。其中特别夸张地描写了一位老僧的惊讶神态。演出结束后寺人送到山脚,不知道作者一行是人还是鬼怪。

湖心亭看雪

张 岱

崇祯五年十二月,余住西湖。大雪三日,湖中人鸟声俱绝。是日更定矣,余拏①一小舟,拥毳衣②炉火,独往湖心亭看雪。雾凇沆砀③,天与云、与山、与水,上下一白。湖上影子,惟长堤一痕、湖心亭一点,与余舟一芥、舟中人两三粒而已。

到亭上,有两人铺毡对坐,一童子烧酒,炉正沸。见余,大喜曰:"湖中焉得更有此人!"拉余同饮。余强饮三大白而别。问其姓氏,是金陵人,客此。及下船,舟子喃喃曰:"莫说相公痴,更有痴似相公者!"

* 选自《元明史料笔记丛刊·陶庵梦忆》,第43页,明张岱撰,马兴荣点校,北京:中华书局,2007年。

① 拏:同"桡",本为船桨,此处意为划船。《庄子·杂篇·渔父》:"方将杖拏而引其船,顾见孔子,还乡而立。"陆德明《释文》:"司马云:'拏,桡也。'"

② 毳(cuì)衣:毛皮所制衣。毳,鸟兽的细毛。

③ 雾凇沆砀:张邦基《墨庄漫录》卷四:"东北冬月寒甚,夜气塞空如雾,着于林木,凝结如珠玉,旦起视之,真薄雪也,见日乃消释,因风飘落,齐鲁人谓之雾凇。"沆砀,白气弥漫貌。《汉书·礼乐志》:"西颢沆砀,秋气肃杀。"颜师古注:"沆砀,白气之貌也。"

题 解

作者以简练的语言,讲述了往湖心亭看雪的经过,描绘了西湖水墨画一般的雪景,体现了其孤寂的心情与遗世独立的品格。文中量词的使用最为独特,强调"一痕""一点""一介"。其意境与柳宗元《江雪》后先呼应。

秦淮河房

张 岱

秦淮河河房,便寓,便交际,便淫冶,房值甚贵,而寓之者无虚日。画船箫鼓,去去来来,周折其间。河房之外,家有露台,朱栏绮

江南文

疏，竹帘纱幔。夏月浴罢，露台杂坐，两岸水楼中，茉莉风起动儿女香甚。女客团扇轻纨，缓鬓倾髻，软媚著人①。年年端午，京城士女填溢，竞看灯船。好事者集小篷船百什艇，篷上挂羊角灯如联珠。船首尾相衔，有连至十余艇者。船如烛龙火蜃，屈曲连蜷，蟠委旋折，水火激射。舟中䥇②钹星铙，宴歌弦管，腾腾如沸。士女凭栏轰笑，声光凌乱，耳目不能自主。午夜，曲倦灯残，星星自散。钟伯敬③有《秦淮河灯船赋》，备极形致。

* 选自《元明史料笔记丛刊·陶庵梦忆》，第46页，明张岱撰，马兴荣点校，北京：中华书局，2007年。
① 著人：招人喜欢。
② 䥇(sǎn)：原指弩机松弛，此处形容钹的两个铜片用绸带松弛地系在一起。
③ 钟伯敬：即钟惺，字伯敬，明代竟陵派的代表人物。

题 解

本文介绍秦淮河两岸河房的情况，河房的用途广泛，夏季浴后，女客坐在露台，飘散起香味。端午时节，则是男女竞相观赏灯船，船头尾相连，篷上挂灯；船内则弦管交错，大家凭栏观看，喧闹非常，直至午夜散去。本文为秦淮河热闹的商业气息留下了历史的印迹。

虎邱中秋夜

张 岱

虎邱八月半，土著流寓、士夫眷属、女乐声伎、曲①中名妓戏婆、民间少妇好女、崽子②娈童及游冶恶少、清客帮闲、傒僮走空③之辈，无不鳞集。自生公台、千人石、鹤涧、剑池、申文定祠，下至试剑石、一二山门④,皆铺毡席地坐,登高望之,如雁落平沙,霞铺江上。天暝月上,鼓吹百十处,大吹大擂,十番铙钹⑤、渔阳掺挝⑥,动地翻天,雷轰鼎沸,呼叫不闻。更定⑦,鼓铙渐歇,丝管繁兴,杂以歌唱,皆"锦帆开,澄湖万顷"同场大曲⑧,蹲踏⑨和锣丝竹肉声,不辨拍煞⑩。更深,人渐散去,士夫眷属皆下船水嬉,席席征歌,人人献技,南北杂之,管弦迭奏,听者方辨句字,藻鉴⑪随之。二鼓⑫人静,悉屏管弦,洞箫一缕,哀涩清绵,与肉相引,尚存三四⑬,迭更为之。三鼓,月孤气肃,人皆寂阒,不杂蚊虻。一夫登场,高坐石上,不箫不拍,声出如丝,裂石穿云,串度⑭抑扬,一字一刻⑮。听者寻入针芥⑯,心血为枯,不敢击节,惟有点头。然此时雁比而坐者,犹存百十人焉。使非苏州,焉讨识者⑰!

* 选自《元明史料笔记丛刊·陶庵梦忆》,第64—65页,明张岱撰,马兴荣点校,北京:中华书局,2007年。

① 曲:曲巷,妓院。

② 崽子:男孩。

③ 走空:骗子。

④ 自生公台、千人石、鹤涧、剑池、申文定祠,下至试剑石、一二山门:都是虎丘名胜。生公台即生公讲台,相传是晋朝高僧竺道生讲经之处。千人石见上文袁宏道《虎丘》注释。鹤涧在虎丘山后面,唐代一位道士曾于此处养鹤,因此得名。剑池见上文归有光《〈吴山图〉记》注释。申文定,即申时行(1535—1614),长洲人,嘉靖四十一年状元,官至内阁首辅,谥文定。试剑石中间有道裂痕,传说是吴王试剑劈开的。山门见上文袁宏道《虎丘》注释。

⑤ 十番铙钹(náo bó):十番即十番鼓,因演奏时轮番用鼓、笛、木鱼等十种乐器,故名,其乐器种类因时因地而异,亦有不限于十种者。

⑥ 渔阳掺挝(càn zhuā):鼓曲名。《世说新语·言语》:"祢衡被魏武谪为鼓吏,正月半试鼓,衡扬枹为《渔阳掺挝》。"

⑦ 更定:起更已毕,指进入一更。定,止。一更为晚上七时至九时。

⑧ "锦帆开,澄湖万顷"同场大曲:"锦帆开""澄湖万顷"都出自梁辰鱼《浣纱

记》。同场大曲,多人同时演唱的大曲子。

⑨ 蹲踏:同"蹲沓""噂沓",形容声音嘈杂。

⑩ 拍煞:节拍煞尾,泛指旋律的节奏。

⑪ 藻鉴:品评赏鉴。

⑫ 二鼓:二更,晚上九时至十一时。

⑬ 三四:指三四人。袁宏道《虎丘》:"属而和者,才三四辈。"

⑭ 串度:发声吐字。

⑮ 一字一刻:每唱一字,必依曲委婉,一丝不苟,历时颇长。

⑯ 针芥:曲调的细微之处。

⑰ 焉讨识者:意为哪里去求知音。

题解

本文对奏乐的描写受袁宏道《虎丘》一文的影响。作者叙述了苏州虎丘中秋之夜不同时间段的音乐与赏客,随着时间的推移,最终达到高妙的境地,裂石穿云的歌声与月夜清明澄澈的景象相得益彰,极富感染力。

扬州清明

张 岱

扬州清明,城中男女毕出,家家展墓①,虽家有数墓,日必展之,故轻车骏马,箫鼓画船,转折再三,不辞往复。监门小户,亦携毂核纸钱,走至墓所,祭毕,席地饮胙②。自钞关、南门、古渡桥、天宁寺、平山堂一带,靓妆藻野,袨服缛川③。随有货郎,路傍摆设骨董古玩并小儿器具,博徒持小机④坐空地,左右铺衵衫⑤半臂、纱裙汗帨⑥、铜炉锡注、瓷瓯漆奁及肩蛲鲜鱼、秋梨福橘之属,呼朋引类,以钱掷地,谓之跌成,或六或八或十,谓之六成八成十成焉,百十其处,人环观之。是日,四方流寓及徽商西贾⑦、曲中名妓,一切好事之徒,无不咸集。长塘丰草,走马放鹰;高阜平冈,斗鸡蹴鞠;茂林清樾,劈⑧阮弹筝;浪子相扑,童稚纸鸢;老僧因果,瞽者说书。立者林林,蹲者蛰蛰⑨。日暮霞生,车马纷沓。宦门淑秀,车幕尽开,婢媵倦归,山花斜插,臻臻簇簇,夺门而入。余所见者,惟西湖春、秦淮夏、虎邱秋,差足比拟。然彼皆团簇一块,如画家横披⑩,此独鱼贯雁比,舒长且三十里焉,则画家之手卷⑪矣。南宋张择端作《清明上河图》,追摹汴京景物,有西方美人⑫之思,而余目盱盱⑬,能无梦想?

* 选自《元明史料笔记丛刊·陶庵梦忆》,第66页,明张岱撰,马兴荣点校,北京:中华书局,2007年。

① 展墓:扫墓。
② 饮胙:吃祭祀过后的食物。
③ 靓妆藻野,袨服缛川:语出南朝颜延之《三月三日曲水诗序》。
④ 小杌:小凳子。
⑤ 衵(rì)衫:内衣,贴身衣服。
⑥ 汗帨:汗巾、佩巾。
⑦ 西贾:晋商。
⑧ 劈,同"擘",用拇指抬弦的弹奏方法,又泛指弹奏。
⑨ 蛰蛰:形容人很多的样子。
⑩ 横披:书画装裱的一种式样,竖短横长。
⑪ 手卷:书画横幅之类的长卷,因便于用手卷舒,故称为"手卷"。
⑫ 西方美人:语出《诗经·国风·简兮》:"云谁之思? 西方美人。彼美人兮,西方之人兮。"以思念"西方美人"象征对西周君王的怀念。作者此处借以表达故国之思。
⑬ 盱盱:张目直视的样子。

江南文

题解

　　作者描写了扬州清明时节的景象,人们纷纷走出家门扫墓。而街道两旁也充满了各种货郎,还有进行赌博的人以及在旁观看的民众。而城中无论男女老少,身份高低都出来游赏集会,宛如《清明上河图》一般。《陶庵梦忆》撰于国破家亡之后,张岱追忆前尘旧梦,无限苍凉,故国之思,溢于言外。对扬州清明热闹繁华景象的描写,正寄托着作者无限的哀痛。

金山竞渡

张　岱

　　看西湖竞渡十二三次,己巳竞渡于秦淮,辛未竞渡于无锡,壬午竞渡于瓜州,于金山寺。西湖竞渡,以看竞渡之人胜,无锡亦如之。秦淮有灯船无龙船,龙船无瓜州比,而看龙船亦无金山寺比。瓜州龙船一二十只,刻画龙头尾,取其怒;傍坐二十人持大楫,取其悍;中用彩篷,前后旌幢绣伞,取其绚;撞钲挞鼓,取其节;艄后列军器一架,取其锷①;龙头上一人足倒竖,战㥗②其上,取其危;龙尾挂一小儿,取其险。自五月初一至十五日,日画地而出,五日出金山,镇江亦出。惊湍跳沫,群龙格斗,偶堕洄涡,则百蜮③捷捽,蟠委④出之。金山上人团簇,隔江望之,蚁附蜂屯,蠢蠢欲动。晚则万艓⑤齐开,两岸沓沓然而沸。

* 选自《元明史料笔记丛刊・陶庵梦忆》,第67页,明张岱撰,马兴荣点校,北京:中华书局,2007年。
① 锷:刀剑的锋刃,这里指锋利。
② 战㥗(diān)㥗(duō):用手估量物体的轻重,这里形容人在倒立时,手不断移动来保持平衡。

③ 蚵:一种水生动物,又称龟足,体型如龟脚。百蚵捷捽:形容竞渡者身手敏捷。

④ 蟠委:环绕。

⑤ 艓:小船。

题 解

作者首先写到自己看西湖竞渡次数很多,由此突出金山寺是观看龙舟的绝佳之处。作者以浓墨重彩详细描绘了龙舟的外貌以及龙舟头、中、尾的安排陈设,读者眼前似有一完整龙舟呈现。而龙头龙尾处各有一人炫技,龙舟和划龙舟者合为一体。从初一一直到十五,天天表演,宛如真龙争斗,岸边观赏的人也蜂拥团簇。

西湖七月半

张 岱

西湖七月半,一无可看,止可看看七月半之人。看七月半之人,以五类看之。其一,楼船箫鼓,峨冠盛筵,灯火优傒①,声光相乱,名为看月而实不见月者,看之。其一,亦船亦楼,名娃②闺秀,携及童娈③,笑啼杂之,环坐露台④,左右盼望,身在月下而实不看月者,看之。其一,亦船亦声歌,名妓闲僧,浅斟低唱⑤,弱管轻丝,竹肉⑥相发,亦在月下,亦看月而欲人看其看月者,看之。其一,不舟不车,不衫不帻,酒醉饭饱,呼群三五,跻入人丛,昭庆⑦、断桥,嚣呼⑧嘈杂,装假醉,唱无腔曲,月亦看,看月者亦看,不看月者亦看,而实无一看者,看之。其一,小船轻晃,净几暖炉,茶铛旋煮⑨,素瓷静递,好友佳人,邀月同坐,或匿影树下,或逃嚣里湖⑩,看月而人不见其看月之态,亦不作意看月者,看之。

杭人游湖,巳出酉归⑪,避月如仇。是夕好名,逐队争出,多犒门军酒钱。轿夫擎燎,列俟岸上。一入舟,速⑫舟子急放断桥⑬,赶入胜会。以故二鼓⑭以前,人声鼓吹⑮,如沸如撼,如魇如呓,如聋如哑。大船小船一齐凑岸,一无所见,止见篙击篙,舟触舟,肩摩肩,面看面而已。少刻兴尽,官府席散,皂隶喝道⑯去。轿夫叫,船上人怖以关门,灯笼火把如列星,一一簇拥而去。岸上人亦逐队赶门,渐稀渐薄,顷刻散尽矣。

吾辈始舣舟近岸,断桥石磴⑰始凉,席其上,呼客纵饮。此时月如镜新磨,山复整妆,湖复颒⑱面,向之浅斟低唱者出,匿影树下者亦出。吾辈往通声气,拉与同坐。韵友来,名妓至,杯箸安,竹肉发。月色苍凉,东方将白,客方散去。吾辈纵舟,酣睡于十里荷花之中,香气拍人,清梦甚惬。

* 选自《元明史料笔记丛刊·陶庵梦忆》,第83—84页,明张岱撰,马兴荣点校,北京:中华书局,2007年。

① 优傒:倡优与奴仆。
② 娃:美女。
③ 童娈:即娈童,美男。
④ 露台:楼船上的平台。
⑤ 浅斟低唱:慢慢地斟酒,低声吟唱,形容悠然自得。
⑥ 竹:箫笛等竹制乐器。肉:歌喉。
⑦ 昭庆:即昭庆寺,原址在杭州宝石山东边,南临西湖,五代时吴越王钱元瓘所建,今不存。
⑧ 噪(jiào)呼:高声乱嚷。
⑨ 茶铛(chēng):烧茶小锅。旋煮,随时就煮。旋,随时、随即。
⑩ 里湖:金沙堤与苏堤东浦桥相连,北面是岳王庙,南面是里湖。
⑪ 巳出酉归:巳时出城,酉时返城。巳时为上午九时至十一时。酉时为下午

五时至七时。

⑫ 速:催促。

⑬ 急放断桥:赶快向断桥开船。放,行驶。

⑭ 二鼓:二更,晚上九时至十一时。

⑮ 鼓吹:原指用鼓、钲、箫、笳等乐器合奏的音乐,即郭茂倩《乐府诗集》中的"鼓吹曲",后泛指音乐。

⑯ 喝道:指官员出行,衙役在前面开道。

⑰ 磴(dèng):石阶。

⑱ 颒(huì):洗脸。

题解

本文讲述了当时杭州人在七月半游览西湖观月的风俗,生动描绘了五类人赏月的态度,寓褒贬于其中,表达了作者特立独行的闲情逸致。市井闲人和官府中人,岂能真赏月色、真与自然山水通声气!

五人墓碑记

张 溥

五人者,盖当蓼洲周公①之被逮,激②于义而死焉者也。至于今,郡③之贤士大夫请于当道,即除魏阉废祠之址以葬之④,且立石于其墓之门,以旌其所为。呜呼,亦盛矣哉!

夫五人之死,去今之墓⑤而葬焉,其为时止十有一月耳。夫十有一月之中,凡富贵之子、慷慨得志之徒,其疾病而死、死而埋没不足道者,亦已众矣;况草野之无闻者欤!独五人之皦皦,何也?

予犹记周公之被逮,在丁卯三月之望⑥。吾社⑦之行为士先者,为之声义,敛赀财以送其行,哭声震动天地。缇骑⑧按剑而前,问:

"谁为哀者?"众不能堪,抶⑨而仆之。是时以大中丞抚吴者为魏之私人⑩,周公之逮,所由使也。吴之民方痛心焉,于是乘其厉声以呵,则噪而相逐,中丞匿于溷藩以免。既而以吴民之乱请于朝,按诛五人,曰颜佩韦、杨念如、马杰、沈杨、周文元,即今之傫然⑪在墓者也。

然五人之当刑也,意气阳阳,呼中丞之名而詈之,谈笑以死。断头置城上,颜色不少变。有贤士大夫发五十金,买五人之脰⑫而函之,卒与尸合。故今之墓中全乎为五人也。

嗟乎!大阉之乱,缙绅而能不易其志者,四海之大,有几人欤?而五人生于编伍之间,素不闻《诗》《书》之训,激昂大义,蹈死不顾,亦曷故哉?且矫诏纷出,钩党⑬之捕遍于天下,卒以吾郡之发愤一击,不敢复有株治;大阉亦逡巡畏义,非常之谋,难于猝发,待圣人之出而投缳道路⑭:不可谓非五人之力也!

繇是观之,则今之高爵显位,一旦抵罪,或脱身以逃,不能容于远近,而又有剪发⑮杜门,佯狂不知所之者,其辱人贱行,视五人之死,轻重固何如哉?是以蓼洲周公忠义暴于朝廷,赠谥美显,荣于身后;而五人亦得以加其土封,列其姓名于大堤⑯之上,凡四方之士,无有不过而拜且泣者,斯固百世之遇也。不然,令五人者保其首领,以老于户牖之下⑰,则尽其天年,人皆得以隶使之,安能屈豪杰之流,扼腕墓道,发其志士之悲哉!故余与同社诸君子,哀斯墓之徒有其石也,而为之记,亦以明死生之大⑱、匹夫之有重于社稷也。

贤士大夫者,同卿因之吴公⑲,太史文起文公⑳、孟长姚公㉑也。

* 选自《七录斋合集》,第220—221页,明张溥撰,曾肖点校,济南:齐鲁书社,2015年。

① 蓼洲周公:即周顺昌(1584—1626),字景文,号蓼洲,吴县人,万历四十一年进士,居官清正,为魏忠贤党羽所迫害,下狱被杀,崇祯帝即位,赠谥"忠介"。

② 急:同"激"。
③ 郡:即吴郡,当时指苏州府。
④ 除魏阉废祠之址以葬之:意为魏忠贤的生祠废败后,修治其旧址,来安葬五人。唐李鼎祚《周易集解·萃卦》引虞翻云:"除,修。"
⑤ 墓:修墓。
⑥ 丁卯三月之望:天启七年(1627)三月十五日。张廷玉《明史·熹宗纪》载天启六年二月戊戌,苏杭织造太监李实奏逮周顺昌等人。《周顺昌传》载顺昌被杀在天启六年六月十七日。又《庄烈帝纪》载崇祯帝于天启七年八月即位,魏忠贤自杀、受害诸臣平反都在当年十一月。故周顺昌被逮当在天启六年,张溥云"丁卯",误。
⑦ 吾社:指应社,张溥、张采等人天启四年(1624)创建于常熟(今属江苏),崇祯二年(1629)张溥等人以之为基础,创立复社。
⑧ 缇骑:《后汉书·百官志四》载执金吾下属有"缇骑二百人",后泛指逮治犯人的吏役,在明代指锦衣卫校尉。
⑨ 抶(chì):用鞭、杖或竹板打。
⑩ 以大中丞抚吴者为魏之私人:指以大中丞的身份做吴地的巡抚的毛一鹭,是魏忠贤的党羽。中丞为汉代御史台的长官,明代以副都御史或佥都御史到外地任巡抚,故称巡抚为中丞。毛一鹭,生卒年不详,字序卿,号孺初,遂安(今浙江淳安)人,万历三十二年进士,天启五年任右佥都御史,巡抚应天府,驻节吴中,与宦官李实一起陷害周顺昌,并为魏忠贤造生祠,魏忠贤败后,被列入"逆案"处置。
⑪ 傫(lěi)然:形容并列聚集。傫,同"累"。
⑫ 脰:项颈,这里指头。
⑬ 钩党:让被捕者告发其同党。范晔《后汉书·宦者传论》:"因复大考钩党,转相诬染。"五臣注:"钩党,谓钩取谏者同类,使转相诬谤而杀之也。"
⑭ 待圣人之出而投缳道路:指崇祯帝即位后,放逐魏忠贤于凤阳,不久召还,魏忠贤自缢于阜城驿。
⑮ 剪发:剃发为僧。
⑯ 大堤:指山塘河之岸。
⑰ 老于户牖之下:在室中寿终正寝。老,死。户牖之下,室中。户牖指古代堂、室之间的门窗,户在东,牖在西。《左传·哀公二年》:"毕万,匹夫也。七战皆获,有马百乘,死于牖下。"古人寿终正寝于室中,即"牖下"、"户牖之下"。
⑱ 死生之大:语出《庄子·内篇·德充符》:"仲尼曰:'死生亦大矣,而不得与

之变。"原指生死为人的一生中最大的变化,此处指人的生死可以因为其高尚的行为而变得非常重大。

⑲ 同卿因之吴公:即太仆寺卿吴默。吴默(1554—1640),字言箴、因之,吴江(今属江苏苏州)人,万历二十年进士,官至太仆寺卿。

⑳ 太史文起文公:即翰林院修撰文震孟。文震孟(1574—1636),初名从鼎,字文起,号湘南,别号湛持,一作湛村,长洲人,天启二年状元,按例授翰林院修撰,后因弹劾魏忠贤,革职为民。

㉑ 孟长姚公:即姚希孟,任翰林院检讨,掌修国史,位次编修,故亦称太史。

作者简介

张溥(1602—1641),字天如,号西铭,太仓(今江苏太仓)人,崇祯四年进士,天启中组织"应社",崇祯中又组织"复社",评议时政。著有《七录斋诗文合集》,辑有《汉魏六朝百三名家集》等书。

题　解

天启年间,魏忠贤及其党羽迫害忠良,辞官在家的周顺昌为之忿忿不平,怒斥阉党,终于遭到陷害。天启六年,苏州人民为阻止魏忠贤的党羽抓捕周顺昌,举行暴动。事后,颜佩韦等五人为保护苏州人民及东林党人,挺身而出,甘愿替众人受刑。本文是张溥在魏忠贤败后改葬五人时所作的碑记,表达了对死者的敬仰与悼念。张溥表彰五人"匹夫之有重于社稷",因为他们的抗争,使魏忠贤为之畏惧,彰显了正义的力量。

柳敬亭传

黄宗羲

余读《东京梦华录》①《武林旧事》②,记当时演史小说者数十人。

自此以来,其姓名不可得闻,乃近年共称柳敬亭之说书。

柳敬亭者,扬之泰州人,本姓曹。年十五,犷悍无赖,犯法当死,变姓柳,之盱眙市中为人说书,已能倾动其市人。久之,过江,云间有儒生莫后光见之,曰:"此子机变,可使以其技鸣。"于是谓之曰:"说书虽小技,然必勾性情③,习方俗,如优孟摇头而歌,而后可以得志。"敬亭退而凝神定气,简练揣摩,期月而诣莫生。生曰:"子之说,能使人欢咍嗢噱④矣。"又期月,生曰:"子之说,能使人慷慨涕泣矣。"又期月,生喟然曰:"子言未发而哀乐具乎其前,使人之性情不能自主,盖进乎技矣。"由是之扬,之杭,之金陵,名达于缙绅间。华堂旅会,闲亭独坐,争延之使奏其技,无不当于心称善也。

宁南⑤南下,皖帅⑥欲结欢宁南,致敬亭于幕府。宁南以为相见之晚,使参机密。军中亦不敢以说书目敬亭。宁南不知书,所有文檄,幕下儒生设意修词,援古证今,极力为之,宁南皆不悦。而敬亭耳剽口熟,从委巷活套⑦中来者,无不与宁南意合。尝奉命至金陵,是时朝中皆畏宁南,闻其使人来,莫不倾动加礼,宰执以下俱使之南面上坐,称柳将军,敬亭亦无所不安也。其市井小人昔与敬亭尔汝者,从道旁私语:"此故吾侪同说书者也,今富贵若此!"

亡何国变,宁南死。敬亭丧失其资略尽,贫困如故时,始复上街头理其故业。敬亭既在军中久,其豪猾大侠、杀人亡命、流离遇合、破家失国之事,无不身亲见之,且五方土音,乡俗好尚,习见习闻,每发一声,使人闻之,或如刀剑铁骑,飒然浮空,或如风号雨泣,鸟悲兽骇,亡国之恨顿生,檀板之声无色,有非莫生之言可尽者矣。

马帅⑧镇松时,敬亭亦出入其门下,然不过以倡优遇之。钱牧斋⑨尝谓人曰:"柳敬亭何所优长?"人曰:"说书。"牧斋曰:"非也,其长在尺牍耳。"盖敬亭极喜写书调文,别字满纸,故牧斋以此谐之。

嗟乎！宁南身为大将，而以倡优为腹心，其所授摄官，皆市井若己者，不亡何待乎！

偶见梅村⑩集中张南垣⑪、柳敬亭二传，张言其艺而合于道，柳言其参宁南军事，比之鲁仲连之排难解纷，此等处皆失轻重，亦如弇州⑫志刻工章文，与伯虎、徵明比拟不伦，皆是倒却文章架子，余因改二传。其人本琐琐不足道，使后生知文章体式耳。

* 选自《黄宗羲全集》第十册《南雷诗文集》，第572—574页，明黄宗羲撰，沈善洪主编，杭州：浙江古籍出版社，1993年。

①《东京梦华录》：南宋孟元老所作，是一本追述北宋都城东京开封府城市风俗人情的著作。

②《武林旧事》：宋末周密入元后追忆南宋都城杭州诸事，撰成此书，杭州别称武林，因而得名。

③勾性情：勾画出人物的性情。

④嗢噱：笑谈。

⑤宁南：即左良玉(？—1645)，字昆山，临清人。官至平贼将军、太子少保，封宁南侯，于弘光元年(1645)从武昌起兵，讨伐马士英、阮大铖，未几病死，子左梦庚率所部降清。

⑥皖帅：即杜弘域，生卒年不详，字开之，昆山人，弘光朝时被任命为提督池州、太平等地军务，后被清军击败，回家乡昆山以终。

⑦活套：俗语常谈。

⑧马帅：即马逢知(1615—1661)，原名进宝，字惟善，山西隰州(今山西隰县)人，先降李自成起义军，后降明，弘光元年(1645)降清，后因交通郑成功为清廷所诛。

⑨钱牧斋：即钱谦益(1582—1664)，字受之，号牧斋，常熟(今属张家港)人，万历三十八年进士，官至礼部侍郎，南明时为礼部尚书，后降清，为礼部侍郎，旋辞职南归，暗中从事反清复明。

⑩梅村：即吴伟业(1609—1672)，号梅村，太仓(今江苏太仓)人，崇祯四年进士，后降清，官至国子监祭酒。

⑪张南垣(1587—1671)：名涟，字南垣，华亭人，造园家。吴伟业有《张南

垣传》。

⑫弇州：即王世贞(1526—1590)，"后七子"之一。

作者简介

黄宗羲(1610—1695)，浙江余姚人，字太冲，一字德冰，号南雷，别号梨洲。著有《宋元学案》《明儒学案》《明夷待访录》《南雷文定》等，编有《明文海》。

题 解

柳敬亭作为明清易代之际的普通人，因为偶然的原因结交权贵，参与政治，最后又回归平凡，他个人的经历是整个国家沧桑巨变的写照，是国家悲剧的体现。作者在描绘其传奇经历后，又抒发己见，反对将其过分崇高化，以至脱离了平凡人物的真实面貌。在当时文坛描绘市井人物成为一种风气时，这不失为独到的见解。同时，作者也借此批评了明末用人失当的政治弊端，希望来世引以为戒。

虎丘二姜先生祠记

钱澄之

虎丘故为吴门游观之地。士大夫过吴，必一至虎丘眺览，久之然后去。当事召客，亦往往燕集其上。

予五十年前，坐可中亭，所见一片石旷然，僧舍旁列。吾犹恶其垒杂石以拓基，以侵岩壑之胜，今来则所拓基已不可见。于其外增置茶坊饼肆，栏楯层层，往时僧舍，大半为人家祠堂。凡当事官满当迁去，则预敕其下，择胜地建生祠，以为民之不能忘也。而乡士大夫位望通显,子孙贤有力者,类皆有祠,以比古之乡先生之殁而祭于其社也。予过之有诗云:"岩壑渐湮前代迹,轩楹相望上官祠。"则虎丘可知矣。

今年又至,见有莱阳二姜先生祠,则吴郡邑人士合词请诸上而为之者。夫祠,祀也。祀所以报也,凡有功德于人者,死则祀以报之。二先生未尝宦于吴,其功德无所表见,非若诸当事之皆能使民之不能忘也。又流寓,非生长斯土,官不甚显,非可比诸乡士大夫之殁而祭于社者也,而祀之何耶?然后知德莫大于忠孝,忠孝不泯于人心。人心所在,报必彰焉。固不待属其民吏,藉其子孙,及时谋之以自为不朽也。

二先生,莱阳人,一讳采,官给谏;一讳垓,官行人。兄弟皆前进士,给谏以纠贪辅触上怒,下诏狱,刑鞫①累次,佹②死,举朝力争之,移刑部廷杖一百。先是,垓早夜微服刺候③诏狱前,不解带者数时。已至刑部,即移病④入圜扉,侍兄寝处。廷杖日,垓于午门外人中跃出抱持,哀号与诀,惨动天日,观者无不泣下。

给谏伤重气绝。含溲吐兄口中⑤,得苏。已谒良医,亲为刮去腐肉斗许,不死。而莱阳报陷,一门殉难。廷臣请释采归治丧葬,不许,垓上疏请代兄系狱,暂释兄归。疏词哀切,一字一泪,亦不许,垓乃徒跣⑥奔丧归。而上亦心动,厚恤其家。赠太公光禄卿,赐谥忠肃,予祭葬,赠弟垓翰林院待诏,盖异数也。久之,贪辅败,贼氛渐逼。乃释采遣戍宣州,未及赴而国变。福王南渡,诸奸兴大狱。兄弟走匿浙东,改革后返吴,绝意仕进。垓先卒,采自署宣州老兵,临殁遗命曰:"必葬我宣城,是吾戍所,君命也。"遂葬焉,两先生生平大节如此。

方给谏下镇抚司再加考讯,备极刑楚,都无语,惟以指染口血书死字。当是时,亡其身矣,宁不念其亲乎?及观于忠肃之殉难,然后知其家教固以忠为孝也。不亡其身,不可以为人臣,即不可以为人子。是故给谏之忠,人知之;给谏之忠以成孝,人未易知也。大行之急难,几以身殉。今读其请代一疏,情文酸楚,血泪交并。虽不足以回主上一时之盛怒,而终徼异数⑦于死事之亡亲,亦诚有以感之也,不谓之孝得乎?易代以后,坚贞自矢,不为困苦少动。两先生于君亲之际,可谓完人矣。称为一门忠孝,宁有愧焉?

今登先生祠者,慨然如见其人。则给谏百折不回之气犹在也。儇乎⑧如闻其声,则大行呼抢无从之泪犹滴也。不宁吴人,凡来虎丘游者,瞻仰之余,退而考其行事,庶几皆足以感发其志气,而生其忠孝之心。功德顾不远与,则祠之宜矣。祠仅三楹,制甚朴,不如诸祠壮丽饰观。吾为之记,明所重在此不在彼也。

* 选自《清文汇》,第143—144页,清沈粹芬等辑,北京:北京出版社,1996年。
① 鞫(jū):审讯犯人。
② 俟(guī):几乎,将要。
③ 刺候:刺探侦察。
④ 移病:旧时官员上书称病。多为居官者求退的婉辞,这里指下狱。
⑤ 含溲吐兄口中,可能是古人的一种疗法。溲(sōu),尿液。
⑥ 徒跣:赤脚。
⑦ 异数:特殊的礼遇。
⑧ 儇(xuān):仿佛。

> [!NOTE] 作者简介
>
> 钱澄之(1612—1693),初名秉镫,字饮光,一字幼光,晚号田间老人、西顽道人。汉族,安徽省桐城县(今枞阳县)人,明末爱国志士、文学家。著有《田间集》《田间诗集》《田间文集》《藏山阁集》等。

> **题 解**
>
> 明亡之后,钱澄之重游虎丘,见虎丘之处祠堂林立,其多数立祠意义并不大。其中有二姜先生祠堂。二姜先生均未曾到吴地为官,然因二人守孝悌之礼,又在清兵南下时誓死不从清兵,吴人认为二人为忠孝仁义之人,因此立祠来纪念。钱澄之本身为明代遗民,见虎丘旁立二姜先生祠堂,为之作记,以赞美二姜兄弟的精神。

太湖泛月图记

钱陆灿

太湖泛月图,客为吴子柳亭图也。吴氏父子,家世读书好古,为洞庭山①人。其父亦昭②君,隐居不仕,而柳亭年方壮,待诏国子。先,亦昭颜③其所游憩之舫曰"月山行",柳亭思其亲而有是图也。若曰:"山之行也,必不离于湖,将以月夜泛于湖,仿佛其父所游憩之处云尔。"今见于图者,一小艇系柳黄叶红之岸,芦荻梢梢,不见尾,见舟子,中为箬席两重,烛檠④研几,掩映篷窗,一僮子吹炉火坐船头。把杯东面者,不问知其人为柳亭也,古貌道装,露顶,散襟带。东面则纸上空地,渺弥颍洞⑤,沉浸诸山,莫非湖也。湖之上下边傍,莫非湖也,则亦莫非月也。柳亭东望望此。记如是止矣。

余曩⑥尝从叶子闻周其人,知其乡隐君子亦昭,而恨不一至洞庭,访亦昭而登月山行之画舫。今柳亭兹舫之制,其即亦昭公之制之舫欤?然似无可著"月山行"三字之额,其无乃削其底之阔者十之七,缩其板之修者十之五六,而杀其人之恰受⑦与行厨之具者十之三四欤?故其词不以"行"而以"泛"。行也者,生蚍渡水之势也,飞鸟空直之路也;泛则屈子"泛泛若水中之凫",杜甫"信宿渔人还泛泛"之"泛"也。"行"则东南出三江口,而西北则宝界、夫椒二次之间,无所不之焉;"泛"则不离于湖,而不出于湖,如候潮焉,如待客焉。盖皇皇乎其有所思也,意者柳亭之思其亲而如望其归者欤?

太湖广五百里,群峰出于波涛之上,凡山之犇涌屏列于湖之滨者,无不挟湖以为胜,故亦昭言"山不兼湖",柳亭言"湖不兼山",而湖山之行止,必不能无待于月。盖山与湖千古尝在,而月则不能无晦朔弦望⑧之不齐,薄食晕珥⑨、乖云变气之怪异。山水常在,而月有时而无也。昔者行,今者止。昔者步步事后之思,此夕茫茫月下之悲也。

余之记是图也,事在图外,而意在图中者也。杜子美《登兖州城楼》之作,思其父闲官司马于此,而公来"趋庭日",落句⑩曰"孤嶂秦碑在,荒城鲁殿余",托怀古以思其父也。柳亭睹水上之茫茫,月照今而不复照古,把杯而问,其为"孤嶂""荒城"之悲又何如?虽然,无柳亭之思其亲则已耳,如柳亭之思其亲,月又何夕而无也哉?此可以告天下之凡为人子者,其不徒为一夕之清游胜赏而已。故记。

* 选自《清文海》,第8册第30—33页,南开大学古籍与文化研究所编,北京:国家图书馆出版社,2010年。

① 洞庭山:指太湖东南部的西洞庭山岛。
② 亦昭:指吴亦昭,为吴柳亭之父。
③ 颜:颜额,题额匾。
④ 檠(qíng):烛台。
⑤ 澒(hòng)洞:虚空混沌貌。
⑥ 曩(nǎng):以往,从前。
⑦ 恰受:容量,容纳。
⑧ 晦朔弦望:月亮的阴晴圆缺之变。
⑨ 薄食晕珥:指月食、月晕、月珥等月亮变化。
⑩ 落句:指尾联。作者所引杜甫诗"孤嶂秦碑在,荒城鲁殿余"系颈联,并非尾

联,当是作者误记。

作者简介

钱陆灿(1612—1698),字尔韬,号湘灵,又号圆沙,江苏常熟人,藏书家、校勘家,顺治十四年举人。著有《调运斋集》《圆沙诗集》《圆研居诗抄》《邑志》等。

题 解

该文记录了钱陆灿在赏《太湖泛月图》时所体会到的空灵清远之感。作者在文中引屈子、杜甫之诗,解"泛月"之"泛"字之妙处,最后又落于对中国文学传统的山水与月之关系的思索中。从客观上说,虽然山水常在,而月有时而无。然而从主观上来讲,只要为人子者心中常思亲,月则日日常满。

洞庭山看梅花记

归 庄

吴中①梅花,玄墓②、光福③二山为最胜。入春则游人杂沓④,舆马相望。洞庭⑤梅花,不减二山,而僻远在太湖之中,游屐⑥罕至,故余年来多舍玄墓、光福而至洞庭。庚子正月八日,自昆山⑦发棹,明日渡湖,舍于山之阳路苏生家,时梅花尚未放,余亦有笔墨之役,至元夕⑧后,始及游事。十七日,侯月鹭、翁于止各携酒邀余,至郑薇令之园。园中梅百余株,一望如雪,芳气在襟袖,临池数株,绿萼、玉叠,红白梅相间,古干繁花,交映清波,其一株横偃⑨池中,余酒酣卧其上,顾水中花影人影,狂叫浮白⑩,口占二绝句,大醉而归寓。

其明日,乃为长圻之游。盖长圻梅花,一山之胜也。乘篮舆,一从者携幞⑪被屐,过平岭,取道周湾,一路看梅至杨湾,宿于周东藩家。明日,东藩移樽,并挈⑫山中酒伴同至长圻。先至梅花深处名李湾,又至湖滨名寿沚者,怪石岈崱⑬,与西山之石公相值。太湖之波,激荡其涯,远近诸峰,环拱湖外。既登高丘,则山坞湖村二十余里,琼林银海,皆在目中。还过能仁寺,寺中梅数百株,树尤古,多苔藓斑剥,晴日微风,飞香满怀,遂置酒其下。天曛⑭酒阑,诸君各散去,余遂宿寺之翠岩房。自是日,令老僧为导,策杖寻花,高下深僻,无所不到。其胜处有所谓西方景、览胜石、西湾、骑龙庙者,每日任意所之,或一至,或再三,或携酒,或携茶及笔砚弈具,呼弈客,登山椒对局,仍以其间,闲行觅句⑮,望见者以为仙人。足倦,则归能仁寺。山中友人,知余在寺,多携酒至,待于花下,往往对客吟诗挥翰⑯,无日不醉。余意须俟⑰花残而去。二十四日,路氏复以肩舆来迎,遂至山之阳。明日,策杖至法海寺,归途闻曹坞梅花可观,雨甚不能往,遥望而已。又明日,往翁巷看梅,复遇雨,手执盖⑱而行。二月朔⑲,天初霁,薇令语余家园梅花尚未残,可往尽余兴,欣然诺之。薇令尚在书馆,余已先步至其园,登高阜而望如雪者,未改也。徘徊池上,则白梅素质尚妍,玉叠红梅朱颜未凋,绿萼光彩方盛,虢国⑳淡扫,飞燕㉑新妆,石家美人㉒,玉声珊珊,未坠楼下,佳丽满前,顾而乐之,就偃树而卧。方口占诗句未成,而薇令自外至。薇令读书学道,吾之畏友㉓,顾取余狂兴高怀,出酒共酌。时夕阳在树,花容光洁,落英缤纷,锦茵可坐。酒半,酌一卮㉔,环池行,遍酹梅根,且醉且祝,已复大醉,每种折一枝以归。探梅之兴,以郑园始,以郑园终。以梅花昔称五岭罗浮,皆远在数千里之外,无缘得至,区区洞庭,近在咫尺,聊以自娱。在长圻遇九年前梅花主人,已不复相识,盖颜貌之衰可知矣。而世事如故，吾之行藏如故，能无慨然！昨为薇令述之，薇令曰："人生逆旅㉕，又当乱世，九年之后，尚得无恙，复来寻花，已为幸矣！"其言尤可悲也已！复自念惟当乱世，故得偷闲山中耳。半月之乐，勿谓易得也。退而为之记。

* 选自《归庄集》，第375—377页，明归庄著，北京：中华书局，1962年。
① 吴中：今江苏省吴县。
② 玄墓：山名，位于江苏吴县西南。
③ 光福：山名，位于江苏吴县西。与玄墓山东西相连。
④ 杂沓：纷杂繁多。
⑤ 洞庭：指洞庭山，位于江苏吴县西南太湖。
⑥ 游屐：出游时穿的木屐。此处代指游人游玩的踪迹。
⑦ 昆山：山名，位于江苏松江县西北。
⑧ 元夕：古人以农历正月十五为上元，上元之夜称元夕。
⑨ 偃：仰卧。
⑩ 浮白：刘向《说苑·善说》记言："饮不釂者，浮以大白。"原意为罚饮一满杯酒，后意为满饮一杯酒。
⑪ 幞(fú)：被单，包袱。
⑫ 挈：率领。
⑬ 岁嶪(lì zè)：形容山峰高耸。
⑭ 曛：日落时的余光。
⑮ 觅句：指代作诗，推敲词句。
⑯ 挥翰：运笔书写。
⑰ 俟：等待。
⑱ 盖：遮阳障雨的用具。
⑲ 朔：指每月农历初一。
⑳ 虢(guó)国：指虢国夫人，唐玄宗时贵妃杨玉环之妹。
㉑ 飞燕：指赵飞燕，汉成帝皇后，善歌舞，因体轻而号飞燕。
㉒ 石家美人：据记载晋石崇家有一位美女，因待客不周而被当场杀掉。
㉓ 畏友：指在道义上、德行上、学问上互相规劝砥砺，令人敬重的朋友。

㉔ 卮(zhī):酒器。一卮为四升。
㉕ 逆旅:客舍。此指人生。

作者简介

归庄(1613—1673),明末书画家、文学家。字尔礼,又字玄恭,号恒轩,又自号归藏、悬弓等,昆山(今属江苏)人。归庄为明代散文家归有光曾孙。与顾炎武交好,时有"归奇顾怪"之称。著作多亡佚。后人辑有《玄恭文钞》《归玄恭文续钞》《归玄恭遗著》。

题 解

本篇为观梅散记。文章以时间为线索,记录了自己对梅花的鉴赏历程。以时间为线索本就带有一种朴素平直的叙事性特征。文中处处可见对梅花的生动描写,观梅在花瓣凋零之时结束,心中生起无尽感慨。无缘赏遍天下梅花,无力挽回乱世颓败局面,自己能做的只有降格以求、苟且偷闲。在景物描写之外夹以议论与抒情,情景交融之下让作品更显情致。通过观赏梅花,也展示出作者的精神世界。

李姬传

侯方域

李姬者,名香,母曰贞丽①。贞丽有侠气,尝一夜博,输千金立尽。所交接皆当世豪杰,尤与阳羡陈贞慧②善也。姬为其养女,亦侠而慧,略知书,能辨别士大夫贤否③,张学士溥、夏吏部允彝④急⑤称之。少风调皎爽不群。十三岁,从吴人周如松受歌《玉茗堂四传奇》⑥,皆能尽其音节。尤工《琵琶词》⑦,然不轻发也。

江南文

雪苑侯生⑧,己卯⑨来金陵,与相识,姬尝邀侯生为诗,而自歌以偿之。初,皖人阮大铖⑩者,以阿附魏忠贤论城旦⑪,屏居金陵,为清议所斥,阳羡陈贞慧、贵池吴应箕⑫实首其事,持之力。大铖不得已,欲侯生为解之,乃假所善王将军,日载酒食与侯生游。姬曰:"王将军贫,非结客者,公子盍叩⑬之?"侯生三问,将军乃屏人述大铖意。姬私语侯生曰:"妾少从假母识阳羡君,其人有高义,闻吴君尤铮铮,今皆与公子善,奈何以阮公负至交乎!且以公子之世望⑭,安事阮公?公子读万卷书,所见岂后于贱妾耶?"侯生大呼称善,醉而卧。王将军者殊怏怏,因辞去,不复通。

未几,侯生下第⑮,姬置酒桃叶渡⑯,歌《琵琶词》以送之,曰:"公子才名文藻,雅不减中郎⑰。中郎学不补行,今《琵琶》所传词固妄,然尝昵董卓⑱,不可掩也。公子豪迈不羁,又失意,此去相见未可期,愿终自爱,无忘妾所歌《琵琶词》也,妾亦不复歌矣。"

侯生去后,而故开府田仰者⑲,以金三百锾⑳邀姬一见,姬固却之。开府惭且怒,且有以中伤姬。姬叹曰:"田公岂异于阮公乎?吾向之所赞㉑于侯公子者谓何,今乃利其金而赴之,是妾卖公子矣!"卒不往。

* 选自《侯方域全集校笺》,第291—292页,明侯方域撰,王树林校笺,北京:人民文学出版社,2013年。

① 贞丽:姓李,字淡如,秦淮名妓。
② 阳羡陈贞慧:阳羡,今属江苏宜兴。陈贞慧(1604—1656),字定生,宜兴人,明末诸生,又中乡试副榜第二人,复社成员,明末清初散文家。因声讨阮大铖受到迫害,曾一度入狱,入清不仕,隐居家乡。
③ 贤否(pǐ):善恶。
④ 夏吏部允彝:夏允彝(1596—1645),字彝仲,号瑗公,松江华亭(今属上海松江)人,夏完淳之父,崇祯初年,与同郡陈子龙、徐孚远等人结成"几社"。崇祯十年进士。清军进攻江南,夏允彝与陈子龙等在江南起兵抗清,兵败后投水殉节。

⑤ 亟：同"亟(qì)"，屡次。清张潮《虞初新志》所录作"亟"。
⑥ 从吴人周如松受歌《玉茗堂四传奇》：周如松即苏昆生(1600—1679)原名。苏昆生为著名歌唱家，人称"南曲天下第一"，河南固始人，晚明时流寓金陵，故称吴人，明亡后削发为僧。《玉茗堂四传奇》，即汤显祖的《紫钗记》《牡丹亭》《邯郸记》《南柯记》。
⑦《琵琶词》：即高明的《琵琶记》。
⑧ 雪苑侯生：作者自称。雪苑，汉梁孝王兔园，也称梁苑，故址在今河南商丘东南。侯方域为商丘人，乡试落第后回乡结"雪苑社"，故称雪苑侯生。
⑨ 己卯：崇祯十二年(1639)。
⑩ 皖人阮大铖：阮大铖(1587—1646)字集之，号圆海、石巢、百子山樵，桐城(今安徽枞阳)人，万历四十四年进士，先依东林党，后依魏忠贤，崇祯时以附逆罪削职为民，南明时复起用，对东林、复社人员大加报复，后降清。
⑪ 论城旦：被判为城旦。此处指阮大铖因阉党逆案，被废为民。
⑫ 贵池吴应箕：吴应箕(1594—1645)，字次尾，号楼山，贵池(今安徽石台)人，崇祯十五年贡生，曾参加复社，起草《留都防乱公揭》声讨阮大铖，清兵破南京后，在其家乡坚持抗清，被执不屈死。
⑬ 叩：询问。
⑭ 世望：家族名望。侯方域祖执蒲、父恂、叔恪，在明末为朝官，均立身正直，反对魏忠贤。
⑮ 下第：指崇祯十一年侯方域应南直隶乡试未中。
⑯ 桃叶渡：在南京秦淮河口，相传因晋王献之送其爱妾桃叶于此而得名。王献之有《桃叶歌》："桃叶复桃叶，渡江不用楫。"
⑰ 中郎：指东汉蔡邕，蔡邕字伯喈，官左中郎将。《琵琶记》演蔡伯喈与赵五娘故事，系据宋元间民间传说而作成，附会为东汉蔡邕之事。
⑱ 尝昵董卓：指汉献帝时，董卓擅政，征蔡邕为侍中，再拜中郎将，封高阳乡侯，王允诛董卓，独蔡邕哭之，坐董卓党下狱死。
⑲ 故开府田仰：田仰(1590—1647)，字百源，安化(今贵州德江)人，万历四十二年进士，弘光朝官淮扬巡抚，后降清被杀。开府，古代高级官员设立官署，自选僚属，称开府，明清两代指总督、巡抚。
⑳ 锾(huán)：货币量词。借用为钱币数，三百锾，即三百金。
㉑ 赞：阐明。

作者简介

侯方域(1618—1655),字朝宗,归德府(今河南商丘)人,复社领袖,入清后参加科举,为时人所讥。后失悔,将其书房改为"壮悔堂"。著有《四忆堂诗集》《壮悔堂文集》。

题 解

当时描写市井人物的传记有很多,侯方域的《李姬传》是其代表作,后来孔尚任的《桃花扇》便以之为蓝本。本文为李姬作传,只选取几个事件,勾勒出其形象,却能栩栩如生,体现了其明大义、辨是非、分善恶的高贵品德。

六桥泣柳记

尤 侗

西湖去吾苏四百里耳,乃三十年来不获一望颜色,咄咄①怪事。犹记壬午春,与亡友汤卿谋再送人游武陵赋诗,予顾语之曰:"但见送人作郡,不见送汝作郡,西湖有知,不且揶揄吾辈杀风景乎?"卿谋曰:"西湖不在天上,行即到矣,当与君提几两屐②,了此梦中公事,不令武林③花笑人寂寂也。"然卒不果行,而卿谋遂殁。

己丑秋,自长安归,将游于东诸侯,以九月二十六日涉吴江、入槜李④,至十月七日始抵于杭,临江而舍,期以明发渡钱塘。日移午矣,主人延予而候潮焉,予忽忽⑤念之曰:"吾有旧约会当去。"乃与客一、平头⑥二逾冈越陌约五里许,始见所谓西湖者,翠浪千层,青山四照,若珠帘初卷,美人晓妆,云鬟雾髻,掩映于明镜中也。时秋暑未退,暮雨欲来,山行殊苦烦郁,忽俯清流,追凉风,自顾衣冠眉发飒飒然皆生爽气。由第一桥至第六桥,凡六休焉。自念十载相思,一朝邂逅,惊喜殆不能持,左顾右盼,目挑魂与,而盈盈波眼,亦似含睇微笑,与游子相迎送也。

然而欢慰之余,凄然以悲。往予少时,客从湖上来,辄夸苏堤杨柳,袅袅随风,夹岸桃花,剪绡裁锦,闻之心醉,有小腰人面⑦之思。今为官军斫伐⑧都尽,千丝万絮,无一存者,荒草之中,断根偃卧而已。遥望湖心亭,倾攲几欲坠水,四围台榭,半就湮芜,昔之锦缆牙樯、香车宝马、紫箫公子、红粉佳人,不知化为何物! 眼前所见,唯有寒鸦几点,梳掠斜阳,征鸿数行,哀鸣孤渚。若予四人者,亦空谷足音矣! 此如巫峡梦回,马嵬魂断,红颜憔悴,无复昔容,而予亦如杜牧寻春⑨,恨不相逢未嫁时⑩也。惆怅而别,如不胜情。归则又大咤叹曰:"湖之水无恙也,湖之山无恙也,湖之台榭或有时而修也,湖之车马或有时而集也,湖之公子佳人或有时而出也,独此数十年之杨柳,一旦伐之,风流顿尽,为可痛也! 虽使今日即树,不更阅十年,欲睹其长条依旧,岂可得哉? 桓司马汉南移柳,攀枝流涕,况乎无枝可攀,是可泣矣!"⑪因成泣柳诗六绝。诗成,又大咤叹曰:"昔卿谋作《忆西湖诗》,予和之,今予作《吊西湖诗》,卿谋不及和也。柳可泣矣! 泣柳而念张绪当年⑫,不益可泣哉!"因呜咽久之。忽闻江潮夜至,澎湃有声,若相助以哭者。遂挂帆而东,上会稽,探禹穴,访若耶溪。再渡钱塘,溯桐江,登钓台,陟兰阴,寻灵洞,还反于武林。止十日,一过湖上,入昭庆寺礼佛,绕走吴山之麓,竟不复至六桥矣。

嗟乎! 予三十年前,于诗中见西湖焉,"晴光潋滟""雨色空蒙"是也;于画中见西湖焉,柳浪闻莺、花港观鱼是也;于梦中见西湖焉,"三秋桂子""十里荷花",仿佛遇之。三十年又二,始见西湖于目中,

乃兴尽而返。所见不逮所闻,则与其在目中,反不若诗中情、画中景、梦中人哉。

* 选自《尤侗集》,第85—87页,清尤侗著,杨旭辉点校,上海:上海古籍出版社,2015年。
① 咄咄:表示惊诧或感叹。
② 几两屐:即"阮家屐"。泛指木屐。
③ 武林:杭州旧称。
④ 槜(zuì)李:指嘉兴。公元前496年五月,越王允常死去,吴王阖闾乘丧起兵伐越。越嗣王勾践率兵抵御,双方在槜李摆开战场。
⑤ 忽忽:迷糊,恍惚。
⑥ 平头:代指奴仆。
⑦ 斫(zhuó)伐:砍伐。
⑧ 小腰人面:指美女。小腰:或是"小蛮腰"的省称,出自唐白居易诗句"樱桃樊素口,杨柳小蛮腰"。人面:出自唐崔护《题都城南庄》:"去年今日此门中,人面桃花相映红"。
⑨ 杜牧寻春:载于《唐诗纪事》。杜牧早年游湖州,参观民间水戏,路见一个小女孩,长得十分可爱,因年幼而未娶。后十四年,杜牧任湖州刺史,想要娶她,却发现该女早已成家生子。于是作《叹花》诗,感叹错失良缘。
⑩ 恨不相逢未嫁时:出自唐张籍《节妇吟》,全句为"还君明珠双泪垂,恨不相逢未嫁时"。
⑪ "桓司马汉南移柳"句:《世说新语·言语篇》"桓公北征,经金城,见前为琅邪时种柳已皆十围,慨然曰:'木犹如此,人何以堪!'攀枝执条,泫然流泪。"
⑫ 张绪当年:张绪,字思曼,吴郡吴县人。张绪为人清简寡欲。齐武帝曾植柳于灵和殿前,曰:"此柳风流可爱,似张绪当年。"

作者简介

尤侗(1618—1704),字展成,一字同人,晚号艮斋、西堂老人等,长洲人(今属江苏苏州)。诗人、戏曲家。著有《西堂全集》等。

题 解

六桥,指杭州西湖苏堤上之六桥,苏堤为北宋苏轼带领修筑。自宋朝以降已有千年,正如时代有盛衰,朝代有变革,苏堤也随着经历兴废的变化。作者撰文正值明清易代之时,苏堤柳树被砍、亭台被毁,到处一片破败景象。作者感于此景并想到故友早逝的悲痛,二痛并发,泣于六桥。写景兼以怀人,且寄托时移世易之感。

传是楼记

汪 琬

昆山徐健庵①先生筑楼于所居之后,凡七楹间,命工斫木为橱,贮书若干万卷,区为经、史、子、集四种。经则传注义疏之书附焉,史则日录、家乘、山经②、野史之书附焉,子则附以卜筮、医药之书,集则附以乐府、诗余之书。凡为橱者七十有二,部居类汇,各以其次,素标缃帙,启钥烂然。于是先生召诸子登斯楼而诏之曰:"吾何以传女曹哉?吾徐先世故以清白起家,耳目濡染旧矣。盖尝慨夫为人之父祖者,每欲传其土田货财,而子孙未必能世富也;欲传其金玉珍玩、鼎彝尊斝③之物,而又未必能世宝也;欲传其园池台榭、舞歌舆马之具,而又未必能世享其娱乐也。吾方以此为鉴。然则吾何以传女曹哉?"因指书而欣然笑曰:"所传者惟是矣!"遂名其楼为"传是",而问记于琬。琬衰病不及为,则先生屡书督之,最后复于先生曰:

甚矣,书之多厄也!由汉氏以来,人主往往重官赏以购之,其下名公贵卿又往往厚金帛以易之,或亲操翰墨,及分命笔吏以缮录之。然且裒聚未几,而辄至于散佚,以是知藏书之难也。琬顾谓藏之之难不若守之之难,守之之难不若读之之难,尤不若躬体而心得之之难。是故藏而勿守，犹勿藏也；守而弗读，犹勿守也。夫既已读之矣，而或口与躬违，心与迹忤，采其华而忘其实，是则呻占记诵之学所为，哗众而窃名者也，与弗读奚以异哉！

古之善读书者，始乎博，终乎约，博之而非夸多斗靡也，约之而非保残安陋也。善读书者，根柢于性命而究极于事功。沿流以溯源，无不探也；明体以适用，无不达也。尊所闻，行所知，非善读书者而能如是乎！

今健庵先生既出其所得于书者，上为天子之所器重，次为中朝士大夫之所矜式，藉是以润色大业，对扬休命，有余矣。而又推之以训敕其子姓④，俾后先跻巍科，取胐仕，翕然有名于当世。琬然后喟焉太息，以为读书之益弘矣哉！循是道也，虽传诸子孙世世，何不可之有？

若琬则无以与于此矣。居平⑤质驽才下，患于有书而不能读。延及暮年，则又跧伏⑥穷山僻壤之中，耳目固陋，旧学消亡，盖本不足以记斯楼。不得已勉承先生之命，姑为一言复之，先生亦恕其老悖否耶？

* 选自《汪琬全集笺校》，第1488—1489页，清汪琬撰，李圣华笺校，北京：人民文学出版社，2010年。

① 徐健庵：即徐乾学(1631—1694)，字原一、幼慧，号健庵、玉峰先生，江苏昆山人，顾炎武外甥，康熙九年(1670)进士，主持编修《明史》，官至内阁学士、左都御史、刑部尚书。

② 山经：记录山脉的舆地之书。

③ 斝(jiǎ)：青铜酒器，圆口三足。

④ 子姓：众子孙。

⑤ 居平：居常，平时。

⑥ 跧伏：蜷伏。

作者简介

汪琬(1624—1691),字苕文,号钝庵,初号玉遮山樵,晚号尧峰,小字液仙,长洲人,清初学者、散文家。著有《尧峰诗文钞》。

题 解

汪琬为徐乾学的藏书楼作记,在赞美徐乾学读书万卷,以书传家的同时,又指出藏书的根本目的在于读书,而善读书者,在于躬亲体认、心得践行,并非仅为仕宦,这是他对徐乾学委婉的告诫。结尾一段,看似自谦,实则表达了作者安贫乐道的情怀。

江南相关知识

徐乾学大约在康熙十七年(1678)于家乡昆山筑传是楼,位于今西塘街昆山中学旧址,在清末被毁弃。徐乾学著有《传是楼书目》四卷与《传是楼宋元版书目》一卷,共著录藏书四千多种。

赠冒辟疆征君序

徐 倬

予少时即知淮海间有冒辟疆先生者,磊落负奇气,好结客。如皋邑僻在海隅,无山川名胜之观,而四方贤豪,结驷联骑,络绎于道不绝。向有用世之志,授理官,知时不可为,即弃去。构水绘园于邑城东隅,文酒歌舞,远与梓泽平泉①埒,余心窃向往之,时时愿见所谓辟疆先生者。既而游于合肥龚端毅公之门,公时称其先世兰锜②鼎族,甲于东南,辟疆为中丞公少参公之裔,州牧汝九公之孙,副使

江南文

嵩少公之子。然而辟疆常于盛衰倚伏、邪正消长之际,慷慨激烈,习与蒙难诸孤儿游,几中钩党之祸,且事亲至孝。

兴朝以来,征书屡至,坚卧不出,盖其忠孝植于天性,有不可移易者也。余闻公说,益愿急见所谓辟疆先生者。既而得交縠梁于京邸,交青若于东皋,结为兄弟欢,二子俱为先生嗣,遂因二子纳交于先生。先生已病足,两竖扶以见客,渥颜美须髯,飘飘如神仙中人。谈论今古,指画时务,如金石之铿击,江河之悬注。英气勃勃,犹在眉宇间。居恒召客,壶觞丝竹必尽坐客欢。或谈及启、祯遗事,暨江左冶游诸细故,虽酒阑灯炧③,尚娓娓不肯少休。余客东皋,皋人多置酒招余,余廑④不欲赴,赴亦酒三行辄起。独至先生饮,每达丙夜⑤,盖亦乐听其言,为闻见资也。时时赋诗,与少年场争胜,斗奇出险,必欲掩人而后已。率性孤行,大都不合时宜。方寸之间,隐然有五岳不平之气。事过,即涣然冰释,世人鲜有知而谅之者,惟余匝月⑥之间,真见所谓辟疆先生,意颇相得也。

客有起而问者曰:"子知先生矣,亦知人之所以待先生者乎?夫施报者,人情也。感应者,至理也。先生乐施与,好行其德,一切赈济缓急之事,视如布帛菽粟,寻常不足道。见人有一长一艺,亟起而扶持长养之。然往往恩施而怨报,德感而仇应,今之诟谇吾先生且下石焉者,皆所称扶持长养之人也。其故何欤?"曰:"子不见夫龙门之桐⑦乎?郁结轮囷,扶疏分离,其冬则烈风漂霰之所激也,其夏则雷霆霹雳之所感也。若夫鸲鹆鸱鸮之所噪,蚑蟜蝼蚁之所穴,不可胜数。然而亭亭直上,百尺无枝,伯牙过之,徘徊不能去,知桐之得于天者全也。先主以遥遥华胄,遭时多故,兵燹⑧流离,抱君亲之至痛,悼正气之沦亡,是亦先生之烈风、漂霰、雷霆、霹雳也。至于桀犬群吠,众口谣诼,直与鸲鹆、鸱鸮、蚑蟜、蝼蚁等耳,曾何足言?"客又曰：" 子说诚然矣，闻人之所抑，天必伸之，天之报施善人不爽也。先生性情卓越，于功名富贵泊然，独好金石鼎彝翰墨之事，构楼十二楹，日以老眼摩挲其间，用相娱乐。一旦不戒于火，焚炀赫烈，荡然无余，何祝融之虐与群小之愠，有适相符者耶？" 曰："此柳宗元所以贺王生者也，今将为先生贺矣。太上清净之理，凡人之有身俱称为累。况身所余之长物，鼎彝、金石、翰墨，视人世之货贿声色差胜耳。以道视之，皆累也。天为先生去其累而存其真，真则久，久则坐致千百岁，亦须臾耳。余见先生于回禄之后，陶然廓然，无几微不怿之意，其得道诚深矣。近筑匡峰庐于水绘园侧，经炉鱼鼓，翛然尘外。于人世声华之事，如云烟之过眼，恩怨之口，如苍蝇之过耳。然则向之文章征逐，声气游扬者，固非先生也。即所为摩挲金石鼎彝于十二楼中者，亦非先生也。迨至霜降木枯，水落石出，而先生之真面目始见。余虽交先生晚，然自喜真见所谓辟疆先生者矣。虽然，列子之示壶子也，屡出而不穷，壶子惊而反走，予术逊壶子，亦究何能见先生也哉！⑨"

* 选自《清文汇》，第796—797页，清沈粹芬等辑，北京：北京出版社，1996年。
① 梓泽平泉：梓泽指晋名士石崇金谷园，平泉指唐宰相李德裕平泉园。
② 兰锜(qí)：兵器架，此处代指军事。
③ 灯炧(xiè)：灯烛将熄。
④ 廑(qín)：同"勤"，劳神。
⑤ 丙夜：三更或半夜的时候。
⑥ 帀(zā)月：满一个月。
⑦ 龙门之桐：出自枚乘《七发》。其根半死半生，孤生于千仞绝壁之上，下临百丈之溪，如此不知多少岁月，有天下至为知音之人，制以为琴，歌以为声，便有"天下之至悲"之称。
⑧ 兵燹(xiǎn)：因战乱而造成的焚毁、破坏。
⑨ 此处用的典故乃《庄子》中列子与壶子典故，列子学于壶子，壶子可以不同

面相示人,高深莫测,列子见之,知己之学尚浅,归家三年,终至得道。徐倬这里可能有误用。

作者简介

徐倬(1624—1713),字方虎,号苹村,浙江德清人。清康熙十二年进士。著有《苹村类稿》。

题　解

冒辟疆先生光明磊落,正直不阿,在明亡之后,又有士大夫的气节,坚决不仕。徐倬心向往之,见冒辟疆先生并与之交往后,写成此文。本文高度称美冒辟疆之才情、个性及精神境界。最后一段与客答问,避免了空洞的议论,而又把作者对冒辟疆的理解和盘托出,是作文时善于起波澜者。

登燕子矶记

王士禛

金陵古都会,名山大川在封内者以数十,而燕子矶①以拳石得名。矶在观音门东北,三面临江,峭壁巉岩,石笋林立。观音山蜿蜒数十里,东与长江相属,至此忽突起一峰,单椒②秀泽,旁无附丽,傲睨诸山,偃蹇③不相下。大江从西来,吴头楚尾④,波涛浩汹中,砥柱怒流。西则大孤、小孤⑤,东则润州⑥之金、焦⑦,而矶居金陵上游,故得名尤著。

矶上有祠,祀汉寿亭侯。迤西有亭,壁上石刻"天空海阔"四大字,奇矫怪伟,为前大司马元明湛公⑧书。按,公曾为南国子祭酒,又历官南吏、礼、兵三部尚书。公崛起岭南,从白沙⑨闻学觉之宗,与阳明上下其说,天下称甘泉先生。祠南亭三楹,壁间题字丛杂不可读。独椒山先生⑩四绝句与文寿承⑪书《关祠颂》同镌一石。其一云:"皪皪清光上下通,风雷只在半天中。太虚云外依然静,谁道阴晴便不同。"读此,知先生定力匪朝夕矣。折而东,拾级登绝顶,一亭翼然。旷览千里,江山云物、楼堞⑫烟火、风帆沙鸟,历历献奇争媚于眉睫之前。西北烟雾迷离中,一塔出挺俯临江浒者,浦口之晋王山⑬也。山以隋炀得名。东眺京江,西溯建业,自吴大帝⑭以迄梁、陈,凭吊兴亡,不能一瞬。咏刘梦得"潮打空城"之语,惘然久之。时落日横江,乌桕十余株,丹黄相错,北风飒然,万叶交坠,与晚潮响相答,凄栗惨骨,殆不可留。题两诗亭上而归。时康熙二年十月二十一日也。

* 选自《清文汇》,第507—508页,清沈粹芬等辑,北京:北京出版社,1996年。
① 燕子矶:在今南京市北观音山上。
② 单椒:孤峰。椒:山巅。
③ 偃蹇:夭矫高耸。
④ 吴头楚尾:原指春秋时吴、楚两国接界之地,即今江西省北部。这里借指金陵一带。
⑤ 大孤、小孤:即大孤山、小孤山。
⑥ 润州:即今江苏镇江。
⑦ 金、焦:即金山和焦山。
⑧ 湛公:湛若水,字元明,号甘泉,明增城(今广东广州)人。
⑨ 白沙:陈献章,字公甫,明新会白沙里人,世称"白沙先生",心学家。
⑩ 椒山先生:杨继盛,字仲芳,号椒山。明嘉靖时任兵部员外郎,因弹劾严嵩,被诬下狱致死。
⑪ 文寿承:文彭,字寿承,文徵明之子,明代书画家。
⑫ 楼堞:城上的楼观和矮墙。
⑬ 晋王山:一名桃叶山,在浦口附近。因隋初晋王杨广曾屯兵于此,故名。

江南文

作者简介

王士禛(1634—1711),原名士禛,字子真,一字贻上,号阮亭,别号渔洋山人,死后因避雍正帝胤禛讳改名为士正,后诏命改为士祯。山东新城人,官至刑部尚书,谥文简。著有《带经堂集》等。

题 解

本文记叙作者登览燕子矶的过程。文章先介绍了燕子矶的独特外形,所处位置和得名由来。然后重点描写燕子矶上的风景,人文景观和自然风光相交织。而最终写到六朝短促,历史沧桑,进而因傍晚来临产生凄清幽咽、不可久留之感。物境、心情,无不毕现;现实、历史,纷至眼前。

江南相关知识

燕子矶位于南京市主城区北郊观音门外,有着"万里长江第一矶"的称号,海拔36米,山石直立江上,三面临空,形似燕子展翅欲飞,因此得名。乾隆帝书"燕子矶"碑。

游姑苏台记

宋 荦

予再莅吴①将四载,欲访姑苏台②未果。丙子五月廿四日,雨后,自胥江③泛小舟,出日晖桥。观农夫插莳,妇子满田塍④,泥滓被体,桔槔⑤与歌声相答,其劳苦殊甚。逶迤⑥过横塘,群峰翠色欲滴。未至木渎二里许,由别港过两小桥,遂抵台下。

山高尚不敌虎丘,望之,仅一荒阜⑦耳。舍舟,乘竹舆,缘山麓而东。稍见村落,竹树森蔚,稻畦相错如绣。山腰小赤壁,水石颇幽,仿佛虎丘剑池。夹道穉松⑧丛棘,蘼葧点缀其间如残雪,香气扑鼻。时正午,赤日炎歊⑨,从者皆喘汗。予兴愈豪,褰衣⑩贾勇⑪,如猿猱腾踏而上。陟⑫其巅,黄沙平衍,南北十余丈,阔数尺,相传即胥台故址也,颇讶不逮所闻。

吾友汪钝翁⑬记称:"方石中穿,传为吴王用以竿旌⑭者",又"矮松寿藤,类一二百年物"。今皆无有。独见震泽⑮掀天涌日,七十二峰出没于晴云溕淼⑯中。环望穹窿、灵岩、高峰、尧峰诸山,一一献奇于台之左右。而霸业销沉⑰,美人黄土⑱,欲问夫差之遗迹,而山中人无能言之者,不禁三叹。

从山北下,抵留云庵。庵小,有泉石。僧贫而无世法,酌泉烹茗以进。山中方采杨梅,买得一筐,众皆饱啖,仍携其余返舟中。时已薄暮,饭罢,乘风容与⑲而归。

侍行者,幼子筠,孙韦金,外孙侯最。六日前,子至方应试北上,不得与同游。赋诗纪事,怅然者久之。

* 选自《西陂类稿》卷二十六,清宋荦著,四库全书本。
① 吴:指苏州。宋荦曾于康熙二十六年(1687)出任江苏布政使,三十一年(1692)任江苏巡抚,均驻苏州。
② 姑苏台:位于苏州城外濒临太湖的胥山。
③ 胥江:位于苏州城胥门斜对,伍子胥主持开挖的人工河,后名"胥溪"。
④ 田塍(chéng):农田中间的畦埂。
⑤ 桔槔(jié gāo):桔槔俗称"吊杆""称杆",古代汉族农用的一种汲水工具,商代已开始使用。
⑥ 迤逦(yǐ lǐ):形容曲折连绵。
⑦ 阜:土丘。
⑧ 穉(zhì)松:小松树。穉:同"稚",表示幼小。

⑨ 歊(xiāo)：(气)升腾，在这里表示热。
⑩ 褰(qiān)衣：撩起衣服。褰：撩(衣服等)。
⑪ 贾(gǔ)勇：鼓足勇气。
⑫ 陟(zhì)：登，登高。
⑬ 汪钝翁：即汪琬，晚号钝翁。
⑭ 竿旌：旗杆顶端所饰的雉羽，此处指挂旗。
⑮ 震泽：太湖名古称。
⑯ 潚(xiào)淼：形容水势浩荡。
⑰ 霸业销沉：指春秋时期吴国创建霸业的丰功伟绩已成为陈年往事。
⑱ 美人黄土：指春秋时期美人西施已被黄土掩埋，美貌不复。
⑲ 容与：从容悠闲。

作者简介

宋荦(1634—1714)，字牧仲，号漫堂，晚号西陂老人、西陂放鸭翁。归德府(今河南商丘)人，著名诗人、画家、政治家。曾任吏部尚书、太子少师。著有《西陂类稿》《绵津山人集》等。

题 解

本文记录了作者在游历姑苏台时的所见所感。文章一开始写农人劳作，不应视作泛泛之笔。盖作者既任职江苏巡抚，则地方民生，自应是其关切之处。虽是正午赤日，从者喘汗，但作者却豪兴不减，如猿猱腾踏而上，登台后遥望远方，感叹"霸业消沉、美人黄土"。名义上是写姑苏台，实则描画沿途及姑苏台远近景色；且作者并非单纯写景，而是在写景中寄托多种感慨。

红桥修禊序

孔尚任

康熙戊辰春,扬州多雪雨,游人罕出。至三月三日,天始明媚,士女祓禊①者,咸泛舟红桥,桥下之水若不胜载焉。予时赴诸君之招,往来逐队,看两陌之芳草桃柳,新鲜弄色,禽鱼蜂蝶,亦有畅遂自得之意,乃知天气之晴雨,百物之舒郁系焉。盖自秋徂冬,霜寒凛栗。物之欲自全者,藏伏惟恐不深,其濒死而不死也,欲留余生以受春光。两月雪雨,又失春光之半。幸逢一日之晴,亦安有不畅遂自得之物哉。虽然,晴雨者天之象也,舒郁者物之迹也,宜雨而不雨谓之亢晴,宜晴而不晴谓之淫雨,则物之舒者亦郁矣。不宜晴而即雨,不宜雨而即晴,曰膏雨,曰时晴,则物之郁者亦舒矣。况尧汤之世,不乏水暵②,而当其时者,止见为光天化日,则百物舒郁之情,又出于天气晴雨之外。予今者大会群贤,追踪遗事,其吟诗见志也,亦莫不有畅遂自得之意。盖欣赏夫时和者犹浅,而兴感于盛世者则深。因序述诸篇,为之流传,俾读者知吾党舞蹈所生,有非寻常迹象之可拘耳。

* 选自《湖海集》,第 200—201 页,清孔尚任撰,上海:古典文学出版社,1957 年。
① 祓禊:古代民俗,三月上巳日到水滨洗濯,除灾祈福。
② 暵:干枯。

> **作者简介**

孔尚任(1648—1718),字聘之、季重,号东塘、岸堂,自署云亭山人。清初传奇作家。山东曲阜人,孔子六十四代孙。任国子监博士,官至户部主事,升员外郎,因事罢归原籍。著有《桃花扇》《湖海集》等。

题 解

本文记叙了扬州三月三日祓禊的情况,泛舟红桥,万物复苏。作者由此认识到"万物之舒郁"取决于"天气之晴雨"。作者这样说,其背后有深意存焉。古者帝王皆是天子,则"万民之苦乐"亦取决于"天子之圣昏"。所以作者又以尧汤之世为例,说明自然界的晴雨并不是最重要的,其言下之意,则不言而喻也。

琼花观看月序

孔尚任

游广陵者,莫不搜访名胜,以侈①归口。然雅俗不同致②矣,雅人必登平山堂,而俗客必问琼花观。琼花既已不存,又无江山之可眺,久之,俗客亦不至,寂寂亭台,将成废土。

丁卯冬,余偶一游之,叹其处闹境而不喧,近市尘而常洁,乃招集名士七十余人,探琼花之遗址。流连久立,明月浮空,恍见淡妆素影,绰约冰壶之内。于是列坐广庭,饮酒赋诗,间以笙歌,夜深景阕,感慨及之。夫前人之兴会,积而成今日之感慨,今日之感慨,又积而开后贤之兴会。一兴一感,若循环然,虽千百世可知也。而况花之荣枯不常,月之阴晴未定。旦暮之间,兴感每殊。计生平之可兴可感者,盖已不能纪极③矣。今日之集,幸而传也,不过在不能纪极中,多一兴感之迹,其不传也,并兴与感亦无之。而所谓琼花与明月,固千古处兴感以外耳。

* 选自《清文海》第25册,第195—196页,南开大学古籍与文化研究所编,北京:国家图书馆出版社,2010年。

① 侈:夸大,过分。

慶元三年二月丙午慈福有旨以別園賜今少

師平原郡王韓公其地實武林之東麓而西湖之水匯于其下天造地設極山湖之美公既受命乃以祿入之餘葺為南園因其自然輔以雅趣方公之始至也前瞻却視左顧右盼而規模定因高就下通窐去蔽而物象列奇葩美木爭效于前清流秀石若顧若揖於是飛觀傑閣虛堂廣廳上足以陳俎豆下足以奏金石者莫不畢備高䎛顯敞如蛻塵垢而入窈窕邃溪疑于

東陽金華山樓志

夫鳥居山上層巢木末魚潛淵下窟穴泥沙豈好異哉蓋性自然
也故有忽白壁而樂垂綸負玉鼎而要卿相行藏紛糾顯晦踳駁
無異火炎水流圓動方息斯則廟堂之與江海達戶之與金閨並
然其所然悅其所悅鳥足毛羽瘡痍在其間哉子生自原野善畏
難狎心駭雲臺朱屋望絕高益青組且澆濡霧露彌願間逸每畏
灌清瀨息椒丘寖永懷其來尚矣蚖蚳專噬壤民欲天從爰泊二
毛得居巖穴所居東陽郡金華山東陽實會稽西部是生竹箭山
川秀麗皋澤塊巒峰疊起則接漢連霞喬林布濩則春青
冬綠迴溪映流則十仞洞底膚寸雲谷必千里雨散信卓犖爽塏

莊惠之清塵庶羊左之徽烈及冥目東粵歸骸洛浦總帳猶懸門
罕漬酒之彥墳未宿草野絕動輪之賓貌爾諸孤朝不謀夕流離
大海之南寄命嶂癘之地自昔把臂之英金蘭之友曾無羊舌下
泣之仁篕邱成分宅之德嗚呼世路險巇一至於此太行孟門
豈云嶄絕是以耿介之士疾其若斯裂裳裹足棄之長鶩獨立高
山之頂歎與麋鹿同羣皦皦絕其霧濁誠恥之也誠畏之也
南史五十九葉
文類聚二十一 選文

② 致：意态，情趣。
③ 纪极：终极、限度。

题解

本文记叙了作者邀请七十多位名士在琼花观赏月吟诗的事情。文章开头首先表明了琼花观的处境，因为琼花不存，所以无人问津，成为闹市中的净土，为作者集会做铺垫。然后描写明月当空，大家饮酒赋诗。作者有感于人事变化，而此时的兴感通过诗歌得以流传。

江南相关知识

1. 琼花观，故址在今江苏江都县城外。汉成帝元延二年建，因产琼花，故名。

2. 平山堂，在今江苏扬州市西北瘦西湖北蜀冈上。宋代庆历八年，欧阳修在扬州出任太守时所建。由此向南眺，江南诸山与视线相平，故名。

见山楼记

王步青

润之西郊，大江环之，群山蜿蜒，当南北水陆之会。缘郊十里，烟火万家，商贾辐辏①，居人逐利争时，喧啾嗷杂，盖不复知有江山之胜矣。曩余舍北固草堂，陟山巅望四远，妙高、浮玉两峰，屹立于江涛弥漭②中，时或东游京岘，北眺石公，西隮云台，南栖黄鹤，层峦漫阜，断壁连冈，所至罕穷其境。岁二月，舟过西郊，访祝君荔亭，登其所谓见山楼者。君家近市，楼翼然矗起闹巷间。画舫三楹，绮疏③四辟，北面长江，左右群山绵亘，涣如云奔，错若碁置。曩所未见,今皆见之。此岂所意于唐肆之区,康衢④之侧哉。不出户庭,奄有江山之胜,岂不以人哉。吾尝咏元亮"悠然见南山"之句,缅想其所谓悠然者,邈乎不可即。当夫采采东篱,黄花满手,山景忽来,长吟未已,此中真意,元亮固以为欲辨忘言矣。而后之人狠⑤爱嘉名,或榜其堂,或颜其阁,往往而有,彼其所见何如也。君读书尚志,登斯楼也,一觞一咏,如在斜川、栗里间,夫恶知为唐市之区,康衢之侧,然则君之志致,盖远矣。奚事霓裳攀蹄,所见果无非山也哉。若夫楼以下有亭、有廊、有阁,老树扶疏,竹梧环翠,一亩之宫,曲有奥趣。此亦自君胸次有之,不足为外人道,岂独江山之胜也。

* 选自《清文汇》,第 1311 页,清沈粹芬等辑,北京:北京出版社,1996 年。
① 辐辏:车辐集中于毂上,比喻人或物聚居一处。
② 泬淼:水满而大的样子。
③ 绮疏:镂花的窗格。
④ 康衢:四通八达的大路。
⑤ 狠:众多。

作者简介

王步青(1672—1751),字汉阶、罕皆,号己山。江苏金坛人。雍正元年(1723)进士,官翰林院检讨。精于制艺,主扬州安定书院。著有《己山文集》。

题 解

本文通过外部环境的繁华热闹与见山楼的景观对比,突出见山楼独特的地理位置。身处见山楼中,忘却了尘世的争名逐利、熙攘喧闹,而一览江山之胜。作者用陶渊明的名句"采菊东篱下,悠然见南山",嘲讽当世人附庸风雅,而不解真意。而赞美见山楼主人专心学问,意趣高雅,胸中自有丘壑,所以才有了见山楼的美景。

梅花岭记

全祖望

顺治二年乙酉①四月,江都围急。督相史忠烈公②知势不可为,集诸将而语之曰:"吾誓与城为殉,然仓皇中不可落于敌人之手以死,谁为我临期成此大节者?"副将军史德威③慨然任之。忠烈喜曰:"吾尚未有子,汝当以同姓为吾后。吾上书太夫人④,谱汝诸孙中。"二十五日,城陷,忠烈拔刀自裁,诸将果争前抱持之。忠烈大呼德威,德威流涕,不能执刃,遂为诸将所拥而行。至小东门,大兵如林而至,马副使鸣騄、任太守民育及诸将刘都督肇基⑤等皆死。忠烈乃瞠目曰:"我史阁部也。"被执至南门。和硕豫亲王⑥以先生呼之,劝之降。忠烈大骂而死。

初,忠烈遗言:"我死当葬梅花岭上。"至是,德威求公之骨不可得,乃以衣冠葬之。或曰:"城之破也,有亲见忠烈青衣乌帽,乘白马,出天宁门投江死者,未尝殉于城中也。"自有是言,大江南北遂谓忠烈未死。已而英、霍山师大起⑦,皆托忠烈之名,仿佛陈涉之称项燕。吴中孙公兆奎⑧以起兵不克,执至白下。经略洪承畴⑨与之有旧,问曰:"先生在兵间,审知故扬州阁部史公果死耶,抑未死耶?"孙公答曰:"经略从北来,审知故松山殉难督师洪公果死耶,抑未死耶?"承畴大恚,急呼麾下驱出斩之。

呜呼!神仙诡诞之说,谓颜太师以兵解⑩,文少保亦以悟大光明法蝉脱⑪,实未尝死。不知忠义者,圣贤家法,其气浩然常留天地之间,何必出世入世之面目！神仙之说,所谓为蛇画足。即如忠烈遗骸,不可问矣,百年而后,予登岭上,与客述忠烈遗言,无不泪下如雨,想见当日围城光景,此即忠烈之面目,宛然可遇,是不必问其果解脱否也,而况冒其未死之名者哉？墓旁有丹徒钱烈女⑫之冢,亦以乙酉在扬,凡五死而得绝,时告其父母火之,无留骨秽地,扬人葬之于此。江右王猷定⑬、关中黄遵严、粤东屈大均⑭为作传、铭、哀词,顾尚有未尽表章者。

予闻忠烈兄弟自翰林可程⑮下,尚有数人,其后皆来江都省墓,适英、霍山师败,捕得冒称忠烈者,大将发至江都,令史氏男女来认之。忠烈之第八弟⑯已亡,其夫人年少有色,守节,亦出视之,大将艳其色,欲强娶之,夫人自裁而死。时以其出于大将之所逼也,莫敢为之表章者。呜呼！忠烈尝恨可程在北,当易姓之间,不能仗节,出疏纠之。岂知身后乃有弟妇,以女子而踵兄公之余烈乎？梅花如雪,芳香不染。异日有作忠烈祠者,副使诸公,谅在从祀之列,当另为别室以祀夫人,附以烈女一辈也。

* 选自《全祖望集汇校集注》,第1116—1118页,清全祖望撰,朱铸禹校注,上海:上海古籍出版社,2000年。

① 顺治二年乙酉:即公元1645年。

② 督相史忠烈公:即史可法(1601—1645),字宪之,号道邻,祥符人(今属河南开封),崇祯元年进士,北京城被攻陷后,史可法拥立福王朱由崧为帝,继续与清军作战,官至督师、建极殿大学士、兵部尚书。弘光元年(1645),清军大举围攻扬州城,不久后城破,史可法拒降遇害。督相,督理军务的宰相,明代大学士相当于宰相,史可法当时以内阁大学士兼兵部尚书督师扬州,故名。他死后,南明谥之"忠靖",清高宗追谥"忠正",世称"忠烈公"。

③ 史德威:生卒年不详,字龙江,号愚庵,山西平阳(今临汾)人,扬州破,被俘不屈,豫王多铎有感于史可法之忠义,释之。

④ 太夫人:史可法的母亲尹氏。

⑤马副使鸣騄、任太守民育及诸将刘都督肇基：马鸣騄，陕西襄城人，曾任后备道。任民育，字时泽，山东济宁人，天启四年举人，时任扬州知府。刘肇基，字鼎维，辽东人，崇祯年间任辽东副总兵，时为史可法部下总兵加左都督。

⑥和硕豫亲王：名多铎(1614—1649)，努尔哈赤第十五子，多尔衮同母弟。

⑦英、霍山师大起：指顺治五年至六年(1648—1649)间，侯应龙、张图容、杨国士、冯弘图等纷纷在英山、霍山(均属今安徽省)起义抗清。

⑧孙公兆奎：孙兆奎(？—1647)，字君昌，南直隶吴江人，顺治元年投奔史可法，史可法死后赴吴江，顺治四年(1647)与同县吴易率领数千人起义抗清，号称孙吴兵，战败被清兵俘至南京。

⑨经略洪承畴：洪承畴(1593—1665)，字彦演，号亨九，泉州南安(今属福建泉州)人，万历四十四年进士，崇祯十二年任蓟辽总督，松锦之战败后被清朝俘虏，后降清。经略，明代有重要军事任务时特设的官职，执掌一方军政大权。

⑩颜太师以兵解：颜太师即颜真卿。学仙者死，谓之尸解，死于兵刃，谓之兵解。《太平广记》卷三十二载，颜真卿死后十余年，颜氏仆人往郑州收租，路经洛阳，曾遇见颜真卿，故时人传颜真卿尸解得道。

⑪文少保亦以悟大光明法蝉脱：文少保即文天祥。彭绍升与袁枚书札："昔文信公在燕狱时，遇楚黄道人，受出世法，始得脱然于生死之际，故其诗云：'谁知真患难，忽遇大光明。'又云：'莫笑道人空打坐，英雄敛手即神仙。'"此即文天祥仙去之说。

⑫钱烈女：名淑贤，清军攻扬州时，丹徒钱应式寓居扬州，城陷，其女不愿为清兵所掳而自杀。其先以刀刎颈，继而打算自焚、上吊、服毒，均未死，最后以衣带自缢方死。王猷定作有《钱烈女墓志铭》，屈大均作有《钱烈女哀词》。

⑬王猷定(1598—1662)：字于一，号轸石，江西南昌人，贡生，曾在史可法幕下效命，明亡不仕，散文大家、诗人。

⑭屈大均(1630—1696)：字骚余，又字翁山、介子，号菜圃、非池，广东番禺人，明亡后，出家为僧，以诗文名当时。

⑮翰林可程：即史可法弟史可程，生卒年不详，字赤豹，号蘧庵，崇祯十六年进士，改庶吉士，先降李自成，后降清，入清后官翰林侍讲。史可法曾上书朝廷，要求惩处其弟。

⑯忠烈之第八弟：名可刚，生平不详。

江南文

作者简介

全祖望(1705—1755),字绍衣,号谢山,浙江鄞县(今宁波鄞州)人,清代浙东学派的代表人物,史学家、文学家。著有《鲒埼亭集》《经史问答》等。

题 解

本文主要记述了抗清英雄史可法的事迹,又夹叙夹议,并且以反面人物洪承畴、正面人物钱烈女、史可法弟妻衬托之,表明忠臣、烈女蹈死不顾,并非是为了一家、一国或一个民族的利益,而是为了全其所禀赋的天地正气,因而他们的精神能超越历史而不朽。史可法受到清朝官方的肯定,正出于此。"梅花如雪,芳香不染",这是作者以梅花来象征史可法的精神气概、并以"梅花岭记"作篇名的理由所在。

江南相关知识

梅花岭在扬州城北的广储门附近。民国王振世《扬州览胜录》卷一:"梅花岭在萧孝子祠西。明万历中,太守吴秀开河积土而成。旧名土山,后树以梅,因名。一说古梅花岭旧址无考,清初重宁寺旁土阜增而成岭。旧种梅花数百株,皆玉蝶种,花比十亩梅园迟开一月。极高处有山亭,六角,花时便不见亭。史阁部祠墓即在岭前。"全祖望希望为史可法立祠时,能配享马鸣騄等人及史可法弟媳,《扬州览胜录》卷一介绍史公祠堂时言:"东西两楹供当时同公殉国文武将士牌位。"大致与全祖望所期相合。但今从祀牌位已不存。

随园记

袁 枚

金陵自北门桥西行二里,得小仓山,山自清凉胚胎①,分两岭而下,尽桥而止。蜿蜒狭长,中有清池水田,俗号干河沿。河未干时,清凉山为南唐避暑所,盛可想也。凡称金陵之胜者,南曰雨花台,西南曰莫愁湖,北曰钟山,东曰冶城②,东北曰孝陵,曰鸡鸣寺。登小仓山,诸景隆然上浮。凡江湖之大,云烟之变,非山之所有者,皆山之所有也。

康熙时,织造隋公③当山之北巅,构堂皇④,缭垣牖,树之荻千章⑤、桂千畦,都人游者,翕然盛一时,号曰"隋园",因其姓也。后三十年,余宰江宁⑥,园倾且颓弛,其室为酒肆,舆台⑦嚾⑧呶,禽鸟厌之,不肯妪伏⑨,百卉芜谢,春风不能花。余恻然而悲,问其值,曰三百金,购以月俸。茨墙剪阈,易檐改涂。随其高,为置江楼;随其下,为置溪亭;随其夹涧,为之桥;随其湍流,为之舟;随其地之隆中而欹侧也,为缀峰岫;随其蓊郁而旷也,为设宧窔⑩。或扶而起之,或挤而止之,皆随其丰杀繁瘠,就势取景,而莫之夭阏者,故仍名曰"随园",同其音,易其义。

落成,叹曰:"使吾官于此,则月一至焉;使吾居于此,则日日至焉。二者不可得兼,舍官而取园者也。"遂乞病,率弟香亭⑪、甥湄君⑫移书史居随园。闻之苏子⑬曰:"君子不必仕,不必不仕。"然则余之仕与不仕,与居兹园之久与不久,亦随之而已。夫两物之能相易者,其一物之足以胜之也。余竟以一官易此园,园之奇,可以见矣。

己巳⑭三月记。

* 选自《袁枚全集(二)》,第 204—205 页,清袁枚撰,王英志主编,南京:江苏古籍出版社,1993 年。

① 自清凉胚胎：指始于清凉山，为清凉山之余脉。
② 冶城：相传春秋时吴王夫差冶铸于此，故名，故址在今南京市朝天宫一带。
③ 隋公：即隋赫德，生卒年不详，满洲富察氏，雍正六年（1728）接替被抄家的曹頫担任江宁织造，雍正九年卸任，雍正十一年因罪充军。
④ 堂皇：同"堂隍"，广大的殿堂。
⑤ 荻千章：楸树千株。荻，即楸树。"章"同"橦"。
⑥ 余宰江宁：指乾隆十年（1745）袁枚任江宁知县。
⑦ 舆台：奴仆。
⑧ 讙（huān）：喧哗。
⑨ 妪伏：鸟类以体孵卵。
⑩ 宧窔（yí yào）：刘熙《释名·释宫室》："东南隅曰窔。窔，幽也，亦取幽冥也。东北隅曰宧。宧，养也，东北阳气始出，布养物也。"此处指代居室。
⑪ 香亭：即袁枚从弟袁树（1730—？），字豆村，号香亭，乾隆二十八年进士，为广东肇庆知府。
⑫ 湄君：即袁枚外甥陆建（1731—1765），字湄君，号豫庭，事迹见袁枚《湄君小传》。
⑬ 苏子：即苏轼。其《灵璧张氏园亭记》云："古之君子，不必仕，不必不仕。必仕则忘其身，必不仕则忘其君。"
⑭ 己巳：乾隆十四年（1749）。

作者简介

袁枚（1716—1798），字子才，号简斋，晚年自号仓山居士、随园主人，钱塘（今浙江杭州）人，祖籍浙江慈溪，乾隆四年进士，授翰林院庶吉士，仕途不顺，无意吏禄，辞官隐居于南京小仓山随园，著有《小仓山房文集》《随园诗话》等。

题 解

袁枚于乾隆十三年从江宁知县任上辞官，后一直闲居随园。本文写随园的景物、建筑布置因地制宜,紧扣"随"字,一连用了八个"随"字,表明作者就势取景随顺自然的胸襟,更体现了作者随遇而安的处世态度。

· 江南相关知识 ·

随园本为明末吴应箕在金陵的园林"吴氏园"。袁枚《随园诗话》道光四年刊本卷二:"雪芹撰《红楼梦》一部,备记风月繁华之盛,中有所谓大观园者,即余之随园也。"按袁枚此说,吴氏园后为曹寅家所有,其子曹頫败后归隋赫德所有,隋赫德败后又易主,袁枚知江宁县时购此园。但随园是否就是大观园,学界尚有争议。咸丰三年(1853),太平军攻占南京后,袁枚之孙袁祖志逃往上海,随园被毁弃。

游西天目暨洞霄宫记

贾朝琮

余自西洞庭抵吴门,适石君远梅,有天目、洞霄之游。余久慕其胜,欣愿偕往。遂于四月八日起程,初十抵余杭,十一雇笋舆,出西郭。南望天柱诸山,秀丽奇特,与平原迥异。是日微雨,高峰云气弥漫,若美人处绡幌,有时微露其面。沿苕溪行五十里,宿永慈寺,为天目中院。

次日清晨益雨,高舂①稍霁,行三十里,至清冷桥。始见东西两天目,排突天半,气势雄健,仿佛夔门诸山,云气益蓊郁。顾念明日登山,不特跋履甚艰,苟四顾茫无所睹,不辜此一行乎?又行十里,名南庄,距寺亦十里。庄前分二径,北行为东天目,梁志公②开法,佛像俱范铜为之。明末渐颓败,至今香火冷落。南行为西天目,元僧高峰③始建道场于山半,至国朝玉林④国师迁移山麓,名禅源寺,规模比旧益宏丽,遂名山上者为老寺。主席号体周,道风颇振,殿宇次第鼎新。僧寺二百人，晨钟暮鼓，课诵肃然。晡时⑤抵寺，至晚忽开霁，皓月一庭，如玉壶朗澈。

次日授二杖，命其徒清远为导，即由寺后登山。盖西天目南发二支，连峰叠嶂，东西旋绕，而禅源处其中，实为我浙胜地。万木参天，大五六人抱，其径三四尺者，殆不可胜数也。流泉两道，自山顶奔腾飘洒而下，如怒涛，如激湍，听之心神俱旷。路甚陡峻，行数十步，即气促流汗。是日，太阳丽空，无纤翳。然林木蔽亏，与晦冥无异。至五里亭稍憩，更上数百步。一巨石，方广十余丈，名观音岩。上下绝壁，此石若自巅推堕者，而不倾不倚，斯亦奇矣。益上数十步有别径，转西为高峰祖塔，若巨狮张口状，塔安其中。前架屋数楹，下临绝壁，抚槛一视，心胆几折。从岩左更折而东，路益陡险，有巨石如浮图矗立，名玉柱峰。再登二里，乃至老殿，日已将午矣，僧龙游礼华严其中。北望峰顶，犹在霄汉，南望万山层叠，向之巍然尊高者，皆帖伏如儿孙矣。

未几山麓忽云起，如长江一线，与山相间。山外有水，水外又有山者，铺海之外，另得奇观，真宇宙之无尽藏也。约计其高，已倍缥缈，而至顶犹仅及半。自度足力不胜，遂由东径下谒中峰塔。益折而东，有小支突出数十丈，三面石壁如削。循石梯小径而升，则路危一线。攀援猱上，峰顶架两楹，随石大小，址外无尺寸余地。施工之巧，输班⑥莫迨，名西方庵。凭栏四望，几如仙山楼阁，缥缈云际，不知身世之所在矣。清远言更有东方庵，与此略同。庵虽毁，然其基犹可访也。余益喜，有旧径遗迹，鼓勇辄往。然上下寻觅，终不得处。盖久无人行，榛莽塞路，即清远亦得之耳闻，从未一至也。远梅云："国士以无双为美，已得其一，必更求其比，不痴甚耶？"遂往寻玉林国师塔，径益窄，仅容措趾，俯视皆绝壁万仞，至此则修篁万竿，与他径迥殊。山僧击柝守护,云猴至百十为群。稍懈则新竹俱为所折。谒塔后,清远拉余由东岭下,远梅已告疲,不能偕往。循旧径归,余与清远,遵樵径至东岭,则东望诸山,犹老殿之南望也。

下岭归寺,视旧径绕道五里,而余足亦几不任矣。次日辞体周,仍宿永慈。

十五至洞霄宫,距余杭十八里,在县西南。甫入山名九锁岭,山址犬牙相错,几若无路。清溪一道,随山曲折流出,水碓⑦鳞比,居民以造纸为业,悉借此水。最后过会仙桥,折入则四山环拱,风清气和,土腴泉洁。其宫在大涤峰下,以天柱山为左臂,来贤岩为右臂,南宋时规模极宏敞。高宗内禅后,与吴后时幸其地,提举祠禄以优相臣,其崇重可知。今遗础尚存。明末毁于火。至国朝无尘殿又毁,仅留方丈。羽流⑧稍葺理,遂改方丈为大殿,视旧已十不存一矣。

是日天暑甚,午后油然作云,隐隐闻雷声。恐翌日天雨,询之道士,则大涤洞最近。即由宫左循小径,往约半里抵洞门。燃灯执炬而入,其洞颇高敞,上结罳顶⑨,四周乳泉滴沥,石皆作波浪纹,亦多嵌空处,深八九丈,最后有石倒悬若柱,柱后窦仅二尺许。闻其中有圆井,乃历代祈雨投龙璧处,然非小儿不能入。道书称三十四洞天,为大涤元盖之天。亟返已抵暮矣。

是夜微雨,俟捣药禽⑩不能得。道士云:"必风清月朗始一鸣,信乎其为仙禽也。"清晨又雨,巳刻路差可行。即逾岭抵白鹿庵,为许真君⑪上升之地。其庵面南,当门一池,水颇莹澈。荷叶田田,四山环绕,较洞霄具体而微,亦山中佳境也,第僧占成佛刹,不复知为羽流故地矣。循西天柱岭约三里,为栖真洞,洞在山腰,较大涤高广几倍。然颇沮洳莘确⑫,难措趾,秉炬必甚炽,乃可了了。其顶甚平,四面多盘挐蹴踏之势,约进十许丈,东西各有洞,差小。而上升,名东台、西台。路陡且滑,不能穷其胜,以俟后游。又西数百步为归云洞,洞外有石横障之,下望不可见。且游人绝少,路径荓塞。幸道童悉其处,披榛导以往,则更狭于大涤,且向下甚深,必悬绠乃可入。予气慑,不能进。远梅闻其中石乳如璎珞,且有石池石盆之异,奋身锐下,几如邓艾度阴平。逾二刻始出,为缕述胜概,如闻说江瑶柱⑬,津津齿颊而已矣。返洞霄,具午餐,遂出九锁,循南湖至余杭,下舟已傍晚矣。

是役也,往返只六日,获游二大名胜。虽未能罄其底蕴,然大势已了然指掌。盖天目以雄胜,洞霄以幽胜,天目弥山巨木,洞霄弥山修竹。与西洞庭之弥山老梅,周遭各数十里,诚寰宇之大观,毕生所罕觏也。又得胜侣偕游,天时助顺,尤遭逢之难必者。奚待升昆邱,登阆苑,而后为快也哉!

* 选自《清文汇》,第 1942—1943 页,清沈粹芬等辑,北京:北京出版社,1996 年。

① 高舂:日影西斜近黄昏时。

② 志公:南朝僧,金城(江苏句容)人,俗姓朱。

③ 高峰:元代僧人,字高峰,吴江人。习天台教,后入西天师子岩。

④ 玉林:清代僧人,字玉林,号天目老人,江阴人。顺治间,召对称旨,赐号大觉禅师。

⑤ 晡时:即申时(即下午 3 时正至下午 5 时正)。

⑥ 输班:即鲁班。

⑦ 水碓(duì):利用水流力量来自动舂米的机具。

⑧ 羽流:道士。世以道士之道行深者,身生羽翼而登仙,故名之。

⑨ 罳(sī)顶:屋上覆橑,犹今之天花板。

⑩ 捣药禽:传说有鸟声如捣药,夜静月明时响彻山谷。

⑪ 许真君:即东晋道士许逊。字敬之,南昌人。太康二年在洪州西山白日飞升。

⑫ 沮洳荦确(jù rù luò què):地势低洼,崎岖不平。

⑬ 江瑶柱:栉孔扇贝的鲜闭壳肌,美味可口。

作者简介

贾朝琮(1739—1814),字公桓,号啸轩,又号竹溪渔父,浙江平湖人。清朝文人,乾隆间副贡。著有《啸轩诗集》《啸轩偶笔》。

题 解

本文为游杭州临安天目山的游记,作者不畏险远,履巉岩、披蒙茸,终获仙境胜景,把读者带入西天目和洞霄宫云山雾绕之中。全文以详细生动的笔触,刻画山中景物、道路、巨石、猿猴、仙阁、庙宇,既有远景透视,又有近景工笔,既侧重自然风貌,又勾点历史遗迹,既有具体描绘,又有概括提炼,显示出作者探奇寻幽的高超笔法。

哀盐船文

汪 中

乾隆三十五年十二月乙卯①,仪征②盐船火,坏船百有三十,焚及溺死者千有四百。是时盐纲③皆直达,东自泰州,西极于汉阳,转运半天下焉,惟仪征绾其口④。列樯蔽空,束江而立。望之隐若城廓。一夕并命⑤,郁为枯腊⑥,烈烈厄运,可不悲邪!

于时玄冥⑦告成,万物休息。穷阴⑧涸凝,寒威凛栗。黑眘拔来⑨,阳光西匿。群饱方嬉,歌号⑩宴食。死气交缠,视面惟墨⑪。夜漏始下,惊飙勃发。万窍怒号⑫,地脉⑬荡决。大声发于空廓,而水波山立。

于斯时也,有火作焉。摩木自生,星星如血,炎光一灼,百舫尽赤。青烟睒睒⑭，熛若沃雪⑮。蒸云气以为霞，炙阴崖而焦蒸⑯。始连楫以下碇⑰，乃焚如以俱没。跳踯火中，明见毛发。痛謩田田⑱，狂呼气竭。转侧张皇，生涂未绝。俟阳焰之腾高，鼓腥风而一呋⑲。洎埃雾之重开，遂声销而形灭。齐千命于一瞬，指人世以长诀。发冤气之烝蒿⑳，合游氛而障日。行当午而迷方，扬沙砾之熛㉑疾。衣缯败絮，墨查㉒炭屑，浮江而下，至于海不绝。

亦有没者善游，操舟若神。死丧之威，从井有仁㉓。旋入雷渊，并为波臣㉔。又或择音㉕无门，投身急濑，知蹈水之必濡，犹入险而思济。挟惊浪以雷奔，势若隮而终坠。逃灼烂之须臾，乃同归乎死地。积哀怨于灵台㉖，乘精爽而为厉㉗。出寒流以洪辰㉘，目盱盱㉙而犹视。知天属㉚之来抚，憼㉛流血以盈眦。诉强死之悲心，口不言而以意㉜。若其焚剥支离，漫渍莫别。圆者如圈，破者如玦。积埃填窍，攩㉝指失节。嗟狸首㉞之残形，聚谁何而同穴！收然灰之一抔，辨焚余之白骨。呜呼哀哉！

且夫众生乘化，是云天常。妻孥环之，气绝寝床。以死卫上，用登明堂㉟。离而不愍㊱，祀为国殇。兹也无名，又非其命，天乎何辜，罹此冤横！游魂不归，居人心绝。麦饭壶浆，临江呜咽。日堕天昏，凄凄鬼语。守哭迣遭，心期冥遇。惟血嗣之相依，尚腾哀而属路㊲。或举族之沉波，终狐祥㊳而无主。悲夫！丛冢有坎㊴，泰厉㊵有祀。强饮强食，冯其气类㊶。尚㊷群游之乐，而无为妖祟！人逢其凶也邪？天降其酷也邪？夫何为而至于此极㊸哉！

* 选自《新编汪中集》，第469—470页，清汪中撰，田汉云点校，扬州：广陵书社，2005年。

① 乾隆三十五年十二月乙卯：《嘉庆扬州府志》作"乾隆三十六年十二月"，《道光仪征县志》作"乾隆三十六年十二月十九日"，《清宫扬州御档》有乾隆三十六年十二月二十九日两淮盐政李质颖的上奏《奏报盐船失火情形事》，所载火灾时间为

当年十二月十九日晚。文中云"乾隆三十五年"实误。乾隆三十六年十二月十九日为公元1772年1月23日。当日为乙酉日,文中云"乙卯",亦误。

② 仪征:今江苏仪征,历来是盐运的中转枢纽。此次火灾发生在仪征沙漫洲。

③ 盐纲:犹盐运。凡转运大批货物,分批启行,每批计其车辆船只,编立字号,名为一纲,如花石纲。

④ 绾其口:统绾盐运的水路要道。绾,控扼,联结。

⑤ 并命:同命,同时死亡。

⑥ 郁为枯腊(xī):积聚为干肉。郁,积聚。腊,干肉。

⑦ 玄冥:主冬令之神。

⑧ 穷阴:极阴,岁末严冬时及其阴沉的天气。

⑨ 黑眚拔来:水火之灾突然而来。《汉书·五行志》:"时则有黑眚黑祥。惟火沴水。"又云:"水色黑,故有黑眚黑祥。凡听伤者病水气,水气病则火沴之。"眚,灾祸。水色黑,又代表阴寒的北方,黑眚指由于五行中水太多、阴气太盛而造成的灾祸,阴气太盛则与火相冲突。此次盐船火灾发生在寒冬的水上,故称"黑眚"。拔,突然。

⑩ 歌咢:原指一边唱歌一边击鼓。《诗·大雅·行苇》:"或歌或咢。"毛传:"徒击鼓曰咢。"后专指歌唱。

⑪ 视面惟墨:看到那些人的脸上有晦气。《左传·哀公十三年》:"肉食者无墨,今吴王有墨,国胜乎?太子死乎?"杜预注:"墨,气色下。"

⑫ 万窍怒号:形容狂风大作。

⑬ 地脉:地的脉络,指江水,水行地中,如人的脉络。

⑭ 晱晱(shǎn):闪烁貌。

⑮ 熛(biāo)若沃雪:意为飞火烧船,如汤浇雪。熛,飞迸的火焰。

⑯ 爇(ruò):烧。

⑰ 碇(dìng):同"矴",停船时沉入水中用以系船的石块。

⑱ 痛薄(bó)田田:痛苦地叫喊、捶胸。薄,因痛而叫喊。田田,捶胸之声。

⑲ 呹(xuè):轻微的风声。

⑳ 焄蒿:原指万物散发的气味。《礼记·祭义》:"众生必死,死必归土,此之谓鬼。骨肉毙于下,阴为野土。其气发扬于上,为昭明,焄蒿凄怆,此百物之精也。"郑玄注:"焄,谓香臭也。蒿,谓气烝出貌也。"人死后形与气分离,其气为昭明,百物之气为焄蒿凄怆,不如人尊贵。此处指人在火灾中丧生后,冤魂随烟气上扬。

㉑ 熛:轻。

㉒ 查：同"楂"，烧焦的碎木头。

㉓ 死丧之威，从井有仁：意为冒着死亡的危险去救落水者。死丧之威，语出《诗经·小雅·常棣》："死丧之威，兄弟孔怀。"郑笺："死丧可畏怖之事。"从井有仁，语出《论语·雍也》："宰我问曰：'仁者，虽告之曰："井有仁焉。"其从之也？'"孔颖达疏："仁者必济人于患难，故问有仁者堕井，将自投下从而出之不乎？"

㉔ 旋入雷渊，并为波臣：意为堕入水中被溺死。旋入雷渊，语出《楚辞·招魂》："旋入雷渊，爢散而不可止些。"王逸注："旋，转也。渊，室也。"波臣，水族，溺死者亦称波臣。语出《庄子·杂篇·外物》："我，东海之波臣也。君岂有斗升之水而活我哉？"

㉕ 择音：找到避火之处。音，同"荫"。语出《左传·文公十七年》："鹿死不择音。"

㉖ 灵台：心。语出《庄子·杂篇·庚桑楚》："不可内于灵台。"

㉗ 乘精爽而为厉：意为依恃其灵魂作祸于人。乘，依恃。精爽，灵魂。厉，厉鬼，死于非命者变成厉鬼，能作祸于人。语出《左传·昭公七年》："是以有精爽至于神明，匹夫匹妇强死，其魂魄犹能冯依于人，以为淫厉。"

㉘ 浃辰：十二天。自子日至亥日为十二天。《左传·成公二年》："浃辰之间。"杜预注："浃辰，十二日也。"

㉙ 睊睊（juàn）：侧目相视貌，此处言其死不瞑目。

㉚ 天属：亲属。语出《庄子·外篇·山木》："以天属者，迫穷祸害相收也。"

㉛ 慭（yìn）：忧伤。

㉜ 口不言而以意：意为死者口不能言，而以流血满眼的惨状表达其痛苦之意。语出贾谊《鹏鸟赋》："口不能言，请对以意。"

㉝ 攦（lì）：折。

㉞ 狸首：指形体残缺。韩愈《残形操序》："《残形操》，曾子所作。曾子梦一狸，不见其首，而作此曲也。"

㉟ 以死卫上，用登明堂：意为为保卫国君而死，就能因此在明堂享受祭祀。明堂，帝王宣明政教的地方，凡朝会、祭祀、庆赏、选士、养老、教学等大典，都在此举行。《左传·文公二年》："勇则害上，不登于明堂。"

㊱ 离而不悔：身首分离而不悔。语出《楚辞·九歌·国殇》："首身离兮心不惩。"

㊲ 尚腾哀而属路：意为死者家属在路上连续不断，哭声载道。

㊳ 狐祥：语出《战国策·楚策》："父子老弱俘虏，相随于路，鬼狐祥而无主。"

《史记·春申君列传》作"孤伤"。形容全家死绝,无人祭祀。
㊴ 坎:墓穴。
㊵ 泰厉:原指没有后代存留的古代帝王,此处泛指死而无后者。
㊶ 冯其气类:意为鬼魂同气相求,相互依凭。冯,同"凭"。气类,同气相求者。
㊷ 尚:庶几,希望。
㊸ 何为而至于此极:语出《孟子·梁惠王下》:"吾王之好田猎,夫何使我至于此极也,父子不相见,兄弟妻子离散。"极,同"殛",杀罚,灾祸。《庄子·杂篇·徐无鬼》:"之狙也,伐其巧,恃其便以敖予,以至此殛也。"

作者简介

汪中(1745—1794),字容甫,江都(今属江苏扬州)人,著名的哲学家、文学家、史学家,与阮元、焦循同为"扬州学派"的杰出代表。少孤,家贫,由其母教读。因助书商贩书,得以遍读经史百家之书。三十四岁为拔贡生,后不再应举,一生过着幕僚和卖文的清苦生活。为人性格刚直,恃才傲物,能诗,尤精骈文,风格凄丽哀婉。著有《广陵通典》《述学》《汪容甫遗诗》等。

题 解

本文为汪中二十八岁时作。文中对仪征盐船火灾的惨状作了生动的描绘,表达了对遇难者的深切同情。文章摆脱了骈文形式主义的特点,古代的典故、词汇与对现实的描写水乳交融。当时杭世骏主持扬州安定书院,对此文评价很高,为之作序,于是传诵一时。

小玲珑山馆

梁章钜

邗上旧迹,以小玲珑山馆为最著。余曾两度往探其胜,寻所谓玲珑石者,皆所见不逮所闻。

地先属马氏,今归黄氏,即黄右原家,右原之兄绍原太守主之。余曾检《扬州郡志》及《画舫录》,皆不得其详,遂固向右原索颠末。右原为录示梗概云:康熙、雍正间,杨城鹾①商中有三通人,皆有名园。其一在南河下,即康山,为江鹤亭方伯所居。其园最晚出,而最有名。乾隆间翠华临幸,亲御丹毫。鹤亭身后,因欠帑,园入官。今仪征太傅领买官房,即康山正宅。园在其侧,已荒废不可收拾,终年键②户,为游踪所不到。盖康山以"康对山来游"得名,扬郡无石山,仅三土山,平山、浮山及康山是也。康山若再过数年,无人兴修,故迹必愈湮,恐无有能指其处者,而不知当日楼台金粉,箫管烟花。蒋心余先生常主其园中之秋声馆,所撰九种曲,内《空谷香》《四弦秋》皆朝拈斑管,夕登氍毹③,一时觞宴之盛与汪蛟门之百尺梧桐阁、马半槎之小玲珑山馆后先媲美,鼎峙而三。汪、马之旧迹,皆在东关大街。汪、马、江三公皆鹾商,而汪、马二公又皆应词科。汪氏懋麟,江都人,由丁未进士授中书,以荐试康熙鸿博,为渔洋山人高足弟子。园中有百尺梧桐、千年枸杞。今枸杞尚存,而老梧已萎,所茁孙枝,无复曩时亭苕④百尺矣。此园屡易其主,现为运司房科孙姓所有。

至小玲珑山馆,因吴门先有玲珑馆,故此以小名。玲珑石即太湖石,不加追琢,备透、绉、瘦三字之奇。马氏两兄弟,兄名曰琯,字嶰谷,一字秋玉,弟名曰璐,字半槎,皆荐试乾隆鸿博科。开四库馆时,马氏藏书甲一郡,以献书多,遂拜《图书集成》之赐,此《丛书楼书目》所由作也。然丛书楼转不在园。园之胜处为街南书屋,觅"句廊透风透月""两明轩""藤花庵"诸题额。主其家者为杭大宗、厉樊榭、全谢山、陈授衣、闵莲峰,皆名下士,有《邗江雅集》《九日行庵文宴图》问世。辗转十数年,园归汪氏雪礓。汪氏为康山门客,能诗善画,今园门石碣题"诗人旧径"者，犹雪礓笔也。园之玲珑石，高出檐表，邻人惑于形家言，嫌其与风水有碍，而惮鸿博名高，隐忍不敢较。鸿博既逝，园为他人所据，邻人得以伸其说，遂有瘗石之事。故汪氏初得此园，其石已无可踪迹，不得已以他石代之。后金梭亭国博过园中觞咏，询及老园丁，知石埋土中某处。其时雪礓声光藉甚，而邻人已非复当年倔强，遂决计诹吉，集百余人起此石复立焉。惜石之孔窍为土所塞，搜剔不得法，石忽中断。今之玲珑石岿然而独存者，较旧时石质不过十之五耳。

汪氏后人又不能守，归蒋氏，亦运司房科，又从而扩充之，朱栏碧甃，烂漫极矣，而转失其本色，且将马氏旧额悉易新名。今归黄氏，始渐复其旧云。

* 选自《浪迹丛谈·续谈·三谈》，第21页，清梁章钜撰，陈铁民点校，北京：中华书局，1981年。

① 鹾：盐。

② 键：锁闭。

③ 氍毹(qú shū)：纯毛或毛麻混织的毛布、毛毯。旧时演戏多铺在地上，借指舞台。

④ 亭苕：高峻的样子。

作者简介

梁章钜(1775—1849)，字闳中，一字茝林，晚号退庵。清代文学家，福建长乐人。官至江苏巡抚，兼署两江总督，与林则徐交好。一生著述繁富，多达七十余种。有《浪迹丛谈》《退庵随笔》《楹联丛话》等。

题 解

本文记录作者探访小玲珑山馆的过程，开头以作者之前两次游玩，寻玲珑石不得而设下悬念。继以介绍小玲珑山馆之历史,即盐商马氏所建,玲珑石即太湖石。又述及马氏当年的繁盛境况,而山馆几易其主,玲珑石也被折断,山馆景色不复往昔。今主人黄氏逐渐恢复建馆时原貌。盖名园易主、江山易代,皆有以启人深思者。

江南相关知识

小玲珑山馆是清代著名藏书家马曰琯、马曰璐的藏书楼名。马氏兄弟二人以盐业起家,后成为巨富,时人称之为"扬州二马"。马氏爱好藏书,曾藏有十万多卷图书,又广交文友,与厉鹗、全祖望等都有交往。

金山寺藏鼎记

梅曾亮

吾友叶东卿先生,得古鼎于岐山之农,征文实事,定以为周宣王时物:其臣遂启谋伐狎狁,归赐以酬庸①者也。于是诗以张之,寄置于丹徒之金山寺,属曾亮为之记。

夫万物所乐者,成也,久也。自圣人不能违之,铭物必祝其寿,子孙永宝用,至庄周、列御寇之徒,一切齐得丧成亏。浮屠氏兴,而其说加厉,今以古人欲世守之物,而寄之浮屠氏,岂古人制是器之意哉?曾亮曰:守之善者,盖莫有善于是也。

夫物之易失者,以已独有之,而人不与有之者也。夫独有是物,而不使人与有之,虽有盖世之威,不足以持其后,况守是物者之为吾人也哉?然则孰能守之?曰:惟不自有者能守之。今浮屠氏之法,其身之不自有,而何有于居?其居之不自有,而何有于所寄之物?虽其重楼杰观之地,途之人游焉,莫之御也。虽其所甚宝贵之物，途之人观焉，莫之非也。夫然，故天下之忮②有是物者，皆释然曰："彼且不能专之，吾又乌容竞之。"天下之欲有是物者又，释然曰："吾未尝不与有之，吾又乌容专之。"故曰：守之善者，莫有善是于是也。

昔东坡以吴道子之画舍僧惟简，而曰："吾自度不能常守是也，故以与子，子将何以守之？"此岂真虑其不能守也哉？使虑之，则亦不舍之矣。且惟简之能守与否，即未可知；而东坡以一舍之故，道子画至今不亡，则虽谓善守是物者，莫如东坡，可也。

* 选自《柏枧山房诗文集》，第250—251页，清梅曾亮撰，彭国忠、胡晓明校点，上海：上海古籍出版社，2012年。
① 酬庸：酬答他的功劳。
② 忮：嫉妒。

作者简介

梅曾亮(1786—1856)，字伯言，清代文学家。上元(今江苏南京)人。道光年间进士，官至户部郎中。师事姚鼐，与管同并为桐城派后期重要作家。有《柏枧山房文集》等。

题 解

本文是作者为朋友叶志诜将周鼎安放于金山寺所作。文章首先提出疑问，铭物是为了长久使用，而佛教却让人将器物安置在佛寺中，失去了制器的本意。然后提出自己的观点："守之善者，盖莫有善于是也"。只有不将物私有才能真正拥有，佛寺做到了这点。最后作者又以苏轼为例，说明只有那些不自有者才是真正能够守住物的人。

集 评

王闿运曰:"议论之高,卓越今古。"(王先谦《续古文辞类纂评注》)

江南相关知识

遂启諆鼎于道光二十二年(1842)在陕西岐山被一农民发现,两年后为叶志诜所得,上有一百三十余字。叶志诜作有《周遂启諆鼎考》,并有诗咏之,认为铭文记载周宣王时遂启諆伐玁狁之事。但陈介祺在《陈簠斋写东武刘氏款识》一书中指出,鼎上仅有"遂启諆作庙叔宝尊彝"九字为原刻,其余均为出土后伪刻。

上海县黄婆祠记

毛岳生

江东郡邑,其濒海者,田或硗瘠,燥不宜稻,民率艺棉,以织为布。棉用至广,而布之利亦至饶益。始民喜艺棉,颇传其刺媷之法,而蹈车推弓之具未备,棉熟,率擘去其子,用竹弧震掉几案,坼使为絮,以参纮袭。元时上海乌泥泾,有黄婆者,始迁于崖州,后附海舶归,尽得其所以绩布者,及诸组𬘓错综技巧,辄以教其里人。人争放效,以故绩益修习,而布出尤善。今自东南至西北多出布,杼筬纺绩之器微异,都不传作者何人。而江东著录,则皆云昉于黄婆可决。昔治布帨以丝枲纩葛,宋末棉自林邑①始入中国,逮元元贞间浸盛。其绩为布,简利省费,实倍他物。元时既为设提举司,而前明赋税亦许以棉准米。近世郡县,棉出几敌租税半。民间服用恒资布,行贩益远,民日取富。且棉苟熟,虽小灾祲不为害,赢羡所致,皆出黄婆。

而上海治益近海,凡海舶多泊其地,然海道出吴淞江口,迤北通山东、直隶、辽东,佥②利沙船。沙船不能往货他国,岁辄载其菽麦,以市于上海,既则捆载布与棉归。往岁淮泄,不能达河,漕运稍阻。今总督安化陶公,官巡抚时,尝以百五十余万石米,俶沙船输至天津,不两月皆办。海运后废不行,然沙船率岁时众至不绝,其利故在。原势径易,则其为功可谓博钜。元时上海黄婆已有祠祀。前明凡再建立,皆废。邑人士感慕其德,乃告邑侯仁和许君乃大,为力上请岁祀于官,未获。后山阴平君翰来,复固请得之。先是邑人李君筠嘉,以吾园西偏隙地四亩稽度为祠。及是益完葺殿阁廊序,修广中度,闳邃坚丽,凡十有五楹,费用金钱八千缗有奇,皆出输者。教护钧校,勤勿遗漏,则徐君渭仁力也。祠建于道光六年十月,粗成于明年三月,请祀亦于是年,而列祀典则十年六月二十六日,礼部牒始至。其初请者十四人,会钱者若干人,皆列碑阴,次序嘉烈,用示无斁③。乃祇刻石以铭,其词曰:

海滨咠窳④,沙砾弗治,爰有嘉种,林邑是资。乃既播获,弗克绪丝。是摘是捌,是攉是揽,维神之则,毳氇⑤岁滋。郊墟火耀,夜闻纬杼。同巷相望,达于江浒。黔首齿繁,莫赡禾黍。富煴缊灵,益开任土。负载牛马,梁雍秦楚。环海所通,飙驰隩阻。川涂岛屿,堂闳涛波。艒浮艏泊,樯比山栽。俶⑥货使漕,如川汇河。高下肆因,惠利无颇。嘉斯绩织,实为环枢。蓝于食货,毗于吁谟。熙熙穰穰,受祉不谖。乃纪神烈,乃报神德。修栋巍甍,恢耀加饰。康我行商,丰我居氓。管萧⑦既炳,盏醮⑧既清。神其乐只,海甸以盈。镌兹贞石,亿祀德馨。

* 选自《清文汇》,第 2479—2480 页,清沈粹芬等辑,北京:北京出版社,1996 年。

① 林邑:南海古国名,故地在今越南中南部。
② 佥(qiān):皆。

③ 斁(yì):解除;厌倦。
④ 呰窳(zǐ yǔ):贫弱。
⑤ 毳氎(cuì dié):毳,皮毛;氎,细棉布。
⑥ 僦(jiù):租赁。
⑦ 膋(liáo)萧:油脂与艾蒿。
⑧ 䊤(zhāi):祭祀用的食物的一种。

作者简介

毛岳生(1791—1841),字生甫,一作申甫,号休复,宝山(今属上海)人。著有《休复居诗文集》等。

题 解

道光六年,江苏巡抚陶澍在上海主持漕粮海运,一百五十余万石漕粮经海路五千余里,历时不到两月运抵天津塘沽口,粒米未损,中外庆悦。这次漕运,可视为江南经济重心转移至上海的一次彩排。根据包世臣撰《上海县新建黄婆专祠碑》,上海士民认为,沙船能聚集上海,乃由于布市之兴盛;而纺纱织布,则由于黄婆的传授。饮水思源,上海士民将此次海运成功归功于黄道婆,并上疏请求将黄婆列入国家祀典。道光六年未获批准,道光十年再次上疏获准。这是作者写作本文的背景。作者历数上海地区纺织业发展的历史,歌颂黄婆教人纺织之功。建祠纪念黄婆,是上海地区绅商合流的标志,也预示着上海即将扮演江南经济重心的开始。

江南相关知识

关于黄道婆的记载最早见于元陶宗仪的《南村辍耕录》卷二十四:"松江府东去五十里许,曰乌泥泾,其地土田硗瘠,民食不给,因谋树艺以资生业,遂觅种于彼。初无踏车椎弓之制,率用手剖去子,线弦竹弧置案间,振掉成剂,厥功甚艰。国初时,有一姬名黄道婆者,自崖州来,乃教以做造捍弹纺织之具,至于错纱配色,综线挈花,各有其法。以故织成被褥带帨,其上折枝、团凤、棋局字样,粲然若写。人既受教,竞相作为,转货它郡,家计就殷。未几,姬卒,莫不感恩洒泣而共葬之,又为立祠,岁时享之。越三十年,祠毁,乡人赵愚轩重立。今祠复毁,无人为之创建,道婆之名日渐泯灭无闻矣。"详细介绍了元代初年,黄道婆从海南崖州来到松江乌泥泾,传授棉纺织技术的事迹。同时代的松江人王逢作有《黄道婆祠》一诗,称颂其功绩,其序云:"黄道婆,松之乌泾人,少沦落崖州,元贞间始遇海舶以归,躬纺木棉花,织崖州被自给,教他姓妇,不少倦。未几,被更乌泾名天下,仰食者千余家。及卒,乡长者赵如珪为立祠香火庵,后兵毁。至正壬寅,张君守中迁祠于其祖都水公神道南隙地,俾复祀享,且征逢诗传将来。"(《梧溪集》卷三)写到黄道婆本来就是松江人,少时流落崖州,元成宗元贞年间(1295—1297)方返回松江,传授纺织技术。今上海植物园内有黄母祠。

己亥六月重过扬州记

龚自珍

居礼曹①,客有过者曰:"卿知今日之扬州乎?读鲍照《芜城赋》,则遇之矣。"余悲其言。

明年,乞假南游,抵扬州,属②有告籴③谋,舍舟而馆。既宿,循馆之东墙步游,得小桥,俯溪,溪声欢。过桥,遇女墙啮可登者,登之,扬州三十里,首尾屈折高下见。晓雨沐屋,瓦鳞鳞然,无零甓断甃,心已疑礼曹过客言不实矣。入市,求熟肉,市声欢。得肉,馆人以酒一瓶、虾一筐馈。醉而歌,歌宋元长短言乐府,俯窗呜呜,惊对岸女夜起,乃止。

客有请吊蜀岗④者,舟甚捷,帘幕皆文绣,疑舟窗蠡毂⑤也,审视,玻璃五色具。舟人时时指两岸曰:"某园故址也。""某家酒肆故址也。"约八九处。其实独倚虹园⑥圮无存。曩所信宿⑦之西园⑧,门在,题榜在,尚可识,其可登临者尚八九处,阜有桂,水有芙蕖菱芡⑨,是居扬州城外西北隅,最高秀。南览江,北览淮,江淮数十州县治,无如此冶华也。忆京师言,知有极不然者。

归馆,郡之士皆知余至,则大欢,有以经义请质难者,有发史事见问者,有就询京师近事者,有呈所业若文、若诗、若笔、若长短言、若杂著、若丛书乞为序、为题辞者,有状其先世事行乞为铭者,有求书册子、书扇者,填委塞户牖,居然嘉庆中故态。谁得曰今非承平时耶?惟窗外船过,夜无笙琶声,即有之,声不能彻旦。然而女子有以栀子华发⑩为贽求书者,爰以书画环填互通问,凡三人,凄馨哀艳之气,缭绕于桥亭舸舫间,虽澹定,是夕魂摇摇不自持。余既信信⑪,挐流风,捕余韵,乌睹所谓风嗥雨啸、鼯狖悲、鬼神泣者?嘉庆末尝于此和友人宋翔凤⑫侧艳⑬诗,闻宋君病,存亡弗可知。又问其所谓赋诗者,不可见,引为恨。

卧而思之,余齿垂五十矣,今昔之慨,自然之运,古之美人名士富贵寿考者几人哉?此岂关扬州之盛衰,而独置感慨于江介也哉?抑予赋侧艳则老矣,甄综人物,搜辑文献,仍以自任,固未老也。天地有四时,莫病于酷暑,而莫善于初秋,澄汰其繁缛淫蒸,而与之为萧疏澹荡,泠然瑟然,而不遽使人有苍莽寥泬之悲者,初秋也。今扬州,其初秋也欤?予之身世,虽乞籴,自信不遽死,其尚犹丁初秋也欤?作《己亥六月重过扬州记》。

* 选自《龚自珍全集》,第 185—186 页,清龚自珍撰,上海:上海人民出版社,1975 年。己亥,即道光十九年(1839)。

① 礼曹:即礼部。当时作者任礼部主客司主事兼祠祭司行走。
② 属(zhǔ):适巧。
③ 告籴:请求买粮。
④ 蜀岗:山名,在扬州西北瘦西湖畔,为扬州古城遗址。
⑤ 蠡㲉(luó què):螺壳与鸟卵。蠡,同"螺"。
⑥ 倚虹园:因靠近横跨瘦西湖的大虹桥而得称。大虹桥是乾隆年间改建的石拱桥。
⑦ 信宿:两三夜。信,两夜。宿,一夜。
⑧ 西园:亦称御苑、芳圃,在大明寺西侧,始建于乾隆元年(1736),为汪应庚所筑。
⑨ 芡(qiàn):睡莲科植物,夏日开花,紫色,昼开暮合。实如刺球,含子数十枚,子及地下茎均可食。
⑩ 华发:当为"华鬘"之误,华鬘又称花鬘,戴在身上作装饰的花环。
⑪ 信信:信为两宿,一信再信,连宿四夜。
⑫ 宋翔凤(1779—1860):字虞庭,一字于庭,江苏长洲(今苏州市)人,嘉庆五年(1800)举人,从其舅庄述祖受今文经学,又从段玉裁治《说文》之学,通训诂名物,是常州学派的著名学者。
⑬ 侧艳:邪僻艳丽。

作者简介

龚自珍(1792—1841),又名巩祚,字璱人,号定庵、羽琌山民,仁和(今浙江杭州)人,道光九年进士,官礼部主事,后辞官南归,卒于丹阳云阳书院。曾与林则徐、魏源等结"宣南诗社",讲求经世之学。著有《定庵全集》。

题 解

道光十九年(1839),作者辞官南归,道经扬州,抚今追昔,遂作此文。

他将扬州比作初秋。秋高气爽的季节容易使人产生满足感,以至于忘记即将到来的凋零衰败。扬州虽未衰败,却弥漫着末世的那种醉生梦死、流连光景的风气,特别是那些"凄馨哀艳"的女子,表现了一个时代衰亡的风格,之前齐梁、晚唐、宋末、明末,无不表现出这种审美倾向。这种风气,是让作者感到不满的,这也体现了他对时代命运的先知先觉。但初秋毕竟不如深秋、严冬来得悲凉,只要有所作为,还是可以力挽狂澜的。他将自己的生命比作初秋,正体现了这一点。

病梅馆记

龚自珍

江宁之龙蟠①,苏州之邓尉②,杭州之西溪③,皆产梅。或曰:"梅以曲为美,直则无姿;以欹④为美,正则无景;梅以疏为美,密则无态。"固也。此文人画士,心知其意,未可明诏大号以绳天下之梅也;又不可以使天下之民斫直,删密,锄正,以殀梅、病梅为业以求钱也。梅之欹、之疏、之曲,又非蠢蠢求钱之民能以其智力为也。有以文人画士孤癖之隐明告鬻梅者,斫其正,养其旁条,删其密,夭其稚枝,锄其直,遏其生气,以求重价,而江浙之梅皆病。文人画士之祸之烈至此哉!

予购三百盆,皆病者,无一完者。既泣之三日,乃誓疗之、纵之、顺之,毁其盆,悉埋于地,解其棕缚⑤;以五年为期,必复之全之。予本非文人画士,甘受诟厉,辟病梅之馆以贮之。呜呼!安得使予多暇日,又多闲田,以广贮江宁、杭州、苏州之病梅,穷予生之光阴以疗梅也哉!

* 选自《龚自珍全集》,第186—187页,清龚自珍撰,上海:上海人民出版社,1975年。

① 江宁之龙蟠：江宁即今江苏南京，龙蟠即龙蟠里，在南京清凉山下。
② 邓尉：即邓尉山，见归有光《〈吴山图〉记》注释。
③ 西溪：在杭州灵隐山西北。
④ 欹：斜。
⑤ 棕缚：以棕毛搓制的绳索。

题　解

本文作于道光十九年作者辞官南归以后。文似看山不喜平，婉曲是形成美的重要因素，而对美的感知是社会文明的标志。梅树以弯曲、欹斜、疏朗为美，符合一般人的审美心理。但是，文胜质则史，如果过分追求文饰，就会戕害自然本性。作者借梅以喻人世，批判了末世浮华、腐败、礼文过多，压抑人性的弊病，又打算以一己之力，纠正时弊，匡扶世道。

江南相关知识

道光五年，龚自珍在昆山买下一处别墅，即原礼部侍郎、徐乾学之弟徐秉义故宅。道光十九年南归后重来此地，修葺后名之曰"羽琌山馆"。病梅馆即在此处，但今已不存。

定庵文录叙

魏　源

道光二十有一载，礼部仪制司主事仁和龚君卒于丹阳。越明年夏，其孤橙抱其遗书来扬州，就正于其执友邵阳魏源。源既论定其中程者，校正其章句违合者，凡得文若干篇，为十有二卷，题曰《定庵文录》；又辑其考证、杂著、诗词十有二卷，题曰《定庵外录》，皆可杀

江南文

青付缮写。

昔越女之论剑,曰:"臣非有所受于人也,而忽然得之。"夫忽然得之者,地不能囿,天不能擅,父兄师友不能佑。其道常主于逆,小者逆谣俗,逆风土,大者逆运会,所逆愈甚,则所复愈大。大则复于古,古则复于本。若君之学,谓能复于本乎?所不敢知,要其复于古也决矣。

阴阳之道,偏胜者强。自孔门七十子之徒,德行、言语、政事、文学已不能兼谊;其后分散诸国,言语家流为宋玉、唐勒、景差,益与道分裂。荀况氏、扬雄氏亦皆从词赋入经术,因文见道,或毗阳则驳于质,或毗阴则愤于事,徒以去圣未远,为圣舌人,故至今其言犹立。矧①生百世之下,能为百世以上之语言,能驱宕百世以下之魂魄,春如古春,秋如古秋,与圣诏告,与王献酬,蹴勒、差而出入况、雄,其所复讵不大哉!

火日外景则内暗,金水内景则外暗,外暗斯内照愈专。君愤于外事,而文字突奥②洞辟,自成宇宙,其金水内景者欤?虽锢之深渊,缄以铁石,土花绣蚀,千百载后发硎出之,相对犹如坐三代上。

君名自珍,更名巩祚,字瑗人,浙之仁和人。于经通《公羊春秋》,于史长西北舆地。其文以六书、小学为入门,以周、秦诸子、吉金、乐石为崖郭③,以朝章、国故、世情、民隐为质干。晚犹好西方之书,自谓造深微云。自其先世祖父至君,三世皆以进士官礼曹。君二子,长子橙,以文学世其家。

---

* 选自《魏源全集(十三)》,第213—214页,清魏源撰,长沙:岳麓书社,2011年。

① 矧(shěn):况且。

② 突(yào)奥:幽深处,深邃、高深的境界。

③ 崖郭:范围。

作者简介

魏源(1794—1857),名远达,字默深、墨生、汉士,号良图。清代启蒙思想家、政治家、文学家,湖南邵阳人。著有《海国图志》《圣武记》《皇朝经世文编》等。

题 解

魏源与林则徐、龚自珍等结"宣南诗社",讲求经世之学。魏源与龚自珍为志同道合之友,由魏源来为龚自珍著作写序,最为恰当。而魏源也确实能抉发龚自珍的文心。他的最大论断,就是指出龚自珍之学能"复于本"。清末世风日下,学风轻浮,而龚自珍能为经世之学,逆俗复本;且晚年能好西学,与魏源相呼应。这是作者对龚自珍称美的原因。

十三间楼校书记

张文虎

西湖宝石山之半,盖有宋十三间楼旧地,为东坡守杭时治事之所云。今地入弥勒院,郡人瞿君世瑛,重葺楼三楹,仍旧额曰十三间楼。己亥庚子秋,钱君熙泰续文澜阁校书之役,偕予两寓于此楼。

前为后湖,夹岸即锦带桥,西南衾对孤山之放鹤亭,予诗所谓"开窗看放孤山鹤,万古遗仙共鬓翁"是也。动止飧寝,皆在竹阴岚翠中。临窗泚笔①,绿映毫楮,执卷而讽,与梵呗相应。天未曙,闻钟磬声悠然,披衣顿起,视群山犹梦梦也。中间出游湖上诸胜地,西至天目、九锁,南渡江,登会稽,探禹穴,访兰亭修禊处。或一再宿,或逾旬乃返,返则仍校书于此楼。时绩溪胡农部竹邨、元和陈文学硕甫,同寓湖上。胡君精三礼,方为《仪礼正义》,补贾氏之疏漏;陈君专治诗《毛传》,亦作疏以纠孔氏。时时过从,商榷疑义,盖读书之乐、交游之雅、登临游览之胜,三者兼之矣。昔东坡居杭,游迹止于洞霄宫,未尝过浙东。其时牵于一官,读书交游之事,能如今日与否,固未可知。而吾两人以物外之身,兼斯三者而有之,非厚幸欤?钱君笑曰:"东坡读破万卷,交遍贤士大夫,身行半天下。而子乃以是傲之,颠矣。"予曰:"东坡大矣,何敢言?虽然,茫茫宦海,名编党籍,舟车所至,曾不得一日安处。老窜穷荒,备历忧患。其视吾两人闲鸥野鹜,翱翔山水间。安知不顾而乐之。抑岂惟东坡?将当世实有企羡之者。"钱君慨然太息曰:"有是哉!子之言盖有为而发也。"既归。倩②工作十三间楼校书图,遂书其语为记。

* 选自《清文汇》,第 2942 页,清沈粹芬等辑,北京:北京出版社,1996 年。
① 泚(cǐ)笔:以笔蘸墨。
② 倩:同"请"。

作者简介

张文虎(1808—1885),字孟彪,一字啸山,号天目山樵。南汇周浦(今上海浦东)人,清代文人。著有《舒艺室杂著》《鼠壤余蔬》《怀旧杂记》《索笑词》《舒艺室随笔》《湖楼校书记》等。

题 解

作者记录了其在西湖边十三间楼校书的经历,赞美了兼有读书之乐、交游之雅、登临游览之胜的杭州校书生活。作者以东坡为例,说明身在官籍而并不自在。言外之意是治学之乐大于为官之苦。

> **·江南相关知识·**
>
> 十三间楼在宋代已是杭州名胜。苏轼《南歌子·游赏》词:"山与歌眉敛,波同醉眼流。游人都上十三楼,不羡竹西歌吹古扬州。"周淙《乾道临安志·楼》:"十三间楼去钱塘门二里许,苏轼治杭日,多治事于此。"

游九溪十八涧记

俞 樾

凡至杭州者,无不知游西湖。然城中来游者,出涌金门,日加午矣。至三潭印月、湖心亭小坐,再至岳王坟、林处士祠略一瞻眺,暮色苍然,榜人促归棹矣。入城语人曰:"今日游湖甚乐。"其实,谓之湖舫雅集则可,谓之游湖则未也。西湖之胜,不在湖而在山。白乐天谓冷泉一亭,最余杭而甲灵隐①。而余则谓九溪十八涧乃西湖最胜处,尤在冷泉之上也。余自己巳②岁,闻理安寺僧言其胜,心向往之,而卒未克一游。癸酉暮春,陈竹川、沈兰舫两广文③,招作虎跑、龙井之游。先至龙井,余即问九溪十八涧,舆丁④不知;问山农,乃知之。而舆者又颇不愿往,盖自龙井至理安,可由翁家山,不必取道九溪十八涧。溪涧曲折,厉涉为难,非所便也。余强之而后可。逾杨梅岭而至其地,清流一线,曲折下注,潨潨⑤作琴筑声。四山环抱,苍翠万状,愈转愈深,亦愈幽秀。余诗所谓"重重叠叠山,曲曲环环路,丁丁东东泉,高高下下树"数语尽之矣。余与陈、沈两君,皆下舆步行,履石渡水者数次,诗人所谓"深则砅⑥"也。余足力最弱,城市中虽半里之地,不能舍车而徒,乃此日则亦行三里而遥矣。山水之移情如是。

* 选自《清末民初文献丛刊·春在堂随笔》,第226页,清俞樾撰,北京:朝华出版社,2017年。

① 最余杭而甲灵隐：白居易《冷泉亭记》："东南山水，余杭郡为最；就郡言，灵隐寺为尤；就寺观，冷泉亭为甲。"
② 己巳：公元1869年。
③ 广文：唐玄宗时设广文馆，明清两代用以称儒学教官。
④ 舆丁：抬轿的轿夫
⑤ 潨潨：流水声。
⑥ 砅：这里指履石过水。

作者简介

俞樾(1821—1906)，字荫甫，号曲园，浙江德清人。清末经学家。道光进士，官至翰林院编修，河南学政。以事罢归，后寓居苏州，专事著述讲学，曾任杭州诂经精舍院长三十余年。著有《春在堂全书》等。

题 解

本文记叙俞樾与陈、沈二位友人游览九溪十八涧的过程。文章首先介绍了游客游西湖的情景，继而认为西湖最美之处在于山色，尤其是九溪十八涧，甚至在白居易推崇的冷泉亭之上。在作者的强烈要求下，轿夫答应前往，由此欣赏到了苍山翠柏、水流叮咚的美景。而作者履石渡水，被秀丽山水所吸引，亦不觉劳累，所谓"山水移情"也。九溪十八涧的特色，正在于作者的叠字诗"重重迭迭山，曲曲环环路，丁丁东东泉，高高下下树"。

江南相关知识

九溪十八涧：为发源于西湖南杨梅岭一带山溪的总称。九溪由九坞之水汇流而成，十八涧是指九坞溪流之外的支流。九溪十八涧呈"丫"字形，全长约七公里。

游虞山记

张裕钊

十八日,与黎莼斋游狼山。坐萃景楼,望虞山乐之。二十一日,买舟渡江,明晨及常熟。时赵易州惠甫适解官归,居于常熟,遂偕往游焉。

虞山尻尾,东入常熟城。出城迤西,绵二十里,四面皆广野,山亘其中。其最胜为拂水岩,巨石高数十尺,层层骈叠,若累芝菌,若重巨盘为台。色苍碧丹赭,斑驳晃耀溢目。有二石中分曰剑门,騞擘①屹立,诡异殆不可状。踞岩俯视,平畴广衍数万顷,澄湖奔溪,纵横荡潏其间,绣画天施。南望昆陵、震泽,连山青翠相属,厥高镵云②,雨气日光参错出诸峰上。水阴上薄,荡摩阖开,变灭无瞬息定。其外苍烟渺霭围缭,光色纯天,决眦穷睇,神与极驰。岩之麓为拂水山庄旧址,钱牧斋之所尝居也。嗟乎!以兹丘之胜,钱氏惘不能藏于此终焉?余与易州乃乐而不能去云。

岩阿为维摩寺,经乱,泰半毁矣。出寺西行,少折,逾岭而北,云海豁开,杳若天外,而狼山忽焉在前。余指谓易州,亦昔游其上也。又西下为三峰寺,所在室宇,每每可憩息。临望多古树,有罗汉松一株,剥脱拳秃,类数百年物。寺僧具酒果笋面,饷余两人。

已日昃矣,循山北过安福寺,唐人常建诗所谓"破山寺"者也,幽邃称建诗语。寺多木樨华,由寺以往,芳馥载涂。返自常熟北门,至言子、仲雍墓。其上为辛峰亭。日已夕,山径危仄不可上,期以翼日往。风雨,复不果。二十四日,遂放舟趣吴门。行数十里,虞山犹蜿蜒在篷户,望之瞭然,令人欲返棹复至焉。

---

* 选自《清文汇》,第2937页,清沈粹芬等辑,北京:北京出版社,1996年。

① 騞擘(huō bò):劈裂分开。

② 镵(chán)云:刺入云天。

江南文

作者简介

张裕钊(1823—1894),字廉卿,号濂亭,湖北鄂州人。著有《濂亭文集》《濂亭遗文》《濂亭遗诗》。

题 解

本文是张裕钊与赵烈文同游虞山的游记。既然虞山以拂水岩为最胜,作者游览就以拂水岩为中心,写出拂水岩的高耸、奇特、诡异,其间光与影的参差交错,造成景物的无穷变幻。更以钱谦益不能藏于此以终老,发抒人生感慨。又以虞山多古寺来写出虞山的灵秀,结尾更以想返棹重游虞山而引人产生无限遐思。

江南相关知识

虞山在常熟西北,古称乌目山,北濒长江,南临尚湖。《越绝书·外传·记吴地传》:"虞山者,巫咸所出也。虞故神出奇怪,去县百五里。"唐代陆广微《吴地记》:"虞山,仲雍、周章并葬山东岭上。阖闾三子,长曰终累,婚齐女,蚤亡,亦葬此山。山有二洞穴,穴侧有石坛,周回六十丈。山东二里有石室,太公吕望避纣之处。山西北三里有越王句践庙。郭西二里有夫差庙,拆姑苏台造。"

北山独游记

张裕钊

余读书马迹乡①之山寺,望其北,一峰崒②然而高,尝心欲至焉,无与偕,弗果。遂一日奋然独往,攀藤葛而上,意锐甚。及山之半,足力倦止。复进,益上,则涧水纵横草间,微径如烟缕,诘屈交错出,惑不可辨识。又益前,闻虚响振动,顾视来者无一人,益荒凉惨栗。余心动,欲止者屡矣。然终不释,鼓勇益前,遂陟其巅。至则空旷寥廓,目穷无际,自近及远,洼者隆者,布者拱者,迤者崒者③,环者倚者,怪者妍者,去相背者,来相御者,吾身之所未历,一左右望而万有皆贡其状,毕效于吾前。

吾于是慨乎其有念也。天下辽远殊绝之境,非先蔽志④而独决于一往,不以倦而惑且惧而止者,有能诣其极者乎!是游也,余既得其意而快然以自愉,于是叹余向之倦而惑且惧者之几失之,而幸余之不以是而止也,乃沘笔而记之。

* 选自《清文汇》,第 2937—2938 页,清沈粹芬等辑,北京:北京出版社,1996 年。

① 马迹乡:地名,今江苏太湖之滨,有马迹山,即题目中北山。
② 崒(zú):高耸险峻。
③ 迤者崒者:迤,倾斜;崒,笔直、耸立。
④ 蔽志:定志。

题 解

本文记述了作者前往马迹山游览的经过。在攀登过程中作者不断想要放弃,但最终坚持到达山顶,欣赏到了千姿百态的群山美景。由此他悟出道理,无论是多么遥远的地方,都在于亲身前往。正所谓"无限风光在险峰",不畏艰险,才能一览壮美风景。本文借鉴了王安石《游褒禅山记》的写法。

江南相关知识

马迹山:一名马山,是太湖第二大岛。相传秦始皇南巡会稽曾驻跸此山,封其坐骑永为山主,神马大喜,凌空飞跃,踏出四个马蹄印,至今山下还留有四个圆形浅穴,马迹山由此得名。

灵 隐

李慈铭

己酉九月初旬,寓杭州,游灵隐山。

舟至金沙港登岸,有一禅院,院后水轩临湖,绕岸皆旱芙蓉花。院僧卖藕粉绝佳。山路甚平,夹岸修竹古松,石径齿齿,约六七里,过南高峰、北高峰。是日天气晴和,鸟声林影,如在春中。至灵隐寺门前,一溪涓涓。溪侧冷泉亭,山霏溪渌,阴映如画。小憩亭上,买素面食之。寺前茶槅酒簁,饭户饼家,皆治蔬笋待客,极香洁之味。交易于岩光钟呗中,虽应接极忙,而无嚣尘喧杂之苦,盖山林之韵胜之也。亭对飞来峰,踊青蹑翠,意象不穷。烟霞之光,顷刻百变。因游一线天、呼猿洞诸胜,惜峰石俱遭杨髡①镌凿,胡佛罄罄,遍于洞壑,为可厌耳。

冷泉亭,唐时在大溪中,今溪狭如带,仅能隔峰界焉。寺宇极高广,历游其罗汉殿、转轮殿,寺僧将迎甚恭,于丈室进茶果,皆鲜美。出寺复游飞来峰,比下山,已见斜阳帆影,云栖霞敛,饭僧归矣。下舟绝湖至对岸,饭于五柳居,吃醋烧鱼甚美,殆宋五嫂②鱼羹遗法也。

是月中旬,侍司马公泛西湖,至净慈寺、岳王坟、苏公祠、圣因寺诸处。又至湖心亭及三潭印月。湖心亭揽全湖之胜,四面皆窗,湖圆合如镜,亭栏槛已欹动,梯亦危仄。三潭印月则亭舍已空,栏柱间有存者。潭鼎峙湖中,刻画天然,空明无底,荇藻交互,碧影若浮,惜不于月夜观之。

  * 选自《笔记小说大观·二十七编》第六册《萝庵游赏小志》,第3961—3962页,台北:新兴书局,1979年。

  ① 杨髡(kūn):党项人,元朝江南释教都总统。曾掘钱塘、绍兴之南宋皇陵,盗宝弃骨于野。

  ② 宋五嫂:南宋临安(今杭州)西湖一酒家妇名,善作鱼羹。

作者简介

  李慈铭(1830—1894),字㤅伯,号莼客,室名越缦堂,晚年自署"越缦老人",会稽(今浙江绍兴)人,光绪间进士,累官山西道监察御史,文史学家。著有《湖塘林馆骈体文钞》《白华绛柎阁诗初集》《越缦堂日记》等。

题 解

  本文为李慈铭游记的摘录,文章移步换景,读者读之,有亲临灵隐山游历之感。此游记最大特点,在描写山水景物的同时,还涉及西湖特有的饮食美味,亦即美景与美食并录。如西湖藕粉,素面,茶果,醋烧鱼等,作者之齿颊生香,令读者也垂涎欲滴。

游栖霞紫云洞记

林 纾

  栖霞①凡五洞,而紫云最胜。余以光绪己亥四月,同陈吉士及其二子一弟,泛舟至岳坟下,道山径至栖霞禅院止焉。出拜宋辅文侯墓,遂至紫云洞。

  洞居僧寮右偏,因石势为楼,周以缭垣,约以危栏。据栏下瞩,洞然而深。石级需滑②,盘散③乃可下。自下仰观,洞壁穹窿斜上,直合石楼。石根下插,幽窈莫竟。投以小石,琅然作声,如坠深穴。数武以外,微光激射,石隙出漏,天小圆明如镜焉。蝙蝠掠人而过。不十步,辄中岩滴。

东向有小门,绝黑。偻而始入,壁苔阴滑,若被重锦。渐行渐豁,斗④见天光。洞中廓若深堂,宽半亩许,壁势自地拔起,斜出十余丈。石角北向,壁纹丝丝像云缕。有泉穴南壁下,蓄黛积绿,泙然无声。岩顶杂树,附根石窍。微风徐振,掩苒摇颭⑤,爽悦心目。怪石骈列,或升或偃,或倾或跂,或锐或博,奇诡万态,俯仰百状。

坐炊许,出洞。饮茶僧寮。余方闭目凝想其胜,将图而藏之,而高啸桐、林子忱突至。相见大欢。命侍者更导二君入洞。遂借笔而为之记。

* 选自《清文汇》,第3103页,清沈粹芬等辑,北京:北京出版社,1996年。
① 栖霞:栖霞岭,位于浙江省杭州市葛岭西。
② 需滑:溜滑。
③ 盘散:蹒跚。
④ 斗:陡然。
⑤ 掩苒摇颭:轻轻摇曳,相互掩映。

作者简介

林纾(1852—1924),字琴南,号畏庐,又号冷红生等,福建闽县(今福州)人。文学家,翻译家。少时研习古文。后投身维新运动,与人合译大量西方小说。新文化运动中,坚决反对白话文。有《畏庐文集》《畏庐诗存》等。

> 题 解

　　本文首先点明栖霞五洞而紫云最胜。然后讲述作者和友人一起游览紫云洞的情景。在下到紫云洞的过程中,作者描写出紫云洞之深、险、奇、窄的特点,以及洞中的石壁、泉穴、杂树、怪石等种种景观。写景形象逼真,语言简练。

> 江南相关知识

　　栖霞岭位于杭州西湖畔,在岳王庙的后面,一名履泰山或赤岸。相传岭上旧时多桃花,到了春日桃花盛开,犹如满岭彩霞,故称栖霞岭。

游西溪记

林　纾

　　西溪之胜,水行沿秦亭山十余里,至留下①,光景始异。溪上之山,多幽茜,而秦亭特高峙,为西溪之镇山②。溪行数转,犹见秦亭也。溪水瀯然③而清深,窄者不能容舟。野柳无次,被丽④水上,或突起溪心,停篙攀条,船侧转乃过。石桥十数,柿叶蓊葧⑤,秋气洒然。桥门印水,幻圆影如月,舟行入月中矣。

　　交芦庵绝胜。近庵里许,回望溪路,为野竹所合,截然如断,隐隐见水阁飞檐,斜出梅林之表。其下砌石,可八九级。老柳垂条,拂扫水石,如缚帚焉。大石桥北趣⑥入乌桕中,渐见红叶。登阁拜厉太鸿栗主⑦,饭于僧房。易小艇⑧绕出庵后。一色秋林,水净如拭。西风排竹,人家隐约可辨。溪身渐广,弥望一白,近涡水矣。

　　涡水一名南漳湖,苇荡也。荡析水为九道,芦花间之。隔芦望邻船人,但见半身,带以下,芦花也。溪色愈明净,老桧成行可万株,秋山亭亭出其上。尽桧乃趣余杭道,遂棹船归。不半里,复见芦庵,来时遵他道纤,归以捷径耳。

是行访江村高竹窗故址,舟人莫识。同游者为林迪臣先生,高啸桐,陈吉士父子,郭海容及余也。己亥九日。

* 选自《清文汇》,第3104页,清沈粹芬等辑,北京:北京出版社,1996年。
① 留下:今杭州留下镇。
② 镇山:主山。
③ 潀然:水清澈流动的样子。
④ 被丽:覆盖。
⑤ 蓊荟:茂盛的样子。
⑥ 趣:转向。
⑦ 厉太鸿栗主:厉太鸿,厉鹗,字太鸿,清代著名诗人、词人。栗主,栗木做的牌位。
⑧ 小艭(shuāng):小舟。

题 解

本文记述了林纾沿西溪游览两岸风景的过程。文章由西溪入手,分别描写了秦亭山、交芦庵、涡水等景点。文笔从容不迫,却又安排得当,三处风景相互绾结,而始终不离西溪。而西溪的景观也由"窄者不能容舟"到"溪身渐广,弥望一白",再到"溪色愈明净"。